W0214318

jackwerth

Baby Neumann

Das erste Mal

Schöne neue schwule Welt

Für Niklas

Neuauflage 1999

Umschlaggestaltung: Frank Rönisch

Gesamtherstellung: Clausen & Bosse
ISBN 3-932117-03-4
Printed in Germany

Bitte fordern Sie unser Gesamtverzeichnis an:
Jackwerth Verlag GmbH & Co. KG, Mittelstraße 12-14, D-50672 Köln

Inhalt

Vorspiel

Mein Name ist Baby Neumann, und ich bin kein Schriftsteller.

Aber ich schreibe trotzdem, weil das schwule Leben so seltsam ist, daß ich es zu Papier bringen muß, um überhaupt daran glauben zu können. Man weiß ja: Was gedruckt ist, stimmt auch.

Das behauptete jedenfalls immer mein Großvater mütterlicherseits, seines Zeichens überzeugter Bibel-Leser und Kirchenchor-Vorsteher. Dieser Ausbund an Katholizität heiratete eine biedere Tochter aus gutbürgerlichem Hause, deren zwei Hauptsorgen im Leben waren: „Was mögen die Nachbarn denken?" und „Was hält der Herr Pastor davon?" Im Krieg wurden meine Großeltern wiederholt ausgebombt, was ihren gemeinsamen Sinn für das, „was sich gehört", nicht im Geringsten trübte: Blütenweiße Gardinen zierten die übrig gebliebenen Fenster, und der nicht verbrannte Rest der Stiegen wurde einmal wöchentlich gebohnert.

Kaum war der Frieden ausgebrochen, machte sich das Paar an die Fortpflanzung und produzierte meine Mutter. Es muß eine scheußliche Erfahrung für die beiden christlichen Menschen gewesen sein, denn Mutti blieb ein Einzelkind.

Zweimal wöchentlich zwang mein Großvater sie in die Kirche, sperrte sie in den Kohlenkeller, als sie im Alter von neun Jahren die Unbefleckte Empfängnis anzweifelte und zerbrach einen Handfeger auf ihrem Rücken, als er sie dabei ertappte, wie sie unter der Bettdecke *Lady Chatterley* las. Diese vortreffliche Erziehung trieb

Mutti direkt in die Arme der „Existenzialisten“, die behaupteten, Gott sei tot – was ihr einleuchtete. Die Existenzialisten trugen schwarz, trafen sich in düsteren Kellerlokalen, rauchten Gauloises und diskutierten über Sartre und das Ende der bürgerlichen Gesellschaft.

Als Teenager sah meine Mutter aus wie Juliette Greco, die fahle Muse der existenzialistischen Szene: rabenschwarzes Haar, bleiche Haut, Turtleneck und Faltenrock. Ihre Augen umrandete sie täglich mit einem Kohlestift, die Lippen puderte sie weiß. Seit jenen Tagen hat sie sich sehr verändert – heute ist Mutti eine Mischung aus Bette Midler minus Zellulitis und Krystle Carrington minus Haarspray.

Mit siebzehn lernte sie einen semi-pornographischen Schriftsteller aus New Orleans kennen, der ihr eine Haschischpflanze schenkte und sie überredete, mit ihm nach San Francisco zu ziehen, um dort in einer Kommune zu leben. Sie flocht sich – wie der Song es vorschrieb – Blumen ins Haar und verkündete ihren Eltern nicht nur den Entschluß auszuwandern, sondern auch die Tatsache, daß sie das Kind des Schriftstellers unter ihrem Herzen trug. Meine Großmutter starb in derselben Stunde an einem Gehirnschlag, woraufhin ihr Mann melodramatisch äußerte: „Ich habe keine Tochter mehr!“

Nach zwei Jahren in Frisco, einer Abtreibung, einer wüsten Affäre mit einem schwarzen Blues-Sänger und mehreren Monaten in einem Kibbuz in der Nähe von Tel Aviv kehrte meine Mutter nach Deutschland zurück, versöhnte sich mit ihrem gestrengen Erzeuger, schlug eine kurze Karriere als Fotomodell ein und heiratete bald darauf einen jungen Anwalt – meinen Vater –, der heute noch genauso nett und langweilig ist wie damals. Die wilden Jahre waren vorbei – bis ich das Licht der Welt erblickte!

Es war das Zeitalter des Wassermanns. Die Flower-Power-Bewegung hatte sogar die spießige westfälische Stadt erreicht, in der ich aufwuchs. Mutti war eine echte Hippie-Mama. Sie trug hüftlanges Haar, Maxi-Röcke und Sandalen – und mich in einem indianisch bedruckten Tuch aus Baumwolle vor den Bauch geschnallt.

Meinem Vater stellte sie Räucherstäbchen und Gebetsmühlen aus Tibet ins Büro. Ich wurde an öffentlichen Orten gesäugt und auf linke Demos mitgeschleppt. In ihrem rosa 2CV nahm meine Mutter mich zu PSI-Kursen an der Volkshochschule, Günter-Grass-Lesungen und Konzerten von Janis Joplin und Jimi Hendrix mit. Im antiautoritären Kinderladen lernte ich alles über Buddha und Marx. Meine Eltern experimentierten mit der freien Liebe, ich mit Fingerfarben. Mein Großvater enterbte uns alle mit den Worten: „Ich habe keine Familie mehr."

Als ich fünf war, merkte ich zum ersten Mal, daß etwas mit mir nicht stimmte. Die kleine Joni (benannt nach Mitchell) ließ sich von all den kleinen Jungs aus dem Kinderladen unter den Rock sehen – für einen Gummi-Schlumpf. Sie hatte bald die größte Schlumpf-Sammlung Nordrhein-Westfalens. Mich interessierte das Zeug unter Jonis Rock nicht, ich behielt meine Schlümpfe. Bis ich sie eines Tages alle (einschließlich Schlumpfinchen!) meinem Spielkameraden Jim (benannt nach Morrison) anbot. Als Gegenleistung wollte ich sein „Gießkännchen" anfassen. Jim warf mich erbost in den Sandkasten. Meine Schlümpfe habe ich noch heute, Jim ist inzwischen verheiratet und Automechaniker.

Mit sieben begann ich, ins Kino zu gehen. Jeden Sonntag morgen gab es im Filmpalast eine „Jugendvorstellung". Man zeigte entweder japanische Monsterfilme oder Gladiatorenschinken. Ich kann bis heute nicht sagen, welche Alternative aufregender war – die Gummi-Ungeheuer, die Papp-Tokio niedertrampelten, oder die halbnackten, griechisch-römischen Heroen in ihren kurzen Röckchen, die jeden Augenblick hochzurutschen versprachen.

Auch das Fernsehen faszinierte mich. Ich verpaßte keine *Tarzan*-Folge und noch heute bekomme ich sofort eine Erektion, wenn ich Lex Barker sehe (außer, er spielt Old Shatterhand). Einige Monate lang erwog ich, von Zuhause wegzulaufen und mit dem phallischen *Flipper* und dessen frauenloser Familie (sexy Vater mit zwei Söhnen) in Florida zu wohnen. Aber das war mir dann doch zu weit.

Irgendwann verlor ich meinen Vornamen. Weil ich mit zehn Jahren noch so pausbäckig und unschuldig aussah wie ein Säugling, rief mich meine ganze Familie „Baby". Bei dem Spitznamen ist es bis heute geblieben. Ich bin jetzt über zwanzig und längst nicht mehr unschuldig, aber immer noch jedermanns „Baby" – das muß an meinen blauen Kulleraugen liegen.

Kurz nach meinem elften Geburtstag sah ich zum ersten Mal *Hello Dolly* mit Barbra Streisand. Von da an wußte ich, daß auch in mir eine Dolly steckte: eine Frau von Welt, die alles kennt, schneller als ein Maschinengewehr und witziger als Noël Coward spricht und vor allem: Federboas und riesige Hüte trägt. Barbra wurde mein Rollenmodell. Ich begann, affektiert zu gestikulieren und trug – als Boa-Ersatz – mit Vorliebe lange Schals. Außerdem ließ ich meine Fingernägel wachsen.

Das Ganze beunruhigte meine Mutter kaum („eine Phase ..."). Mein Vater jedoch wurde aus seinem üblichen Desinteresse gerissen, als ich beim Essen versehentlich eine Kartoffel mit dem lackierten Nagel meines Ringfingers aufspießte. „Das Kind wird doch nicht etwa *homosexuell*?" hörte ich ihn meiner Mutter zuflüstern.

Den nächsten Nachmittag verbrachte ich in der Stadtbibliothek und las alles, was mit diesem faszinierenden neuen Wort zusammenhing. Endlich wußte ich genau, was mit mir los war! Am Abend klaute ich eine Flasche Wein aus dem Keller, zündete eine Kerze an und feierte mich als „Homosexuellen"! Ganz was Besonderes, nur jeder Zehnte war das! Toll! Ich war dreizehneinhalb.

Boy George ersetzte Barbra Streisand als Rollenmodell. Ich schockierte meine Lehrer mit Lidstrich und Lipgloss, bis das Fernsehen einen erneuten Imagewechsel auslöste. Steven Carrington, der schwule Sohn aus dem *Denver Clan*, wurde meine große Liebe und mein Vorbild. Ich schmiß mein Make-up auf den Müll, schnitt meine Nägel und trug Jeans, Turnschuhe und gestreifte Hemden wie ein ganz normaler Junge. Meine Eltern atmeten auf. Mein Großvater fragte mich, ob ich Lust hätte, mit ihm die Messe zu besuchen. Er setzte mich sogar wieder in sein Testament ein.

Zu früh gefreut! Auf einer Klassenfahrt nach Rom geschah es: In der U-Bahn bot mir ein großer, schlanker Unbekannter Kirschen an. Ich hatte schon minutenlang gebannt zugesehen, wie er die Früchte mit schönen Fingern aus einer Papiertüte angelte und sie sich zwischen die sinnlichen Lippen steckte. Zwanzig Minuten später verlor ich meine Jungfräulichkeit in den Borghese-Gärten. „Das wurde auch Zeit“, dachte ich mir und fühlte mich in meiner sexuellen Identität als Schwuler endgültig bestätigt.

Wieder daheim, beschloß ich, mich meinen Eltern mitzuteilen. Mutti nahm die Sache gelassen („doch keine Phase ...“) und erzählte mir von ihrer Zeit in San Francisco und ihren Freunden in der Castro-Street, während mein Vater meinte, ich solle vielleicht einen Analytiker besuchen. Mutti zischte „Blödsinn!“, worauf er resigniert mit den Schultern zuckte und fragte: „Heißt das, daß du Friseur wirst, Baby?“ Meine Mutter trat ihm gegen das Schienbein.

Vor meinem greisen Großvater wurde mein „Lebensstil“, wie Mutti sich ausdrückte, verheimlicht. Man fürchtete um seine Gesundheit. Nach dem Abitur zog ich in eine Großstadt und schrieb mich an der Universität ein. Geprägt von japanischem Horror-Trash, Barbra Streisand und Sandalen-Epen hatte ich beschlossen, Film zu studieren. Seit meinem Erlebnis in den römischen Gärten war ich sexuell enthaltsam gewesen – aus Mangel an Gelegenheit. Die Großstadt bot da natürlich ganz andere Möglichkeiten. Wenige Tage nachdem ich in mein Einzimmer-Apartment am Rande der Innenstadt eingezogen war, traf ich beim Einkaufen im Supermarkt den – nach jenem italienischen Kirschenfreund – zweiten Schwulen meines Lebens: Karl, sieben Monate jünger, aber entschieden erfahrener als ich. Seine hervorstechendsten Merkmale: sehr viel Charme, bissige Ironie, wässrig-blaue Augen und tiefschwarzes Haar (mein Verdacht: gefärbt!). Er besitzt noch mehr Barbra-Streisand-Platten als ich und behauptet von sich, er habe den Drehbuchautoren von *Golden Girls* als Vorbild für Blanche Deveraux gedient. Karlchen studiert Kommunikationswissenschaft, was ich für völlig überflüssig halte, da er ein Meister der Kommunikation ist – auf verbaler und körperlicher Ebene. Nachdem wir erfolglos versucht hatten, miteinander ins Bett zu gehen (jeder Anlauf endete mit hysterischem Gekicher und einer Kissenschlacht), wurden wir innerhalb weniger Monate zu Busenfreunden.

Obwohl mir Karl immer einen Schritt voraus zu sein scheint, finde ich nichts aufregender und witziger, als mit ihm zusammen (naja, zugegeben, manchmal ziehe ich lieber alleine los) die schwule Subkultur in all ihren Ausprägungen zu erforschen. Davon erzählen die folgenden Geschichten.

Wenn mein Großvater dieses Buch liest, wird ihn umgehend der Schlag treffen.

Mit Mutti auf der CSD-Demo

Jedes Jahr finden in Berlin eine große Demo zur Feier des Christopher-Street-Tages und eine Art schwules Unabhängigkeitsfest statt. Ich wollte da schon immer mal hin, doch fehlte mir die Energie, in die Hauptstadt zu reisen und mich in das Defilee der stolzen Schwulen einzureihen. Der entscheidende Anstoß, an diesem Spektakel doch teilzunehmen, kam aus einer gänzlich unerwarteten Richtung.

Morgens um halb acht reißt mich Telefongeklingel aus einem Traum, in dem Christian Slater und Tom Cruise zwei nicht unbedeutende Rollen spielten. Sofort bin ich hellwach, denn wenn zu solch unchristlicher Stunde bei mir das Telefon klingelt, ist es entweder mein Freund Karl, der mich im tiefsten Liebesleid aus irgendeiner Kaschemme anruft, wo er sich die ganze Nacht mit Wodka und Erdnüssen zu trösten versuchte, oder – meine Mutter.

„Baby, Kind, ich bin's. Hab ich dich geweckt?"

„Aber nein, Mutti, ich bin schon seit Stunden auf. Amerikanische Wissenschaftler haben herausgefunden, daß Menschen, die regelmäßig um vier Uhr morgens aufstehen, durchschnittlich dreißig Minuten länger leben."

„Ach Kind, immer einen netten Spruch auf den Lippen, das liebe ich so an dir. Aber jetzt hör mal zu. Weswegen ich anrufe: Ich hab da in der Zeitung gelesen, daß sich die Überfälle auf euch ... äh ... Homosexuelle (Gott, wie ich das Wort hasse! Könnt ihr euch nicht mal einen netteren Namen zulegen?), daß sich also diese gewalttätigen Übergriffe, wie die hier schreiben, häufen. Was soll das heißen? Sind die braunen Zeiten wieder ausgebrochen, und das deutsche Volk hat's mal wieder nicht gemerkt? Baby, es ist an der Zeit, etwas dagegen zu tun. Wir fahren nach Berlin und laufen auf der CSD-Demo mit. Dieses Nazipack muß sehen, wie viele wir sind."

„Wie viele *wir* sind? Du verläßt Vati für eine Frau?"

„Dreh mir nicht das Wort im Munde rum, Kind, du weißt schon, was ich meine. Macht euch öffentlich oder so, das hat doch die … äh … Homosexuellenbewegung schon vor zwanzig Jahren gepredigt. Also los, machen wir uns öffentlich."

„Du meinst, du machst mich öffentlich?"

„Meine Güte, ja, dich als … äh … Homosexuellen und mich als Mutter eines … äh … Homosexuellen. Karl kann auch mitkommen, je mehr, desto besser!"

Meine Mutter hat natürlich recht. Mit den verschiedenen *clauses* in England (von denen ich immer hoffe, daß sie auch die englische Gerichtsbarkeit nicht auseinanderhalten kann), der drohenden Anti-Schwulen-Gesetzgebung in Frankreich und dem neuen Volkssport (vielleicht sollte ich VOLK in Großbuchstaben schreiben) Schwulenticken hier ist es wirklich nötig, auf die Straße zu gehen.

Mutti organisiert also die Fahrkarten und eine Pension für uns drei: Mein bester Freund Karl (bloß Freund, nicht Freund) fährt auch mit. Seine Begründung ist allerdings weniger politisch: „Baby, Schätzchen, stell dir vor, zehntausend Kerle auf einem Haufen – da muß doch auch für mich was dabei sein. Endlich hat man mal Auswahl!"

Am Abend vor der Demo machen wir uns im Hotel Gedanken, was der modische Homosexuelle zum CSD trägt. Mutti hat sich schon für ein beiges Kostümchen und „vernünftige" Schuhe entschieden: „Ich kann diese … äh … Homosexuellen nicht verstehen, die in Stöckeln demonstrieren – das ist doch Selbstmord." Karl schlägt mir vor, eine Runde Canasta zu spielen. Wer gewinnt, darf entscheiden, was der andere auf der Demo trägt. Ohne Widerrede! Vor meinem geistigen Auge sehe ich Karl schon mit Bananen auf den Hüften, doch ist mir das Schicksal nicht hold: ich verliere.

Samstag morgen um elf auf dem Berliner Savignyplatz sammelt man sich. Es ist wechselhaft bewölkt, aber trotz drohendem Regen ist der Teufel los. Ein riesiges Polizeiaufgebot und Tausende von Demonstranten. Lesbische Samba-Gruppen und ein Disco-Wagen, von dem die Hits der Siebziger Jahre tönen, sorgen für Stimmung. Meine Mutter, die zuvor noch ein wenig *shopping* war, wartet schon auf uns. „Wie siehst du denn aus, Kind? Mußte das sein?" erschrickt sie. Karl hat mich als Macho-Sexobjekt ausstaffiert, ausgerechnet. Eine Jeansjacke mit fransig abgeschnittenen Ärmeln auf dem nackten Oberkörper, *instant tatoos* auf jedem Bizeps, knallenge, schwarze Radfahrerhosen und klobige Doc Martens entstellen mich. Ich fühle mich wie Evelyn Hamann in einem von Madonnas Gaultier-Outfits. Karl trägt Jeans und ein *Silence = Death* T-Shirt.

Auf dem Platz herrscht ein reges Getümmel. Etwa acht Lesben mit kurzgeschorenem Haar, ganz in lila gekleidet, halten ein spontanes Kiss-In ab; eine Handvoll halbnackter Tunten mit Federn und künstlichem Obst auf dem Kopf tanzt hysterisch kreischend Samba mit einer Gruppe bärtiger Männer in schwarzem Leder. Meine Mutter schüttelt den Kopf: „Mal wieder kein Klischee ausgelassen."

„Aber Frau Neumann", sagt Karl, „das sind eben die Paradiesvögel. Es gibt ja auch genügend graue Mäuse. Von denen bleiben nur leider die meisten zu Hause."

In diesem Moment springen laut grunzend drei fast nackte Männer, verkleidet als eine Art Neandertaler, auf meine Mutter zu. Mutti wird von ihnen umringt; sie schnuppern an ihr und betasten sie vorsichtig wie zahme Affen. Meine Mutter nimmt ihre Zigaretten aus der Handtasche, zündet sich eine an, inhaliert tief, seufzt und sagt zu Karl: „Graue Mäuse, jaja." Dann hält sie den Neandertalern ihr brennendes Feuerzeug entgegen und ruft drohend: „Die weiße Frau hat die Macht des Blitzes!" Schreiend vor Lachen läßt der Urzeitclan von ihr ab. Mutti bläst zischend eine Rauchwolke aus und fragt mich, warum um Himmels Willen sich … äh … Homosexuelle als Neandertaler verkleiden?

„Ich weiß auch nicht, was das bedeuten soll, außer vielleicht: die animalisch-urige Kraft der Männerliebe?“ rätsele ich.

„Halt die Klappe, Rose“, sagt Karl.

Inzwischen hat sich der Zug in Bewegung gesetzt. Man sieht Demonstranten in barocken Kostümen, Frauen in schwarzem Leder mit freiem Oberkörper und jede Menge Männer im Fummel. Eine südamerikanische Tunte trägt ein riesiges Pfauenrad am Hintern. Eine Frau im blauen Trenchcoat hält ein Pappschild, auf dem steht: „Hoffentlich erkennt mich keiner“. Eine Berliner Disco präsentiert sich mit einem Lieferwagen, auf dem muskelbepackte Lederkerle zu Jimmy Somerville tanzen und Bonbons in die Menge werfen. Alle möglichen Gruppen – von „Schwulen Vätern“ bis zu „Lesben und Kirche“ – laufen hinter Transparenten. Aber es gibt auch viele, die wie wir ohne eine bestimmte Gruppenzugehörigkeit mitmarschieren.

Meine Mutter überlegt, wo wir uns am Günstigsten in den Zug einreihen: „Auf keinen Fall zu nah bei irgendeiner kirchlichen Organisation. Ich kann nicht begreifen, daß es noch Lesben und Schwule gibt, die nicht ausgetreten sind. Wie wär's bei den Lederkerlen, da haben wir Musik und Bonbons.“

So scheinen viele zu denken, denn hinter dem Disco-Wagen tanzt schon eine riesige Menge den *Time Warp* aus der *Rocky Horror Show*. Karl stürzt sich ins Gedränge, während Mutti und ich uns einhaken und mit etwa zehn Metern Abstand den Tanzenden folgen. Der Zug biegt von der Kantstraße ab und wird durch obskure Straßen zwischen S-Bahngleisen und den Rückfronten großer Kaufhäuser geführt, was meiner Mutter gar nicht gefällt: „Sieh dir das an, Kind: Außer Mülltonnen steht in dieser gottverlassenen Gegend niemand am Straßenrand. Ich demonstriere doch nicht für die Mülltonnen! Unerhört! Wer ist für diese dämliche Route verantwortlich?“

Bald windet sich der Zug aus den Gäßlein heraus auf die Wilmersdorfer Straße, wo jede Menge Publikum in den Fenstern liegt und an der Straße steht. Viele winken, einige sind befremdet. Als wir gerade unter der S-Bahnbrücke stehen, platzt ein Gewitter los. Von vorne und hinten stürmen um ihre Frisur fürchtende Demonstranten kreischend und schimpfend unter die Unterführung. Auch die lesbische Samba-Gruppe ist unter der Brücke gefangen. „*Let's party*!" schreit ein riesiger Transvestit auf Rollschuhen, und die Samba-Band legt los. Unter ohrenbetäubendem Gejohle fangen die etwa 250 Leute unter der Brücke an zu tanzen. Die Rollschuh-Transe reißt mich mit eisernem Griff an ihre üppig gepolsterte Brust, und wir improvisieren lateinamerikanische Tanzformen. Mutti klatscht im Takt.

Fast sind wir traurig, als der Regen nach einer halben Stunde aufhört. Der Zug hat sich geteilt, eine kilometerlange Lücke klafft zwischen Vorder- und Hinterteil. Mit beschleunigtem Tempo geht es weiter auf den Ku'damm, wo wir wieder auf den Disco-Wagen und Karl stoßen, der naß aber glücklich etwas junges Blondes im Arm hält. Typisch. Und ich hab meine Mutter am Hut.

Am Straßenrand stehen Touristenbusse mit hektisch fotografierenden Japanern und säuerlichen Amerikanerinnen, die leicht angewidert die dauergewellten Köpfe abwenden. „Ziegen", sagt meine Mutter und klopft an die Fensterscheiben: „*Yes, we are gay, you know*!" Ihre Solidarität geht wieder mal mit ihr durch.

Endlich gelangen wir zum Breitscheidplatz, wo vor der Gedächtniskirche die Schlußkundgebungen stattfinden. Wie alle derartigen Veranstaltungen ist es unbeschreiblich langweilig. Also hört man nicht zu, sondern sieht sich in der Menge nach bekannten Gesichtern und (wie überall) dem Traumprinzen um. Ich entdecke einen Bekannten, der mir zuruft: „He Baby! Hab mich lange nicht gemeldet, weil ich jetzt in festen Händen bin! Ich ruf dich an, wenn er mich verlassen hat!"

Mutti schüttelt den Kopf und tritt ihre Kippe aus: „So sind sie wohl, die ... äh ... Homosexuellen." Dann entschuldigt sie sich und geht in ein Café, „um die Eindrücke dieses außergewöhnlichen Tages noch einmal zu rekapitulieren". Karl ist schon längst mit dem blonden Traum verschwunden. Ich fühle mich trotzdem nicht einsam. Hier stehe ich mit fast zehntausend Lesben und Schwulen.

Ich gehöre dazu.

Nackt bis auf die Schuhe

Ich hatte schon viel von diesen Jerk-Off-Parties gehört, aber ich war mir nie sicher, ob mir das wohl gefallen würde. Natürlich war ich neugierig! Mein Freund Karl, der von einer heute stattfindenden J.O.-Party wußte, überredete mich, dieselbe zu besuchen. Nicht, daß ich mich allzusehr gesträubt hätte.

Auf dem Weg in den Teil der Stadt, wo das Ganze stattfinden soll, schauen wir uns jeden Mann genau an, der mit der U-Bahn in die gleiche Richtung fährt.

„Meinst du, der …?"

„Glaub ich nicht, der hat doch marmorierte Jeans an. Aber vielleicht der kleine Blonde. Sieht'n bißchen aus wie einer von *Take That*, findste nicht?"

„Hoffentlich nicht der mit dem Schnurrbart."

„Ich denke, du stehst auf Machos? Och Mensch, jetzt ist der kleine Blonde ausgestiegen …"

Auf dem Weg von der U-Bahn zur J.O.-Party packt mich dann plötzlich und erwartet die große Feigheit. Es ist noch ganz hell, schreiende Kinder spielen auf den Straßen, Familienväter kommen heim vom Tagewerk.

„Glaubst du, der …?"

„Quatsch, der geht heim zu seiner Alten und der Sportschau. Hör mal, ich glaub, ich geh auch heim. Heute ist doch auch *Golden Girls* und …"

„Schwanz einziehen gilt nicht. Wo bleibt deine Neugier?"

„Neugierig bin ich schon, aber ich sterbe vor Aufregung. Ich kriege Blähungen, wenn ich mich aufrege."

„Macht nichts, es wird ja nur gewichst."

„Also, du schockierst mich immer wieder, Karl!"

„Hier sind wir. Dritter Stock."

Ein dezentes Schild an der Tür: *J.O.P. hier hoch.* Ich bezweifele stark, ob bei mir auch was hoch gehen wird und beschwöre Karl, noch mal um den Block zu gehen, oder wenigstens ein paar Minuten auf der Haustreppe zu sitzen und zu beobachten, wer so alles reingeht. Käme nicht in Frage, es sei kurz vor neun, und um neun würde die Tür abgeschlossen und dann käme keiner mehr rein. Jetzt oder nie. Ich entscheide mich für nie, aber da hat mich Karl schon durch die Tür gestoßen, und ein nackter Mann grinst mich an. Seine Aufgabe ist, uns zu begrüßen, die „Regeln" zu erläutern („Also, Jungs, kein Blasen, kein Bumsen, auch nicht mit Gummi, nur Handarbeit.") und den Eintritt zu kassieren. Um zur Garderobe zu kommen, müssen wir an einem Tresen vorbei. Auf dem Weg stoßen wir mit etwa einem Dutzend nackter Männer zusammen. Dann bekommen wir Kleiderbügel mit der Aufforderung, alles auszuziehen bis auf Schuhe und Strümpfe, man verletze sich sonst so leicht, wenn mal ein Glas umfällt.

„Kein Paradies für Fußfetischisten", sagt Karl.

Ich presche wie mit Scheuklappen an die Bar, bestelle ein Bier, und stürze mich kopfüber in das Glas. Als ich wieder auftauche, hat der Alkohol die Scheuklappen durchsichtig gemacht, und ich sehe mich erstmal um.

Ein großer Raum, die Fenster mit Packpapier zugeklebt, vereinzelte Plastikstühle, zwei Bistrotische und drei große Sofas. Discobeleuchtung von der Art, die weiße Socken und Staubflocken strahlen läßt. Das Licht ist hell genug, um zu erkennen, wie die Leute ungefähr aussehen, dunkel genug, um Raum für die Phantasie zu lassen. Ein Fernseher, in dem ein Pornovideo läuft: Ein muskeliger Ami liegt am Strand und holt sich in der Gischt mit großer Hingabe einen runter. Und verstreut über den Raum etwa fünfzig nackte Männer. Ich dränge mich dicht an Karl. Wir beraten, was zu tun ist und beschließen, uns auf zwei Plastikstühle, die sich unter unseren nackten Hintern irgendwie unangenehm anfühlen, zu setzen und das Video anzuschauen. Auf dem Weg hole ich mir noch ein Bier.

Ich bemerke, welche Musik da im Hintergrund spielt; es ist Amanda Lear mit ihren größten Erfolgen, was mich an meine pubertäre Schwärmerei für die Dame zurückdenken läßt. Ich kann ihre Texte immer noch mitsingen:

„*She loves blood and honey, she's got the devil in her eyes* ..."

„Kannst du bitte mit dem Singen aufhören; das ist eine Orgie und nicht der *Grand Prix de la Chanson*", sagt Karl.

Langsam trauen wir uns, die Männer, die da rumstehen oder -sitzen, anzuschauen. Mir direkt gegenüber hockt ein freundlich lächelnder Greis mit Stützstrümpfen. Ansonsten ist der Raum gefüllt mit Durchschnittstypen, Leuten, nach denen ich mich in der U-Bahn nicht umdrehen würde und mit denen ich jetzt in dieser intimen Situation zusammenstecke. Die Atmosphäre ist eher drückend, es wird wenig gesprochen, nicht gelacht, die meisten schauen auf den Fernseher, wo *Unbeschnittene Latinos* den Ami in der Gischt abgelöst haben und lustige Dinge mit ihrer Vorhaut anstellen.

Karl bemerkt zwei junge Männer, die aus der Masse herausragen, nicht nur wegen ihres attraktiven Äußeren, sondern weil sie beide fast zwei Meter lang sind.

„Schau mal, der Blonde für mich, der Dunkle für dich."

„Und wie sollen wir an die rankommen? Was sagt man da, ‚Entschuldigung, darf ich's wagen, möchten Sie mir nicht einen runterholen?‘ "

Tatsächlich ist die Situation alles andere als erotisch. Hier und da blitzt mal eine Erektion auf, aber die meisten Herren wirken, als würde hier ein Cocktailempfang ohne Kleider gegeben. Karl wundert sich, wann endlich etwas geschieht: „Ob es wohl einen Startschuß gibt und dann greift sich alles an die Schwänze? Oder wie?"

Amanda Lear ist inzwischen vom Soundtrack zu *Bilitis* abgelöst worden, und ich fange an zu meckern:

„Die haben wohl seit '78 keine neuen Platten mehr gekauft. Und überhaupt, bei der Musik von *Bilitis* muß ich dauernd an nackte Frauen denken, das bringt mich bestimmt nicht auf Touren. *Bilitis*, wie sich das schon anhört, wie Klitoris. Ich hol mir jetzt noch 'n Bier."

Als ich aufstehe, löst sich mein Hintern mit einem schmatzenden Geräusch vom Plastikstuhl, und ich will gerade eine Haßtirade über Plastikstühle ablassen, als die Musik verstummt und ein streng aussehender Herr in Springerstiefeln, an dessen nacktem Körper außer seinem Spitzbart keine Spur von Behaarung zu finden ist, vor die Anwesenden tritt und dieselben als Mitorganisator der Party herzlich begrüßt. Er schaltet die *Unbeschnittenen Latinos* ab und schlägt vor, man solle sich jetzt einander zuwenden und sich nicht mehr vom Video ablenken lassen, denn:

„Ja, ... äh ... wir fangen jetzt an."

Karl kichert jungfräulich, die Musik kommt wieder, und die Anwesenden schauen zu Boden. Hier und da wird vorsichtig herübergefaßt, ein Arm gestreichelt, eine Pobacke. Die beiden hochgewachsenen Jungs, die wir schon im Visier hatten, sind plötzlich von einer Reihe knubbeliger Herren mittleren Alters umringt und flüchten sich in hektische gesellschaftliche Konversation, um den väterlichen Bewunderern zu bedeuten, daß sie sich ja eigentlich nur unterhalten wollen. Unter wie zufällig auf ihren Schultern und Schenkeln landenden Händen winden sie sich sofort weg. Ich belausche das Gespräch und erfahre, daß die beiden auch zum ersten Mal hier sind. Sie sind ein Liebespaar, das schon seit Jahren zusammen ist und seinen erotischen Horizont erweitern will.

Ich frage die beiden, ob „wir Anfänger" uns nicht zusammensetzen sollten. Sie sind mehr als einverstanden, und so machen wir es uns, so gut es geht, zu viert auf dem Boden bequem. Parkett, kein Teppich.

„Ich hoffe, die haben vorher mal durchgewischt", sagt der Blonde. Er heißt Jens, der Dunkle Martin. Wir sitzen im Kreis und machen

Konversation. Karl erklärt Jens, wie toll er „offene Beziehungen" findet. Jens grinst und wird rot. Unsere vier Rücken bilden ein Bollwerk gegen die immer stärker aufwallende Sexualität um uns herum. Es ist sehr heiß. Der Raum beginnt nach Turnhalle zu riechen. Wenn ich an den Köpfen meiner drei Verbündeten vorbeisehe, erkenne ich schemenhaft ineinander verschlungene Körper, Gruppen, die sich bilden und auflösen. Jens hat schon drei Bier getrunken und muß aufs Klo. Wir müssen eigentlich alle; aber keiner will allein durch den Raum bis zur Toilette gehen. Also gehen wir im Konvoi.

Als ich vom Klo komme, stehen Karl und Jens an der Bar und schauen dem Treiben zu, das sich inzwischen auf den ganzen Raum ausgeweitet hat. Wir sind die einzigen, die sich noch zurückhalten. Irgendwie bricht das Eis aber doch, und wir sind plötzlich umringt von Körpern. Ich klammere mich an Martin, Jens und Karl, schließe die Augen und fühle mich – diese Idee kommt mir wirklich – wie ein Auto in der Waschanlage, in der sich um jedes einzelne seiner Teile eine Bürste kümmert. Martin bekommt Platzangst und entwindet sich der Körperflut. Karl ist damit beschäftigt, Jens zu küssen. Ich lasse mich von Martins Klaustrophobie anstecken und fliehe wieder in Richtung Klo.

Auf dem Weg dorthin stellt sich mir ein angenehm nach Zahnpasta riechender Mann in den Weg, der den Altersdurchschnitt dieser Veranstaltung um ungefähr zehn Jahre unterschreitet. Er ist etwas kleiner als ich und im Gegensatz zu vielen anderen im Raum, die mit todernsten Zügen ihrer Befriedigung nachkommen, lächelt er. Ich küsse seinen Zahnpastamund und lasse mich in eine halbwegs abgelegene Ecke entführen. Er ist auch zum ersten Mal hier (sagt das vielleicht jeder?), und genau wie ich fühlt er sich beobachtet und hat Schwierigkeiten mit seiner Erektion. Plötzlich wünsche ich mir einen offenen Kamin und ein Eisbärenfell oder einen Südseestrand, an dem die Brandung über unsere Körper hinwegzischt. Statt dessen versuchen wir auf dem Fußboden in Stimmung zu kommen, und für einige lustvolle Minuten vergessen wir die Umgebung.

Hinterher ist er sehr anhänglich, erzählt mir von seinem Freund, der niemals erfahren darf, daß er hier war und will meine Telefonnummer. Dann geht er nach Hause, um *Golden Girls* nicht zu verpassen.

Ich suche nach Karl und Jens, aber die sind unter einem Leiberberg begraben. Martin hat sich mit einem Dickerchen auf ein Sofa zurückgezogen. Hinter dem Sofa hocken zwei Männer im reifen Alter und haben jeweils eine Zunge in jeweils einem von Martins Ohren stecken.

Jemand hat den Videorecorder wieder angestellt, also nehme ich ein Bier und einen Plastikstuhl und sehe mir einen weiteren *Unbeschnittenen Latino* an, der vor dem Spiegel Vorhautkunststückchen macht und sich dann selbst oral stimuliert, was allerdings eher akrobatisch ist als erotisch. Ich bin ein bißchen bierselig, deshalb finde ich es nicht weiter irritierend, als ein magerer, blonder Mann mit einem Penis, der, würde man ihn als Mordwaffe benutzen, von der Polizei als „stumpfer, harter Gegenstand" beschrieben würde, auf meinem Schoß Platz nimmt und nach mehrminütigen Manipulationen an seinem stumpfen Gegenstand sich seufzend über meinen Bauch ergießt.

Inzwischen haben Karl und Jens hinter sich gebracht, was das Gesetz des Abends vorschrieb und sitzen an der Bar, wo sie sich schwärmerisch in die Augen sehen. Ich will nicht stören und nehme Platz auf einem Sofa, nicht ohne beim Aufstehen vom Plastikstuhl wieder mit der Gesäßhaut zu schmatzen.Von hier habe ich einen schönen Blick über den Raum. Zu dieser fortgeschrittenen Stunde hat er sich schon sehr geleert, etwa zwanzig Männer sind noch da. Hier und da spritzt es; eine Rolle Kleenex macht die Runde.

An der Bar treffe ich Martin wieder. Ein paar Minuten sitzen wir schweigend da, Jens in Karls Armen, Martin in meinen, streichelnd, lächelnd. Ich sage still zu mir: „Am Ende läuft es doch immer auf zwei heraus. Du bist auf die Zahl Zwei geeicht, mach dir bloß nichts vor. In dieser Umarmung fühlst du dich doch wohler als bei allen vorherigen Aktivitäten." Dann gehen langsam die Lichter an.

An der Garderobe ziehen wir vier uns an, während im Hintergrund noch die letzten erotischen Feuerwerke abgebrannt werden. An der Tür bekommen wir die Termine für die nächsten J.O.-Parties in die Hand gedrückt und werden mit dem freundlichen Ruf „Kommt mal wieder!“ verabschiedet.

Freizeit in Rattanmöbeln

Über schwule Freizeitgruppen gibt es die schrecklichsten Gruselgeschichten. Mein Freund Karl, den, wie er sagt, nicht einmal ein Live-Auftritt von Barbra Streisand mit Stripeinlage von Jeff Stryker am Besuch einer solchen Gruppe interessieren könnte, hat mir genau erklärt, was da abläuft: Die Spezies des unästhetischen Homosexuellen rottet sich zusammen, knüpft linksradikales Makramee in alternativen Kellergeschossen voller Rattanmöbel und brennt dabei Räucherkerzen (aus biologischer Herstellung) ab, um den Geruch nach nassen Pudeln, der von den Gruppenmitgliedern ausströmt (die alle Psychologie studiert haben), zu überdecken.

Letzte Woche aber lernte ich Nick kennen. Er hätte mich fast mit seinem Motorrad überrollt, als ich wieder mal bei Rot über die Kreuzung lief. Natürlich machte er sich schreckliche Vorwürfe, er hätte mich ja umbringen können, und weil ich ihn ziemlich attraktiv fand (so eine Art deutsche Ausgabe von Eros Ramazzotti in Motorradkluft – etwas größer natürlich) ließ ich mich von ihm auf einen Kaffee einladen, damit er sein Gewissen beruhigen konnte. Beim Kaffee stellte sich heraus, daß Nick nicht nur schwul, sondern auch Mitglied der Gruppe „Schwule Freizeit“ war, die er in den höchsten Tönen schilderte. Da treffe man unkomplizierte, ungelackte Männer, die nicht von der Discoszene korrumpiert seien und im Gegensatz zu den anderen Schwulen miteinander nicht nur im Bett etwas anfangen könnten.

„In der Gruppe kannst du Theater spielen, gemeinsam musizieren, diskutieren, Schach, Stricken oder Italienisch lernen, und jeden Freitag abend trifft sich der *Golden Girls*-Fanclub", schwärmte Nick funkelnden Auges.

„Ja, aber sind die Leute denn nicht alle *häßlich*!?" fragte ich, obwohl mich Nicks gutes Aussehen eigentlich schon vom Gegenteil überzeugt hatte.

„Häßlich? Das ist doch etwas ganz Oberflächliches. In der Gruppe sind sie nicht aufgemotzt wie in *Beverly Hills 90210*, das hat man doch auch nicht nötig, wenn man Persönlichkeit hat. Also paß auf, am Freitag ist Offener Abend, danach eine Plenumsdiskussion und um elf der *Golden Girls*-Fanclub. Wir treffen uns um acht, ja? Du wirst dich bestimmt wohl fühlen."

Ich war schon überredet, Nick hatte wirklich sehr schöne Augen.

Es ist das Kellergeschoß eines großbürgerlichen Hauses aus dem letzten Jahrhundert. Die Tür (der ehemalige Dienstboteneingang) ist grellrosa gestrichen. Stolz verkündet ein Metallschild „Schwule Freizeit". Ich trete in den überheizten Raum ein, der – natürlich – auch rosa gestrichen ist. In den Fensternischen stehen Rattansessel, auf niedrigen Tischchen liegen Zeitschriften aus. Durch die geöffneten Türen sieht man in die zwei anliegenden Räume, der eine steht voller Stühle, der andere ist die Küche. An den Wänden Safer-Sex-Plakate, ein Beardsley-Kunstdruck und ein altes Abba-Poster. Und überall Blumen: Die Fensterbänke quillen über von bunt gefüllten Töpfen und Vasen, in einer Zimmerecke ragt ein riesiger Bananenbaum, in einer anderen verschiedene Farne. Nick ist nirgendwo zu sehen.

Etwa zehn Männer sitzen oder stehen herum, lesen oder unterhalten sich. Keiner scheint mich zu bemerken, es gibt keinen „Gastgeber", der mich begrüßt. Also setze ich mich auf ein knarrendes Rattanmöbel und blättere durch den *Spiegel*. Ich lese den *Spiegel* nie, eigentlich finde ich schon dieses glatte Papier irgendwie eklig. Während des Blätterns schicke ich kleine Stoßgebete zum Himmel, daß Nick endlich kommen möge, und blicke strahlend auf, als ich höre, wie sich die Eingangstür öffnet. Es ist natürlich nicht Nick, sondern ein Mann mit John-Lennon-Brille, Igelhaarschnitt und Jeansjacke. Der erwidert mein Strahlen jedoch trotzdem mit einem Strahlen seinerseits, kommt auf mich zu und sagt:

„Dich habe ich hier ja noch nie gesehen bist du zum ersten Mal hier ich bin Stephan mit PH und wer bist du gehst du ins Solarium du bist irgendwie so braun oder warst du im Urlaub ich war ja in Südfrankreich ach die Camargue die wilden Pferde Flamingos Sonne und die *Franzosen* ich kann dir sagen natürlich unglücklich verliebt ah *l'amour* bla bla bla bla bla …"

Ich wünsche mir, Nick hätte mich totgefahren mit seinem Motorrad. Während Stephan mit PH mir dann in allen Einzelheiten seine tragische Affaire mit einem südfranzösischen Bauernjungen (Filmstoff für James Ivory) erzählt, liegt seine Hand wie selbstverständlich auf meinem Bein. Während der Geschichte vom Selbstmord seiner Mutter als Reaktion auf sein Coming-out (Filmstoff für Bertolucci) fängt die Hand an, sich zu bewegen und zu der Saga von Stephans Liebesgeschichte mit seinem Psychiater (Filmstoff für Ingmar Bergman) knetet sie heftig meinen Oberschenkel. Ich fliehe aufs Klo (Filmstoff für Frank Ripploh).

Als ich wiederkomme, hat sich der Raum gefüllt; die Plenumsdiskussion steht bevor. Stephan mit PH erzählt jetzt einem Mittvierziger im Anzug die Geschichte vom verlorenen französischen Bauernsohn.

„Tut mir leid, daß ich so spät komme", höre ich hinter mir Nicks Stimme, „Ich hatte Probleme mit der Maschine. Gefällt's dir? Hast du schon ein paar nette Leute kennengelernt?"

„Nur Stephan. Mit PH. Aber den gründlich."

„Wie schön. Du, entschuldige, ich muß die Plenumsdiskussion ansagen."

Nick steigt auf einen Rattanstuhl, der bedenklich knarrt:

„Liebe Männer, liebe Männer! Bitte hört mal zu. Die heutige Plenumsdiskussion fängt jetzt an. Es geht um die Frage, ob sich unsere

Gruppe von „Schwule Freizeit“ in „Schwuler Freiraum“ umbenennen soll. Bitte nehmt alle im Nebenzimmer Platz.“

Nick hatte mir nicht gesagt, daß er die Diskussion leitet. Ich setze mich also wie alle anderen (vielleicht 30 Leute) ins Nebenzimmer und warte ab. Strahlend nimmt Stephan mit PH den Stuhl neben mir: „Haha, das ist ein Zufall, was?!“

Nick, der vor der Versammlung steht, bittet um Ruhe und trägt die anwesenden Mitglieder in eine Liste ein. Offensichtlich muß alles seine Ordnung haben. Ich darf mir unterdessen die dramatische Geschichte von Stephans unerfüllter Liebe zu einem Heterosexuellen (Filmstoff für Ralf König, sollte er mal Regie führen wollen) anhören, dann wird Stephan von Nick unterbrochen:

„Also, liebe Männer, ich wollte irgendwie noch mal so die Idee zusammenfassen, die also hinter dieser Diskussion steht. Kann eine Gruppe sich „Schwule Freizeit“ nennen, wenn doch der Schwule in unserer Gesellschaft nicht „frei“ ist? Ist unser Name nicht irgendwie zu unpolitisch? Es ist doch alles Politik, wir können das doch auch in der sogenannten „Frei-zeit“ nicht leugnen. Deshalb haben ein paar Mitglieder sich überlegt, „Schwuler Freiraum“ wäre irgendwie passender, weil es nicht Freizeit im Sinne von Unterhaltung ist, sondern ein Freiraum in der Gesellschaft, den wir Schwule brauchen. Versteht ihr mich, liebe Männer?“

Sie verstehen. Und sie diskutieren, wie man das gelernt hat: Jeder sagt irgend etwas, um etwas gesagt zu haben, und dann widerspricht man sich, und niemand verläßt seine Position, und dann ist die Diskussion aus und alles ist genau wie vorher. Kann man in jeder Fernsehtalkshow verfolgen. Die Gruppe heißt noch immer „Schwule Freizeit“, ist ja klar.

Als ich „Schwule Freiheit“ als Alternative vorschlage, wird mir vorgeworfen, das höre sich an wie eine bayerische Popgruppe. Dann schlage ich mich auf die Seite der „Schwule Freizeit“-Fundamentalisten, denn in der Gruppe geht es ja in erster Linie um Freizeitgestaltung, auch wenn diese manchmal politischen Charakter hat. Gerade, als ich mich richtig zu engagieren beginne, bemerke ich, daß es gar nicht klimpert, wenn Stephan mit PH meinen Schenkel knetet: Ich habe meinen Schlüsselbund verloren! Natürlich muß ich ihn sofort suchen und krieche zwischen den Stühlen auf dem Boden herum. Nick ist davon irritiert und fragt mich, was denn geschehen sei?

„Mein Schlüsselbund ist weg", schluchze ich.

„Liebe Männer!" ruft Nick, „Es ist doch selbstverständlich, daß wir alle beim Suchen helfen!"

Und tatsächlich kriechen die dreißig Männer auf der Suche nach meinem Schlüssel über den Boden, nicht ohne Kichern und absichtliche Zusammenstöße. Es wird eine richtige Party. Ausgerechnet Stephan mit PH findet ihn auf dem Klo, wo er mir wohl aus der Tasche gefallen sein mußte. Ich bekomme den Schlüssel feierlich überreicht, und alles applaudiert. Stephan ist sehr stolz auf seinen Erfolg und nutzt die Gelegenheit, mir zu erzählen, wie er einmal nicht seinen Schlüsselbund, sondern sein Herz an eine Lesbierin mit Schnurrbart verloren hat, was ihn in eine tiefe sexuelle Identitätskrise stürzte (Filmstoff für Woody Allen). Die Gruppenmitglieder haben die Diskussion aufgegeben, unterhalten sich und albern herum.

„Liebe Männer", ruft Nick in den Aufruhr hinein, „als Vorsitzender des *Golden Girls*-Fanclubs muß ich darauf hinweisen, daß es fünf vor elf ist! Bitte alle vor den Fernseher!"

Ein großer alter Fernsehapparat wird hereingetragen und, während die „Schwule Freizeit" gebannt die Damen aus Miami betrachtet, kann ich endlich neben Nick sitzen. Und seine Hand halten.

Die Lämmer schweigen, der schwule Chor nicht

Ehrlich gesagt ist die Institution Männerchor für mich stark vorbelastet. Mein seliger Großvater sang zeitlebens Baß im katholischen Sankt-Augustus-Chor einer westfälischen Industriestadt. Nach der kirchlichen Probe kegelte man, und das Pils floß in Strömen: Männer unter sich. Das Repertoire beschränkte sich auf Hymnen und inbrünstige Volkslieder, mit denen mein Großvater uns auch gerne bei Wanderausflügen in die Eifel quälte.

Kurz und gut: ich hasse Männerchöre, schwul oder nicht. „Vereine sind mir suspekt, und die Soldaten singen auch immer beim Marschieren!" schrie ich Karl an, als er versuchte, mich zu überreden, das Konzert des Männerchores „Rosa Stimmbänder" zu besuchen. Auch die Freikarten, die Karl über irgendeinen seiner obskuren Bekannten (Karl kennt Gott und die Welt) erhalten hatte, konnten mich nicht reizen.

„Baby", sprach Karl, „es kostet dich doch nichts außer deiner Zeit. Gib den ‚Stimmbändern' eine Chance, sie sollen wirklich gut sein. Wenn du nicht mit zum Chor kommst, komme ich nicht mit in *Das Schweigen der Lämmer*, ich kann sowieso kein Blut sehen."

Nach dieser unverschämten Erpressung – Karl weiß genau, daß ich Gruselfilme nicht alleine ansehen kann, aber trotzdem süchtig nach ihnen bin – willigte ich augenrollend ein und fuhr mit Karl in das kleine Vorstadttheater, in dem das Konzert der „Rosa Stimmbänder" stattfinden sollte. Der Saal war ausverkauft bis zum letzten

Platz, aber unsere Freikarten sicherten uns Sitze in der zweiten Reihe. Ich sah mich im Zuschauerraum um: Gestandene schnauzbärtige Mannsbilder mittleren Alters dominierten im insgesamt bürgerlich bis intellektuell wirkenden Publikum. Die Art von Schwulen, die man in der Oper sieht. Direkt hinter uns saß ein rühriges Rentnerehepaar, das offensichtlich jede Darbietung dieses Vorstadttheaters besucht. Ob die überhaupt wissen, was ihnen blüht?

Das Licht geht aus: gespannte Erwartung, Tuscheln von hinter der Bühne, und dann paradieren die etwa fünfzig „Stimmbänder" mit ihrem Auftrittslied *New York, New York* hinaus ins Rampenlicht. Sie sind ungeheuer sangesfreudig, wenn auch nicht besonders sangeskundig. Die Kostüme sind, verglichen mit den Sangesbrüdern meines Großvaters, farbenprächtig: Die Chormitglieder tragen bunte T-Shirts und arrangieren sich in der Farbfolge des Regenbogens auf der Bühne – eine dezente Solidaritätskundgebung mit HIV-Positiven. Nach den ersten Nummern haben sie das Publikum fest in der Hand. Die Begeisterung, mit der sie Opernparodien (*Hänsel und Hänsel*) und pikant verfremdete Volkslieder vortragen, springt auf die Zuhörer über: Stimmung! Karl klatscht im Takt.

In der Pause drängt man sich sektschlürfend im Foyer und äußert sich begeistert. Ich höre kaum negative Kommentare, außer der wiederholten Feststellung, die könnten ja wohl nicht wirklich singen, aber das wäre auch nicht nötig bei dem Elan. Auch einige „Stimmbänder" mischen sich unter die Menge und lassen sich bewundern. Karl vertieft sich in ein Gespräch mit einem sehr attraktiven Chormitglied, und ich sehe aus dem Augenwinkel, wie Telefonnummern getauscht werden.

„Karl, du Groupie!" rufe ich.

„Ach was, Groupie", antwortet Karl. „Ich hab mir die Adresse aufschreiben lassen, wo der Chor probt. Weißt du, ich finde, wir sollten mal vorsingen. Das sieht doch alles nach einer Menge Spaß aus. "

Bevor ich mich von meinem Schock erholen kann, beginnt die zweite Hälfte des Konzerts, in der leisere Töne angeschlagen werden:

Lieder zur Erinnerung an AIDS-Opfer mit lyrischen Texten, leider alles auf Englisch. Und dann noch eine politische Hymne der US-Schwulenbewegung, bei der man mitsingen kann, während einige Dutzend Luftballons von der Decke schweben: Finale mit *special effects*.

Karl und der Rest des Publikums – einschließlich der Rentner hinter uns – trampeln und schreien nach einer Zugabe. Mit solchen Ovationen hat der Chor offensichtlich nicht gerechnet, also gibt er als Zugabe nochmals *New York, New York*.

„Gut", sage ich zu Karl, „ich fand das Konzert wirklich peppig und witzig und ich habe mich, wie Marcel Reich-Ranicki sagen würde, nicht gelangweilt. Aber müssen wir denn gleich selbst zu ‚Rosa Stimmbändern' werden? Ich kann nicht besser singen als Hilde Knef. Ich meine, ich wäre keine Bereicherung für den Chor, ich würde doch nur Platz auf der Bühne wegnehmen. Karl, sollen wir nicht lieber in den schwulen Tischtennisverein eintreten? Oder die schwule Esoterikgruppe?"

„Nächsten Samstag ist die Probe, und wir gehen hin", bestimmt Karl. „Du willst doch *Das Schweigen der Lämmer* sehen, oder?"

Erpresser. Womit habe ich das verdient?

Am Samstag nachmittag stehen wir pünktlich in dem Saal des diakonischen Werkes, in dem die Chorproben stattfinden. Die christliche Atmosphäre erinnert mich an meines Großvaters Gesangsverein: Porträts gestrenger Kirchenväter vergangener Jahrhunderte an den Wänden und ein riesiges Kruzifix an der Stirnseite des Saales, direkt über der Plattform, auf der der Flügel steht. Es ist noch kein Mensch da.

„Der gewöhnliche Homosexuelle", sagt Karl mit wissenschaftlichem Gesichtsausdruck und erhobenen Zeigefinger, „ist unpünktlich."

Doch da tritt ein fröhlich plauderndes Grüppchen ein, stutzt und sieht uns fragend an.

„Gehört ihr zu den ‚Rosa Stimmbändern?'" frage ich.

„Schätzchen, wir *sind* die ‚Rosa Stimmbänder!'" antwortet ein kleiner Rothaariger mit *basso profundo*.

Karl erklärt, daß wir gerne mal an der Chorprobe teilnehmen würden, uns habe das Konzert dazu motiviert, vielleicht mitzusingen. Da müßten wir uns an den Boß wenden, den Chorleiter Brian aus San Francisco, der gerade durch die Tür kommt, erklärt uns der rothaarige Baß.

Der „Boß" ist ein großer stiller Typ Anfang Vierzig, sehr sympathisch und freundlich und mit einem sexy amerikanischen Akzent. Er schätzt Karl als Baß und mich als Tenor ein – einfach so anhand unserer Sprechstimmen, was uns sehr imponiert – und weist uns unsere Plätze im Chor an, dessen Sitzordnung nach den Stimmlagen geordnet ist. Brian tritt vor die inzwischen zum Großteil eingetroffenen „Stimmbänder" und beginnt mit Atmungs- und Lockerungsübungen, die etwas von Aerobic für Schwerbeschädigte haben.

Dann singen wir ihm Töne nach. Ich treffe natürlich keinen einzigen richtig, was mir zweifelnde und mitleidige Blicke der Chormitglieder einträgt. Ich fange an zu schwitzen. Karl fühlt sich sichtlich wohl in der Baßgruppe und singt nicht einen falschen Ton. Ich könnte ihn umbringen. Nach diesen Tonübungen wird ein neues Lied einstudiert, indem der Pianist die Melodie vorspielt und wir sie nachsingen. Ich bin überrascht, wie leicht mir das fällt, bis mein Nachbar mich anstößt und mir erklärt, daß ich als Tenor besser nicht die Baritonstimme schmettern sollte. Ich fühle mich ganz fürchterlich unmusikalisch und singe nur noch ganz leise mit, mehr ein Flüstern als ein Singen, so eine Art Playback. So komme ich ganz gut über die Runden bis zur Pause.

„Ich bin völlig geschafft, mir ist das alles peinlich; ich treffe keinen einzigen Ton, genau wie Madonna bei Live-Auftritten. Ich kann nicht mehr", jammere ich Karl vor. „Und ich brauche dringend was zum Essen! War da nicht ein Döner-Kebab-Stand um die Ecke? Willst du auch was, Karl?"

Aber Karl plaudert fröhlich mit seinen Bässen und winkt mir ab. Also gehe ich allein meinen Döner essen.

Nach der Pause singen wir *In der Bar zum Krokodil*, ein Lied, das ich glücklicherweise kenne, so fällt mir mein Playback viel leichter. Aber ich bekomme trotzdem wieder jede Menge seltsame Blicke von den Sängern in meiner Nähe. Außerdem fällt mir auf, wie nasal die plötzlich alle singen. Mein Nachbar, ein gemütlicher Untersetzter, wendet sich ziemlich deutlich von mir ab. Schließlich dämmert es mir: In meinem Döner waren jede Menge Zwiebeln und Knoblauch! Wie unangenehm. Verzweifelt suche ich in meinen Taschen nach einem Kaugummi. Natürlich finde ich keinen und wage jetzt nicht mehr, den Mund zu öffnen. Also summe ich ein bißchen mit, was mir irritierte Blicke von Brian einträgt, zumal ich auch beim Summen nicht unbedingt die Töne treffe.

Mein vollschlanker Nachbar hat schließlich Erbarmen und bietet mir ein Pfefferminzdragee an, das ich so begeistert annehme, als wäre ich körperlich abhängig von Pfefferminzdragees und seit Stunden auf *turkey*. Allerdings ist das Singen mit einem Pfefferminzdragee im Mund auch nicht so einfach. Aber das fällt schon gar nicht mehr besonders auf. Die Chorprobe geht nämlich in ihre dritte Stunde, und die Disziplin der Sänger läßt sehr zu wünschen übrig. Es wird gekichert und geredet, und außer mir singen inzwischen auch viele andere aus Konzentrationsmangel verkehrt. Brian findet das gar nicht lustig und droht:

„Wenn jetzt nicht Disziplin einkehrt, hole ich die Peitsche raus!" Auf diesen Ausbruch erfolgen allgemeines albernes Gejohle und Rufe wie „Ich zuerst, Brian!" und „Diszipliniere mich, diszipliniere mich!" Brian sieht sich lachend gezwungen, die Probe für heute abzubrechen. Ich bin zutiefst erleichtert.

Auf dem Heimweg erklärt mir Karl, er wolle Mitglied der „Rosa Stimmbänder" werden: „Endlich ein Hobby, das nichts mit Sex zu tun hat!"

Ich dagegen weiß jetzt, daß ich musikalisch mindestens so unbegabt bin wie David Hasselhoff.

„Stimmt", sagt Karl, „wenn du in diesem Chor bleiben würdest, könnte man das nur noch als ‚Gewalt gegen Schwule' bezeichnen."

Und dann gehen wir in *Das Schweigen der Lämmer*. Das habe ich mir schließlich schwer genug verdient.

Der Girosachbearbeiter in der Lederbar

Den Anstoß für meine Exkursion ins Leder-Milieu gab ein Videoabend im Freundeskreis: Zu trockenen Martinis und Kartoffelchips sahen Jens, Martin, Karl und ich uns *Cruising* von William Friedkin an, einen fürchterlichen Film über bestialische Morde in der New Yorker Lederszene. Al Pacino muß sich als Polizist in die Bars und Discos einschleusen und dabei so tun, als sei er schwul.

„Selten blöde Story", meinte Karl, „wer nimmt denn Pacino ab, daß er auf Männer steht?"

„Och, in der Lederszene sehen sie doch alle so mackerhaft aus", sagte Jens.

„Macker, ha-ha-ha! Da quetschen irgendwelche Postbeamten und Opernsänger ihre überschüssigen Pfunde in Lederkluft und machen auf harter Kerl", meckerte Karl.

In mir regte sich der archaische Sinn für Gerechtigkeit: „Karl, wie willst du das beurteilen? Du warst doch nie in einer Lederbar!"

„Na Gottseidank nicht!!"

„Ob's da wirklich so brutal zugeht wie in *Cruising*?" fragte Jens leise und umklammerte Martins Hand.

„Es gibt nur einen Weg, das herauszufinden", entschied ich. „Also, wer geht mit?"

Natürlich wollte sich keiner auf den Besuch einer Lederbar einlassen. Jens und Martin behaupteten, Angst zu haben (kein Wunder nach *Cruising*), und Karl tat die Idee als eine meiner absurden Aktionen (wie den Besuch einer schwulen Freizeitgruppe oder einer Autogrammstunde mit Conny Francis) ab.

„In den entscheidenden Momenten seines Lebens ist man immer allein“, resignierte ich.

„Ist das von Blanche du Bois oder Bette Davis?“ fragte Karl.

Aber mein Entschluß stand fest. Ich hatte mir eine Bar mit dem vielversprechenden Namen „Zur Hölle“ ausgesucht. Aber was trägt man in der Hölle? Aus *Cruising* wußte ich zwar, was Ende der Siebziger Jahre modemäßig in der New Yorker Lederszene angesagt war, aber wer weiß, ob sich der Dresscode nicht geändert hat? Sollte ich mir einen Schnauzbart ankleben? Ich besaß nicht einmal eine Lederjacke, also entschloß ich mich für Jeans und ein enges, weißes T-Shirt, damit war ich noch in jede schwule Bar hereingekommen. Und dazu mein hübsches, schwarzes Halstuch.

Als ich dann an der Tür zur „Hölle“ klingele, bin ich doch ziemlich aufgeregt. Es ist ein Uhr nachts, aber der Mann, der mir die Tür öffnet, trägt eine Sonnenbrille. Mit Spiegelglas. Ich zwinge mich, nicht etwa unsicher zu lächeln, sondern eiskalt und maskulin auszusehen: Gary Cooper betritt den Saloon von Santa Fe. Die Masche zieht, ich komme anstandslos rein. In der „Hölle“ ist es ziemlich düster. Es riecht nach Bier, Leder und Poppers. Eine lange Theke dominiert das Lokal, dahinter hängt eine Harley Davidson an der unverputzten Wand. Von der Decke baumeln schwarze Lederstiefel, Handschellen und Ketten. Ein bißchen wie die Schreckenskammer im gleichnamigen Hollywoodgrusical. Nur die eiserne Jungfrau und die Streckbank fehlen. Außerdem gab's in der *Schreckenskammer* keine Videos zu sehen. In der „Hölle“ aber schon: In dem gerade laufenden Video werden unsägliche Dinge mit einem Stuhlbein angestellt.

Ich bestelle an der Theke ein Bier, immer darauf bedacht, weiterhin Gary Cooper zu sein. Gary Cooper in seinem ersten Horrorfilm. Neben mir sitzen zwei sehr dicke Männer auf Barhockern. Der eine ist völlig kahl und trägt Schnauzbart, Jeans und eine Art Zaumzeug aus schwarzen Lederriemen, das sich tief in seinen fleischigen Rücken eingräbt. Der andere Mann versteckt sein Gesicht hinter einer Lederkappe, verspiegelter Sonnenbrille und Vollbart. Er trägt lederne Hosen, aus denen sein riesiger behaarter Oberkörper herausquillt. Während er redet, spielt er mit den Ringen in seinen Brustwarzen. Ich belausche das Gespräch: Es dreht sich um die beste Art und Weise, Pfirsichkompott zu kochen.

Ich mache eine Runde durch das Lokal. Es ist ziemlich voll. Nicht alle Männer sehen mit ihren Schnauzern und bizarren Uniformen so sehr nach Fellini-Filmen aus wie die beiden fetten Pfirsichkocher. In einem Nebenraum wird Billard gespielt, und wenn sich die Kerle über den Tisch beugen, spannen die Jeans über dem Hintern, die Muskeln straffen sich vor dem Stoß. Zigarette im Mundwinkel, bläst sich einer die Haare aus der schweißnassen Stirn. Bin ich in einer Jeansreklame gelandet? Jedenfalls macht das Zusehen Spaß. Leider habe ich nie Billard gelernt; dieses Spiel scheint für echte Männer so essentiell zu sein wie Motorrad und Lederjacke.

Während ich mich weiter in der Bar umsehe, mache ich einen Schnellkurs in Coolness mit: Die Typen hier stehen cool (Beine breit, Hände in den Gesäßtaschen), trinken cool (aus der Flasche, den Kopf weit zurückgelehnt), rauchen cool (die Zigarette zwischen Daumen und Zeigefinger und die Augen beim Inhalieren halb geschlossen), reden cool (ohne Gestikulation) und starren sich gegenseitig cool an (nicht lächeln, um Gottes Willen). Wenn sie sich dann eine Zeitlang nicht angelächelt haben, gehen sie zusammen aufs Klo. Oder? Es sieht jedenfalls so aus. Also gehe ich auch einmal aufs Klo. Da ist jedoch kein Mensch. Neben der Toilette führt eine Treppe in den Keller. Aber da ist es ganz dunkel, scheint also nicht zum Lokal zu gehören. Oder? Während ich unentschlossen vor der Kellertreppe stehe, spricht mich ein großer Blonder an, so eine Art Dolph Lundgren im Taschenformat, ganz in Jeans und mit Cowboyhut.

„Na, endlich mal einer, der die richtigen Spielchen mag", flüstert er und hakt seinen Zeigefinger in mein schwarzes Halstuch.

„So einen wie dich findet man selten. Kommst du mit runter?“ fragt er und führt mich an meinem Halstuch in den Keller.

Ich bin völlig verwirrt. Was meint er denn für „Spielchen“? Und was geht in diesem Keller vor? Er scheint voller Leute zu sein, aber keiner spricht, man hört nur das Knarren von Leder und ein gelegentliches Stöhnen. In meiner Verwirrung nimmt die gute Kinderstube überhand (so geht mir das immer: Wenn ich durcheinander bin, werde ich höflich), und ich grüße freundlich in die Dunkelheit hinein: „Guten Abend!“ Für einige Sekunden erstirbt jegliches Geräusch. Genervt murmelt ein Baß: „Was'n das für einer?“ Dann beginnt das Knarren und Stöhnen von neuem.

Noch ehe meine Augen auch nur im Geringsten die Dunkelheit durchdrungen haben, faßt mir der blonde Cowboy (oder vielleicht auch jemand anders, wer weiß das schon bei der sparsamen Beleuchtung) in die Hose, und mir wird der Zweck dieses Raumes schlagartig klar. „Los, gib's mir“, höre ich die Stimme des Cowboys. „Nimm deinen Gürtel! Worauf wartest du?“

Tja, das weiß ich selbst auch nicht. Ich weiß überhaupt nicht, was hier gespielt wird. Was soll ich ihm geben? Und meinen Gürtel werde ich hier ganz bestimmt nicht abnehmen. Ich beschließe, mich dezent zu verdrücken; das sollte ja in der Dunkelheit kein Problem sein. Nicht ohne unterwegs verschiedene Körper in unterschiedlichen Stadien der Entkleidung zu streifen, taste ich mich zur Treppe vor. Oben an der Bar brauche ich einen Wodka.

„Kennen wir uns nicht?“ fragt mich ein Mann mit Schnurrbart und Lederkappe.

„Kann ich mir nicht vorstellen“, sage ich und ärgere mich sofort über meine Antwort. Viel zu viele Worte. Gary Cooper hätte gesagt: „Nein, Mann.“

„Aber ich bin es doch“, sagt der Ledermann und nimmt seine Kappe ab. Ich erkenne den Girosachbearbeiter meiner Bank, mit dem ich schon über so manchem Scheck geflirtet habe. Ein vertrautes Gesicht, das ist natürlich schön nach meinem befremdlichen Erlebnis in der Dunkelkammer.

„Wer hätte das gedacht, du bist ja ein ganz Schlimmer“, sagt der Sachbearbeiter und zupft an meinem Halstuch. Was meint der bloß? Ich ringe mich dazu durch, ihn zu fragen, wieso er mich für so besonders schlimm halte, und er erklärt mir, daß Halstücher in der Lederszene eine Art Geheimcode darstellen: „Je nachdem, welche Farbe man trägt, signalisiert das Tuch eine bestimmte sexuelle Praktik, verstehst du? Schwarz bedeutet Auspeitschen. Du solltest dein Tuch aber nicht um den Hals tragen, sondern in der linken oder rechten Gesäßtasche. Damit zeigst du nämlich, ob du Peitschender oder Gepeitschter sein möchtest. Alles klar?“ Mein Giroberater lächelt mich an. Er erklärt die dunklen Geheimnisse der schwulen Subkultur mit der gleichen Klarheit und Effizienz wie die Vorteile einer Staatsanleihe oder die Zinssteigerung bei Festgeldverträgen. Jetzt ist mir jedenfalls klar, was der Kellercowboy von mir und meinem Gürtel erwartet hat.

Mein Girosachbearbeiter bestellt mir noch einen Wodka: „Das erscheint alles ein wenig extrem beim ersten Mal, aber man gewöhnt sich daran. Die Leute sind alle sehr nett und gar nicht so gefährlich wie sie aussehen. Hast du Lust, mit zu mir nach Hause zu kommen?“

Ich bin etwas überrascht über die wenig verhoffte und noch weniger erwünschte Einladung und zögere mit der Antwort.

„Wir können auch zu dir gehen“, meint der freundliche Bankangestellte, „ich habe alles dabei, was wir brauchen.“ Und dann zaubert er aus den vielen Taschen seiner Lederjacke Dutzende von Gegenständen hervor: Handschellen, Seile, ein Fläschchen Poppers, einen Dildo, Wäscheklammern (schwarz lackiert), Kerzenstummel in verschiedenen Farben, Cockringe in verschiedenen Größen und vielerlei mehr, dessen tieferer Sinn und Funktion mir verborgen bleibt. Zeugt es von finanzieller Weitsicht, seinem Anlagenberater einen Korb zu geben?

Was bleibt mir übrig, ich möchte wirklich keine nähere Bekanntschaft mit seinen Wäscheklammern oder Handschellen machen. „Ich fühle mich sehr geschmeichelt“, stottere ich beim Aufbruch, „aber ich muß morgen ganz schrecklich früh raus und … äh … tja. Also jetzt muß ich leider ganz schnell nach Hause. War nett, dich hier zu sehen."

War mein Auftritt in der Bar noch coolstes Gary Cooper, so ist mein Abgang jetzt zappeligstes Barbra Streisand. Ist wohl doch nicht meine Welt, diese Welt in Leder. Schade eigentlich.

Fee, Traumprinz und Safer Sex

Vor ein paar Monaten war ich mit meinem Freund Karl auf einer Jerk-Off-Party. Wir beide fragten uns seitdem, was eigentlich der Unterschied zwischen einer Safer-Sex-Party und einer Jerk-Off-Party ist.

Letzte Woche rief Karl mich an, um mir mitzuteilen, daß dieses Rätsel kurz vor seiner Lösung stand. Für den Abend war von einer schwulen Organisation eine Podiumsdiskussion über „Gruppensex im Zeitalter von Aids: Jerk-Off- und Safer-Sex-Parties“ anberaumt worden. Da mußten wir natürlich hin.

Die Diskussion fand in einem alten Kino statt. Auf der Bühne saßen die Organisatoren beider Arten von Parties, die sich gar nicht leiden konnten und sich gegenseitig vorwarfen, ihre Parties seien „unethisch“, „spießig“, „schmuddelig“, „sexualfeindlich“ (!) oder gar „sinnlos“. Es wurde allerdings deutlich, daß man auf den Jerk-Off-Parties die Schuhe anbehalten muß, um sich nicht die Füße an eventuell zu Bruch gegangenen Gläsern zu verletzen, während man sie auf den Safer-Sex-Parties ausziehen darf, da alle Räume mit Teppichresten ausgelegt und Getränke nur in Pappbechern serviert werden. Ich fand es einigermaßen verwunderlich, daß die Fußbekleidungsfrage einen so hohen Stellenwert in der Diskussion einnahm: Sollte all das wirklich nur eine Frage von Schuh oder Nicht-Schuh sein?

Auf der Bühne erregten sich mittlerweile die Jerk-Off-(Pro-Schuh)-Anhänger über die angeblich unhygienische Qualität der auf den Safer-Sex-(Contra-Schuh)-Parties ausgelegten Teppiche: Diese seien noch nach keiner Safer-Sex-Party gereinigt, aber schon sechsmal wiederverwendet worden! Naja, dachte ich mir, der Linoleumboden, auf dem man sich bei den Jerk-Off-Parties tummelt, ist natürlich pflegeleichter, aber, wie ich aus leidvoller Erfahrung wußte, ziemlich unbequem und auch nicht gerade sauber, weil die Gäste ja schließlich ihre Straßenschuhe anbehalten. Die ganze Sache schien immer wieder auf die Schuhfrage hinauszulaufen.

„Baby“, entschloß Karl, „wir gehen auf die nächste Safer-Sex-Party! Nur so können wir wirklich sicher sein, ob Gruppensex mit oder ohne Schuhe geiler ist!“

Ein paar Tage später ist es schon soweit. Karl und ich müssen uns ziemlich viel Mut antrinken, bevor wir uns endlich auf den Weg machen. Eine halbe Flasche Wodka, Neugier und Lust im Blut steigen wir in die U-Bahn. In dem sehr heiteren Zustand, in dem wir uns befinden, verpassen wir einige Anschlüsse, was dramatische Folgen hat: Der Einlaß bei der Safer-Sex-Party endet um Mitternacht, und wir sitzen wenige Minuten vor zwölf noch immer in der U-Bahn!

„Wenn wir nach Mitternacht kommen, bleibt uns nicht mal ein gläserner Schuh! Aber es ist ja sowieso eine Party ohne Schuhe“, murmelt Karl mit alkoholisierter Resignation.

„Ich hab die Nase voll von Schuhen, Karlchen. Mußt du mich auch noch damit nerven? Lauf lieber!“

Wir springen aus der U-Bahn, rennen die nächtlichen Straßen entlang und hechten die Treppen hoch zu der im fünften Stock gelegenen Disco, in der die Party stattfindet. Zu spät! Eine Minute nach zwölf: Die Türen sind schon geschlossen. Aber wir sind nicht allein. Fünf Männer stehen schon auf dem Treppenabsatz, und hinter uns höre ich noch zwei die Treppen hochhasten. Wir solidarisieren uns natürlich sofort und fordern vehement Einlaß. Wir klingeln, rufen, klopfen. Alles umsonst, die Discomusik hinter der Tür bleibt die einzige Antwort. Zwei gehen enttäuscht nach Hause, wir Restlichen setzen uns auf die Treppe und mustern uns skeptisch.

„Das sind also die Leute, die auf Safer-Sex-Parties gehen“, raunt mir Karl zu. Ein Zorniger in Leder („Gleich tritt er die Tür ein, wenn er so gefährlich ist, wie er aussieht“, flüstere ich in Karls Ohr); zwei Jungs in Windjacken, die ungläubig die Augen rollen; ein genervt rauchender Späthippie mit Pferdeschwanz und ein Jüngling vom Lande, der schuldbewußte Blicke um sich wirft und mich panisch fragt: „Ja, was machen wir denn jetzt? Die können uns doch nicht so stehen lassen hier? Oder? Oder?“

Die Frage beantwortet sich von selbst. Die Tür wird geöffnet, und ein blondgefärbter Kopf schiebt sich heraus. Er gehört zu einer riesigen, knochigen Tunte, die nichts als ein um die Hüften drapiertes Handtuch trägt. Mit großer Stummfilmgeste faßt sie sich an die Stirn:

„Ach Gottchen, ihr armen verlorenen Seelen da draußen in der Kälte! Kommt rein, Kinder, auf ein paar mehr oder weniger kommt's nicht an, wir sind schon fast Zweihundert! Hopp hopp, raus aus den Klamotten!“

„Na bitte“, sagt Karl, „kein gläserner Schuh, aber eine gute Fee!“

Die Fee kassiert die zehn Mark Eintritt und erklärt uns auch endlich, wodurch sich diese Veranstaltung von einer Jerk-Off-Party unterscheidet: Man darf alles machen, was *safe* ist; zu diesem Zweck stehen überall Gummis und Gleitcreme in großen Glaskübeln herum. Die Räumlichkeiten sind dezent verdunkelt und durch Vorhänge in verschiedene Bereiche eingeteilt: Eine Garderobe, an der wir unsere gesamte Kleidung gegen ein Handtuch („Beige! Steht mir überhaupt nicht!“ meckert Karl) eintauschen, eine Art Bistro-Bereich mit kleinen Tischen, Stühlen und Sofas, die Tanzfläche, auf der ein paar Dutzend Tänzer versuchen, beim Hüftschwung ihre Handtücher nicht zu verlieren, und die Bühne, die mit reichlich Kissen, Matratzen und kreativ gerafften Vorhängen in eine Art Serail verwandelt wurde. Es herrscht ungezwungene Partystimmung. Karl trifft natürlich sofort einen Bekannten und kreischt:

„Du hier? Das hätte ich ja nicht von dir gedacht! Ferkelchen!“ Die beiden holen sich was von der Bar und lassen sich an einem Bistrotischchen nieder, um die körperlichen Qualitäten der etwa zweihundert Anwesenden aufs Genaueste zu besprechen. Karl ist so locker, als würde er ständig auf Sex-Parties gehen, ich jedoch fühle mich etwas mulmig. Mein Wodkarausch hat nachgelassen und mir fällt auf, daß hier überhaupt kein Sex stattfindet. Allerdings gibt es da eine Tür, durch die immer wieder Leute verschwinden. Das muß ich auskundschaften.

Ich trete in den Nebenraum ein und traue meinen Augen nicht: Bei der starken Verdunkelung wirken die ineinander verschlungenen Paare und Gruppen, die den gesamten Boden bedecken, wie ein einziges riesiges Wesen, dessen ausschließlicher Lebenszweck Lust ist. Völlig hysterisch renne ich aus dem Zimmer und stoße in der Tür mit der blondierten „Fee“ zusammen, die einen Korb voller Kondome am Arm hängen hat, aus dem sie wie eine Kölner Karnevalsprinzessin ganze Hände voll in die Masse wirft und dabei ruft: „Fickt, Leute, fickt!“

Ich brauche eine Atempause an der Bar. Das habe ich mir in meinen kühnsten Träumen nicht vorgestellt, das stellt ja die Orgien der römischen Kaiser in den Schatten! Darauf einen Wodka! Da sitze ich auf meinem Barhocker und kann das alles nicht fassen: lauter reizende Leute, die sich unterhalten, tanzen oder miteinander schlafen, als wäre das das Natürlichste auf der Welt. Aber ist es das nicht auch? So scheinen viele zu empfinden, denn die Sexualität erobert vom Nebenzimmer aus bald die gesamten Räumlichkeiten. Den Schutz der Dunkelheit hat sie nicht mehr nötig. Die Ersten tanzen nackt, bald bleibt es nicht nur beim Tanzen, überall wird geknutscht und gestreichelt, Paare und Gruppen bilden sich und lösen sich auf. Es wird so ungezwungen gebumst, wie auf anderen Parties geflirtet wird. Männer gehen an mir vorbei, lächeln und küssen mich: einfach so. Karl und sein Bekannter liegen unter einem Bistrotisch, aber nicht etwa betrunken und bewußtlos, sondern höchst aktiv. Die „Fee“ scheint tatsächlich magische Kräfte zu haben. Hat sie diese Nacht in ein erotisches Märchen verwandelt? Kann Sex so unverkrampft, leicht und ziellos sein? Mir gegenüber schläft ein hübscher Dunkelhaariger auf einem Sofa. Getragen von meiner Euphorie beginne ich, am Märchen dieser Nacht teilzunehmen: Ich küsse ihn wach. Er schlägt die hellen Augen auf und lächelt. Den Rest kann man sich ja denken.

Es ist schon hell draußen, als Karl und ich gehen.

„Kannst du dir vorstellten, daß das die gleichen Leute waren, die sich in genau den gleichen Räumen jedes Wochenende eiskalt anstarren, blasiert eine nach der anderen rauchen und dann frustriert nach Hause gehen?" frage ich Karl.

„Wach auf, mein Junge", sagt Karl, „das waren die gleichen Typen. Wir waren auch da."

„Aber war es nicht wie ein Märchen? Sogar mit Traumprinz ...", seufze ich.

„Ich bin mindestens fünfmal auf benutzten Kondomen ausgerutscht. Und außerdem hatte ich fürchterlichen Hunger, und es gab nur diese schrecklich ekeligen Leberwurstbrote. Der Teppich hat mir den ganzen Rücken wund gescheuert, und ich frage mich, ob ich mir nicht Fußpilz geholt haben könnte, bei all den nackten Füßen ..."

„Ach Karl, du bist wirklich unmöglich realistisch!"

Schwule im Fernsehen

Vor ein paar Monaten ging ich von einer Zeitungsanzeige („Wir bieten Ihnen eine riesige Auswahl an schwulen Filmen") angelockt in eine schwule Videothek und fragte dort nach *Ein Platz an der Sonne*. Der Herr an der Kasse hob eine graue Braue, sah mich über seinen Brillenrand an und fragte: „Ist der mit Jeff Stryker?"

„Nein, mit Montgomery Clift."

„Montgomery Clift hat Pornos gedreht?"

„Nein, wieso?"

„Weil wir nur Pornos haben, Schätzchen", sprach der Kassierer und schüttelte mitleidsvoll das spärlich behaarte Haupt. „Auf Monty können heutzutage nur noch die wenigsten, Liebes. Da müssen schon stärkere Geschütze aufgefahren werden, um die Leute anzumachen."

Daran erinnerte ich mich, als ich vom ersten deutschen schwulen Fernsehen in Berlin hörte. Was würden die wohl zeigen? *Nächte in schwarzem Leder* und *Das Knabeninternat*?

„Quatsch!" klärte mich Karl auf, der wie immer über alles bestens informiert war. Er hat Freunde in Berlin, die ihm die zweiwöchentlichen Sendungen des schwulen Fernsehens auf Videokassette aufnahmen und zuschickten. „Das würde ich ja begrüßen, wenn sie uns Pornos bescheren würden", zeterte Karl. „Oder wenigstens eine Männerversion von Titti Frutti. Mit Kerlen, die als Obst verkleidet dümmliche Liedchen trällern und sich dann die Kirschen von den Brustwarzen pflücken. Nein, Baby, es ist viel schlimmer! Es ist politisch! Es hat Anspruch! Es fordert Toleranz für uns arme fehlgeleitete Kreaturen. Es gibt Safer-Sex-Tips für blutige Anfänger und Gehirngeschädigte nach dem Motto: So zieht man ein Kondom auf den Pimmel, ohne sich dabei zu verletzen."

Karl ereiferte sich immer heftiger: „Baby, es ist einfach nicht anzuschauen. Das Ganze findet in Rosa von Praunheims Wohnzimmer statt, das man als Studio mißbraucht. Da sitzen dann ein blonder Schwuler von nebenan und eine gepflegte Tunte und lesen stockend Veranstaltungshinweise vor mit einer Trantütigkeit, die selbst die Gespräche zwischen Eduard und Sabine Zimmermann übertrifft. Und dann Baby, du wirst es nicht für möglich halten – taucht Rosa persönlich auf, der Jupiter des deutschen Subkulturolymps, und präsentiert totlangweilige Talkgäste, die beweisen sollen, wie normal und lieb wir Schwulen doch sind."

„Meine Güte, Karl, beruhige dich! Das schwule Fernsehen ist doch kein Großangriff auf dich persönlich!"

„So kommt's mir aber vor. Als Rosa eine Lesbierin aus dem Ural interviewte, dachte ich zuerst, das sei ein Sketch!"

Ich versuchte Karl zu beschwichtigen: „Soviel ich weiß, hat Rosa sich inzwischen von dem Projekt getrennt, also brauchst du dich über den gar nicht mehr aufzuregen."

„Na dann gute Nacht. Ohne die Praunheim bleibt ja nur noch eine Gruppe von Dilettanten und Profilneurotikern übrig. Ich sage dir, du kannst das schwule Fernsehen vergessen, Baby. Vor ein paar Wochen habe ich meinen Freunden in Berlin geschrieben, daß sie mir den Quark nicht mehr zu schicken brauchen. Die letzte Kassette hab ich schon gar nicht mehr angeschaut. Die liegt irgendwo rum und wartet aufs überspielt werden."

„Mich interessiert es aber doch, Karl. Können wir nicht die Sendung, die du noch hast, zusammen ansehen? Ich fühl mich so schrecklich provinziell, wenn es irgendwo in Deutschland schwules Fernsehen gibt und ich das noch nicht gesehen habe", bettelte ich.

„Kommt gar nicht in Frage, Zeitverschwendung!" schrie Karl. „Wozu um Himmelswillen brauchen wir überhaupt ein eigenes schwules Fernsehen? Haben wir nicht genug schwule Programme mit dem *Grand Prix Eurovision*, den *Golden Girls* und Alfred Biolek? Und außerdem läuft jetzt auch der *Denver Clan* wieder – im Frühstücksprogramm!"

So schlimm, wie Karl das beschreibt, kann es gar nicht sein, dachte ich mir und heckte eine Hinterlist aus. Unter dem Vorwand, einen Videoabend veranstalten zu wollen, lud ich mich ein paar Tage später bei Karl ein: „Ich bringe *Hello Dolly* mit, Karlchen. Dann machen wir's uns so richtig gemütlich und singen und schielen mit Barbra Streisand um die Wette!" Karl stimmte dem Vorschlag begeistert zu.

Abends lege ich mit unschuldsvollem Lächeln die mitgebrachte Kassette ein. Karl liebt *Hello Dolly*. Um so größer ist sein Entsetzen, als uns ein Vorspann davor warnt, den folgenden Film unseren Kindern zu zeigen. „Was soll denn das? Ich gebe ja zu, Barbra Streisands Kostüme sind etwas extrem, aber doch nicht jugendgefährdend", wundert sich Karl. Dann taucht Sylvester Stallone auf der Mattscheibe auf, halbnackt und mit entschlossenem Blick, der uns bedeutet, daß er alle bösen, kleinen Vietnamesen, die sich ihm in den Weg stellen sollten, platt machen wird.

„Baby, du Trottel, das ist ja *Rambo 2*! Du hast den falschen Film ausgeliehen!" kreischt Karl.

Ich bin die Unschuld selbst: „Ich kann nichts dafür. Die müssen den Film an der Ausgabe verwechselt haben. Die halbblöde Blondine mit den Cowboystiefeln hatte heute Dienst. Die hat mir schon mal den falschen Film gegeben. Ich wollte *Taxi zum Klo* und hatte *Gremlins*. Das war nicht so schlimm, weil Frank Ripploh oder die Gremlins, da merkt man ja kaum einen Unterschied."

„Versuch dich nicht mit müden Witzen aus der Affäre zu ziehen", unterbricht mich Karl. Seine Augen verengen sich melodramatisch zu von Verachtung erfüllten Schlitzen. „Ich durchschaue dich,

Lucrezia Borgia! Schamlos willst du mich und meinen Videorecorder ausnutzen! Weil du selbst keinen hast, köderst du mich mit der Streisand und setzt mir Stallone vor!“

„Ach Karl, mein Liebster, Bester, da du *Rambo 2* nicht sehen willst, aber wir sowieso schon vor der Glotze sitzen – du hast doch noch diese alte Kassette von *ANDERSrum*, sollen wir die nicht einlegen?“

„Schlange! Hyäne! Das war also dein Plan! Gut, wenn dir soviel daran liegt, quälen wir uns durch. Bitteschön.“

Ich bin etwas beschämt und muß zugeben, daß ich meinen alten Freund doch immer wieder unterschätze. Aber er legt mit einer großen Geste, in der er „das Leid und den Trotz des betrogenen Freundes“ eindrucksvoll darzustellen glaubt, die Kassette des schwulen Fernsehens ein.

„Schmierenschauspieler“, denke ich. „Hoffentlich ist er nicht richtig sauer.“ Dann konzentriere ich mich auf den Bildschirm.

Zwei blendend aussehende Moderatoren, der eine blond, der andere dunkel, leiten die Sendung ein. Der heutige Schwerpunkt sei Schwule und Sport, und deswegen sende man direkt aus dem schwulen Sportverein Vorspiel. Ein Herr aus dem Vorstand des Vereins wird interviewt, ebenso eine Tunte im Nachmittagskleidchen, die die Buchführung macht. Dazwischen geschnitten werden kurze Kommentare von offensichtlich heterosexuellen Männern auf dem Sportplatz: Schwule seien doch für Sport „nicht gebaut“ und in einem schwulen Sportverein dürfe man sich beim Duschen wohl nicht nach der Seife bücken. Haha.

Wie es tatsächlich unter der Dusche zugeht, nämlich ganz anständig, wird uns dann vorgeführt. Dabei gibt es jede Menge Sportlerfleisch zu begutachten. Karls Interesse erwacht: „Baby, das Programm ist ja ganz anders als früher. Direkt gut.“ Szenenwechsel zu einem schwulen Staffellauf. Das Team von *ANDERSrum* traut sich was: Sie laufen mit. Und machen sogar den zweiten Platz. „Also, flink sind sie schon, das muß man ihnen lassen“, kommentiert Karl. „Und dieser neue dunkelhaarige Moderator ist ja genau mein Typ, besonders so in der Turnhose. Da kommen die ganzen geilen Erinnerungen an den Schulsport hoch."

„Was hast du denn für geile Erinnerungen an die Turnstunde? Soweit ich mich erinnere, hast du bloß immer darunter gelitten, daß du nicht auf den Schwebebalken durftest und ständig behauptet, Migräne oder Magenschmerzen zu haben."

„Jaja, ist schon gut", brummelt Karl.

Auf dem Bildschirm wird inzwischen ein Opernsänger interviewt, der an einem schwul-lesbischen Marathon teilnimmt. Man merkt ihm an, wieviel Spaß er daran hat, ohne irgendeinen Gewinnstreß einfach mitzumachen. Die ganze Sendung vermittelt den Eindruck, als sei schwuler Sport in erster Linie Spaß und erst dann Leistung.

„So würde sogar ich Marathon laufen", sagt Karl.

„Man lernt sicher auch viele nette Leute kennen", überlege ich, während die Teilnehmer des Marathons an der Kamera vorbeispurten.

Die beiden Moderatoren versuchen sich während ihrer Überleitungen immer wieder als Football-Cheerleaders. Aber das choreographierte Gehopse mit den Federwuscheln (Fachausdruck: „Pom-Poms") ist ziemlich kompliziert, und die beiden kommen wiederholt aus dem Takt, bewerfen sich mit den Pom-Poms und fallen sich schließlich kichernd in die Arme. Dabei versprühen sie einen ungeheuren Charme, wie tollende junge Hunde. Wenn das Leben ein Disney-Zeichentrickfilm wäre, würden sich Karls Pupillen, die zärtlich auf den dunklen Moderator gerichtet sind, jetzt zu Herzchen verformen.

Als erotisches Intermezzo präsentiert *ANDERSrum* zwei Bodybuilder, die in ihren Maschinen schwitzen und zum Anbeißen aussehen.

Dann wechselt die Szene zur Berichterstattung über die Muttertagsfete der Berliner Szene-Zeitschrift *Siegessäule*. Die Moderatoren befragen die Gäste zum Thema Sport und Schwule, aber leider haben die wenigsten dazu eine Meinung und geben nur ihren Befürchtungen Ausdruck, im Fernsehen nicht gut genug auszusehen. „Wenn ich gewußt hätte, daß ich heute ins Fernsehen komme, dann hätte ich mich ja ganz anders zurecht gemacht!" meint einer der Befragten.

„Tja, man weiß eben nie, was der Tag noch bringt", kichert Karl.

Die Abmoderation findet vor der Gemeinschaftsdusche des Sportvereins statt, wo sich die Moderatoren mit Handtüchern um den Hüften verabschieden. Diese lassen sie auf dem Weg in die Dusche zu Karls und meiner Überraschung und Freude fallen, und die Kamera zoomt auf ihre nackten Hintern, über denen der Nachspann abläuft.

„Deine Heimtücke sei dir vergeben", sagt Karl majestätisch. „Das war fast so gut wie *Hello Dolly*. Kaum zu glauben, wie sich das Programm verändert hat. Ich schreibe morgen gleich nach Berlin, damit die mir's wieder regelmäßig zuschicken. Und dann darfst du natürlich jedes Mal mitgucken."

„Ach, zu gnädig."

Karl überlegt einen Moment: „Und jetzt, da wir *Rambo 2* sowieso hier haben, können wir ja mal durchspulen und nachsehen, ob Stallone sich irgendwann nackt zeigt."

Ich rolle mit den Augen: „Karlchen, du bist unverbesserlich."

Kontakte

Ich hatte schon oft die Kontaktanzeigen in unserem Stadtmagazin studiert und dabei auch viel Spaß gehabt, aber natürlich wagte ich bisher nie, selbst eine Anzeige zu lancieren. Meine Neugier aber regte sich immer wieder, wenn ich über diese Welt der *kuschligen Teddys, keine Szenetypen bitte*, der *immergeilen Boys, 40*, der *Natursektfreunde mit gigantischen Wasserspritzen,* der *zärtlichen Jungs, unbehaart* und der *echten Kerle, Tunten und andere Irre zwecklos* nachdachte. Wer weiß denn, ob mir da nicht gerade der *Muskelmann mit Hirn, Mischung aus Rob Lowe und Detlev Meyer* entgeht? Oder der *Blumenfreund,* der *mit dir in meinem Schrebergarten nicht nur die Beete pflegen will?*

Aber auf Anzeigen zu antworten, schien mir unerfreulich. Woher sollte ich wissen, ob mein Erwählter auch auf meinen Brief antwortet, mit dem ich mir so viel Mühe gegeben habe? Und ob er mit meinem Foto „selbstverständlich diskret“ umgeht, anstatt es solange im Freundeskreis herumzuzeigen, bis die ganze Stadt weiß, daß Baby Neumann auf Kontaktanzeigen antwortet: „Hat der das schon nötig?“ Denn, auch das darf nicht vergessen werden, Anzeigen sind die Zuflucht der Verzweifelten und Unattraktiven, der Verklemmten und Neurotischen. Soweit das gängige Vorurteil, das auch Karl entsetzt vorbrachte, als ich ihm von meiner Idee erzählte, eine Anzeige aufzugeben.

„Aber wenn man selbst der Initiator ist, verpflichtet man sich zu nichts. Die Briefchen flattern einem ins Haus, und man kann in Ruhe aussuchen, ob man einen der Herren treffen will und welchen. Faszinierend, nicht wahr, Captain?“ frage ich.

Karl ist skeptisch: „Und wenn Sie an einen Psychopathen geraten, Mr. Spock? Jemand, der eine Bombe schickt?“

„Eine Bombe an eine Zeitungschiffre?“

„Weiß man's, wozu diese Homophoben fähig sind? Und Baby, vielleicht sitzt in der Anzeigenredaktion ein CDU-Spitzel und setzt dich auf die rosa Liste!“

„Na, wenn ich da nicht sowieso schon draufstehe, wird's höchste Zeit.“

„Also bitte, wenn Ihnen der Rat Ihres Captains so wenig bedeutet, geben Sie Ihre Anzeige auf, Spock. Ich lehne jede Verantwortung dafür ab. Bei dieser Exkursion fliegen Sie das Schiff alleine.“

Ich bleibe bei meinem Vorhaben. Jetzt kommt der schwierigste Teil: das Formulieren des Anzeigentextes. All diese Kodierungen! Bedeutet *Mann, 29, 60, 178, NS, passiv*, daß es sich hier um einen sechzigjährigen Nazi (NS) mit einem 29 cm langen Ding und einer Größe von 178 cm handelt? Oder um einen passiven, untergewichtigen (60 kg) Endzwanziger (29)? Hört sich an wie ein TBC-Opfer auf dem Zauberberg.

Ich entscheide mich, eine völlig klare, deutliche Anzeige zu schreiben: *Wer will mich? Der soll mir schreiben. Ich bin die Mühe wert.* Das hat die richtige Kürze, kostet nur ein paar Mark und macht neugierig. Mit pochendem Herzen verweile ich noch einen Moment vor dem Briefkasten, bevor ich die Anzeige einwerfe. Was werden mir diese drei Sätze bescheren?

Zwei Wochen später bekomme ich einen dicken braunen Umschlag, aus dem, als ich ihn ausschütte, genau vierzehn Zuschriften an meine Chiffre regnen. Ich koche Tee, lege die neueste Streisand-LP auf und vertiefe mich in meine Post.

Liebe Unbekannte! beginnt der erste Brief. *Ihre Zeilen haben mein Innerstes berührt. Gerne würde ich Sie zu einem Thea-*

ter- oder Opernbesuch einladen. Ich bin ein rüstiger Rentner … Ich stutze und sehe mir den Briefumschlag genauer an: Aha, die falsche Chiffre! Das fängt ja gut an. Ich klebe den Brief sorgfältig wieder zu, um ihn zurückzuschicken. Baby Neumann als Cupido des Rentnerglücks.

Der zweite Umschlag enthält die Fotokopie eines getippten Briefes: *Du geile Ficksau!* lautet die Anrede. Danach malt der Schreiber in ähnlich unerfreulichem Jargon aus, was er gerne alles mit mir machen würde. „Einhändig geschrieben", denke ich und lasse den Brief in den Papierkorb flattern.

Der nächste ist mit Moschus parfümiert und auf Umweltpapier geschrieben: *Sei Du die Blüte am stachligen Stengel der Rose meines Lebens! Ich bin ein 35jähriger Kindergärtner. In meiner Freizeit dichte ich und male Aquarelle …*

Ich öffne den nächsten Umschlag: ein „aussagekräftiges Foto". Auf der Rückseite nur die Frage *Gefällt dir, was du siehst?* Leider nicht.

Der nächste: *Ich bin ein zu Unrecht verurteilter Knacki und komme in zwei Jahren raus. Schicke mir bitte …*

Seriöser Akademiker mit Eigentumswohnung … gelegentliche Treffs, wenn meine Frau verreist ist …, … mit meinem Porsche nach Florenz düsen … Penthouse in Düsseldorf …, … was du brauchst, ist ein gestrenger Meister, der dir zeigt, wo's langgeht! …, … wünsche mir einen guten Freund und Partner für meine Alpenwanderungen und meine Guppy-Zucht …, … wenn du Damenwäsche und hohe Lacklederstiefel genauso gern hast wie ich …, … habe mich schon immer nur in Schwule verliebt und glaube, daß ich die Fähigkeit habe, jeden Schwulen zu heilen. Auch dir fehlt nur die richtige Frau. Melde dich bei Uschi. Küßchen.

Vielleicht war diese Anzeige doch keine so gute Idee! Ich bin kurz vor dem Verzweifeln, aber der nächste Brief ist richtig nett. Ein Foto eines hübschen Jungen in modischem Sixties-Outfit liegt dabei, und seine Telefonnummer hat der Briefschreiber – er heißt

Jan – auch gleich angegeben. Ich rufe an: eine sehr sympathische Stimme. Wir verabreden uns für den nächsten Tag in einem Café.

Ich sitze pünktlich über einer Tasse Tee. Das Café ist fast leer, nur ein paar alte Damen und ein etwa fünfzigjähriger, sehr distinguiert aussehender Herr am Nebentisch, der ein Buch von Martin Walser liest. Nach einer Viertelstunde ist Jan noch immer nicht aufgetaucht. Ich werde unruhig und schaue immerzu auf die Uhr. Er wirkte am Telefon so nett, der versetzt mich doch nicht! Da höre ich plötzlich seine Stimme: „Entschuldigung, bist du Baby?" Ich drehe mich um und strahle den grauhaarigen Walser-Leser an. „Ich bin Jan", sagt er. „Das Foto ist ein paar Jahre alt."

„Allerdings", nicke ich und denke bei mir: „Das erklärt auch die Sixties-Aufmachung."

„Weißt du, ich will mein Alter nicht zwischen mich und einen Menschen stellen, der vielleicht mit mir glücklich werden könnte. Ich bin zwar 51, aber ich fühle mich wie der Junge auf dem Foto, das ich dir geschickt habe. Ich wollte dich nicht mit der Oberfläche, den Falten und dem grauen Haar, abschrecken. Als ich zwanzig war, hatte ich einen dreißig Jahre älteren Freund. Er erschien mir nie älter als ich – nur ein bißchen klüger."

„Setz dich doch, Jan", sage ich.

Wir unterhalten uns den ganzen Nachmittag und lange in den Abend hinein. Nach zwei Stunden sehe ich keine einzige Falte mehr in seinem Gesicht, nur noch das Leuchten in seinen Augen. Aber so nett ich ihn finde, überlege ich mir auf dem Heimweg, er ist nicht, was ich suche.

Inzwischen habe ich alle Briefe geöffnet. Außer dem von Jan sind noch zwei in die engere Wahl gekommen. *Ich bin's auch wert. Überzeuge dich davon,* hatte der eine geschrieben, darunter nur sein Name, Mark, und die Telefonnummer. Ich wähle mit zitternden Fingern. Mark meldet sich sonor.

„Ich rufe wegen der … äh … Anzeige an", stottere ich.

„Komm morgen um sieben zu mir“, antwortet Mark, nennt mir seine Adresse und legt auf. Na, der weiß, wie man sich interessant macht!

Am nächsten Abend um sieben stehe ich vor seiner Wohnung, die im fünfzehnten Stock eines Wolkenkratzers liegt. Kaum habe ich geläutet, als mir auch schon ein blonder Hüne öffnet.

„Ich bin Mark“, sagt er. Er trägt nur ein Handtuch um die Hüften, und als Gott die Brustmuskulatur ausgeteilt hat, hat er es bei Mark verdammt gut gemeint. Mark faßt mich am Hinterkopf, zieht mich mit einer Bewegung in die Wohnung, ins Schlafzimmer, ins Bett. Bevor ich noch denken kann: „Das ist ja das reinste Pornoklischee! Das kann gar nicht wirklich passieren!“, hat er mich schon ausgezogen. Im Schlafzimmer brennt kein Licht, nur ein Aquarium beleuchtet die Szenerie in einem unwirklichen Grün, durch das fischige Schatten gleiten. Ich lasse mich gehen.

Hinterher liegen wir eine Weile völlig erschöpft in diesem grünlichen Glühen und sagen kein Wort. Dann geht alles sehr schnell. Mark macht deutlich, daß die Sache damit für ihn erledigt ist und bringt mich zur Tür.

„Ruf nicht wieder an“, sagt er zum Abschied.

Tja, manche können eben mit jedem nur einmal. (Aber wie! Ich habe noch ganz weiche Knie.)

Zu Hause lese ich noch einmal den letzten Brief: *Lieber Einsamer, auch ich will gewollt werden. Wenn du mich willst, will ich dich. Wollen wir?* Leider keine Telefonnummer, nur eine Chiffre. Also muß ich schreiben, um diesen originellen Geist zu kontakten.

Ein paar Tage später bekomme ich einen Brief von ihm, in dem er als Treffpunkt das gleiche Café vorschlägt, in dem ich schon Jan getroffen hatte. Als Kennzeichen schlägt der Unbekannte vor, eine rote Nelke zu tragen

Ich sitze etwas früher als verabredet in dem Café, wieder umgeben von reizenden alten Damen. Die Nelke liegt gut sichtbar vor mir auf dem Tisch. Ich bin der Einzige hier mit Nelke. Die weißhaarigen

Matronen tuscheln über mich und werfen sich wissende Blicke zu: Blinde Verabredungen waren zu ihrer Zeit groß in Mode, da steigen schöne Erinnerungen auf.

Da – ein junger Mann mit einer Nelke im Knopfloch seines Jacketts tritt ein und sieht sich um. Unsere Blicke treffen sich: Es ist Karl! Sobald er mich erkennt, dreht er sich um und versucht zu fliehen, aber ich springe auf und halte ihn am Ärmel fest. „Ertappt! ‚Kontaktanzeigen sind nur was für Neurotiker', was? Na, willkommen im Club, Karlchen."

Karl windet sich aus meinem Griff, stöhnt und rollt mit den Augen. „Womit habe ich das verdient?"

„Was heißt hier verdient", frage ich, „das ist doch ein wunderbarer Zufall. Und es beweist, daß Kontaktanzeigen wirklich die Leute zusammenführen können, die zusammenpassen."

Karl verbeugt sich theatralisch und überreicht mir die Nelke aus seinem Knopfloch. „Ich kapituliere. Darf ich dich zum Essen ausführen?"

Über einer indonesischen Reistafel rätselt Karl: „Wenn wir uns noch nicht gekannt hätten, meinst du, wir wären ein Liebespaar geworden?"

„Schon möglich, Karlchen."

Er seufzt. „Nächste Woche gebe ich auch eine Kontaktanzeige auf."

Völkerverständigung in der Sauna

„Ich hab so lange keinen Sex mehr gehabt wie Mutter Teresa", jammerte ich.

„Wenn das eure einzige Gemeinsamkeit ist, kannst du den Nobelpreis vergessen", sagte Karl.

Wir saßen vor seinem Fernseher und schalteten auf der Suche nach nacktem Männerfleisch durch die Kanäle, stießen aber immer wieder auf Antje Schäffer-Kühnemann oder Horst Tappert. Gottseidank angezogen.

„Das deutsche Fernsehen eignet sich nicht besonders als Homoporno", resignierte ich. „Könnten wir beide nicht ...?"

„Du weißt genau, daß das nicht klappt, Baby. Wir kennen uns einfach zu gut. Ich kann nicht mit jemanden ins Bett gehen, von dem ich weiß, daß er heimlich Oil of Olaz benutzt. Aber ... wir könnten in die Sauna gehen."

„Was soll ich denn da? Sperma schwitzen?"

„Ich meine die schwule Sauna, Baby."

„Aber Karl!" Ich griff mir entsetzt ans Dekolleté. „Das ist unmoralisch! Sex ohne Gefühle! Männer, die nur deinen Körper wollen, die deine Persönlichkeit nicht die Bohne interessiert. Die dich nehmen und ihre Animalität an dir ausleben ... Laß uns hingehen!"

Am Eingang ein Klingelknopf und ein dezentes Messingschild: *Privater Herren-Club*. Karl klingelt und lächelt in die Videokamera.

Auf Sicherheit scheint man hier großen Wert zu legen. Keine Schwulenticker, bitte. Ein leises Summen, Karl stößt die Tür lässig mit der Schulter auf, und wir stehen vor einer Rezeption wie von einem kleinen Hotel. Für ziemlich viel Geld bekommen wir zwei Spindschlüssel und zwei Badetücher. „Wir hätten auch eine Kabine mieten können", erklärt mir Karl beim Ausziehen, „aber das kostet fast das Doppelte. Als Kleiderordnung gilt hier: Nur das Handtuch und nichts drunter. Basisdemokratisch. Wir sind alle ein in Baumwolle gewickeltes Stück Fleisch."

„Also, was mich angeht, schlichte Kleidung unterstreicht meine Persönlichkeit." Mit Schwung wickle ich mein Handtuch um die Hüfte. „Wo sind die Kerle?" frage ich mutig.

Karl führt mich in ein Labyrinth dunkler, enger Gänge, in denen uns mehrere Herren begegnen, die entweder auf den Boden sehen und sich an der Wand an uns vorbeipressen oder uns mit Schlafzimmerblick fixieren und beim Passieren jede Menge „zufälligen" Körperkontakt herstellen. An diesen düsteren Korridoren liegen die Kabinen, von denen zahlreiche offen stehen und einen Blick ins Innere zulassen: In jeder liegt ein nackter Mann auf einem engen Bett und versucht sexy auszusehen. Manchen gelingt es, andere wirken, als wollten sie den Nutten in den Fenstern der Hamburger Herbertstraße Konkurrenz machen, lecken sich die Lippen und räkeln sich wie die Monroe auf dem berüchtigten Kalender-Foto. Manche sind alt, manche jung, manche hübsch, manche weniger.

„Manche sind eine Beleidigung fürs Auge", sagt jemand und knallt im Vorbeigehen angewidert eine Kabinentür zu.

„Der wird auch mal alt", gebe ich zu bedenken.

„Ich glaube, im reiferen Alter werde ich dem Sex abschwören und nur noch Shopping gehen", sagt Karl. „Laß uns an der Bar ein Bier trinken."

Die Bar ist ein von Kunstblumen und Mahagoni-Imitat beherrschter Raum mit bürgerlichem Wohnzimmercharme. Die halbnackten Männer wirken in dieser Umgebung irgendwie unpassend, zumal die Barkeeper angezogen sind. Es ist ziemlich voll und geht hoch her.

„Das ist hier *off limits*“, raunt mir Karl zu, „kein Sex an der Bar. Alle tun so, als seien sie ganz zufällig hier reingeschneit.“

„Aber wo findet denn der Sex statt, Karlchen? Ich bin doch nicht hier, um so zu tun, als hätte ich es nicht nötig. Dann wäre ich in eine Disco gegangen! Wir haben keine Kabine, Karl, bedeutet das, daß wir auch keinen Sex haben können?“

„Keine Panik, Baby, ich habe hier noch jedes Mal jemanden gefunden, der eine Kabine hatte oder mit zu mir nach Hause kommen wollte.“ Karl schenkt einem Blonden, der aussieht, als habe er sein bisheriges Leben auf dem Surfbrett zugebracht, ein zartschmelzendes Lächeln. Zwischen den Zähnen zischt er mir zu: „Der mag mich. Paß auf, gleich kommt er rüber.“ Wie auf Befehl setzt sich der Blonde in Bewegung.

„Wie machst du das, Karl? Pakt mit dem Teufel? Paß bloß auf, daß dein Kopf nicht eines Tages zu rotieren beginnt und du klebriges, grünes Zeug spuckst.“

Ich weiß genau, daß ich Karl in dieser vielversprechenden Situation im Wege bin, also kippe ich den Rest meines Bieres und mache mich auf eine Entdeckungsreise durch die mir noch unbekannten Teile der Sauna. Kaum bin ich wieder im düsteren Labyrinth, fühle ich eine Hand auf meiner Schulter. Ich drehe mich um; die Hand gehört einem spitzbäuchigen Brillenträger mit langen, rot-grauen Haaren. „BistduanGeldinteressierthundertfünfzigMark?“ fragt er leise und lüstern, sich dabei nach links und rechts umschauend.

Ich starre ihn sprachlos an, lasse ihn stehen und haste davon. Wenn das meine Mutter wüßte!

Ich finde zur Dampfsauna, vor der etwa zwanzig Männer auf einer Holzbank sitzen und genau beobachten, wer ein und aus geht. Im Dampfbad selbst scheint es kein Licht zu geben. Ich setze mich auch auf die Bank und sehe zu. Rot im Gesicht, keuchend und mit dem Schwanz auf Halbmast kommen Männer aus dem Dampfbad, steigen unter die kalte Dusche und gehen erfrischt und mit zusammengeschrumpelten Schwänzchen wieder hinein. Ab und an steht einer von der Bank auf, hängt sein Badetuch an einen Haken, atmet tief ein und verschwindet in Dampf und Dunkelheit. Als ein verblüffend an Chris Isaak erinnernder Jüngling mit Apfelpopo reingeht, folgt ihm gleich eine ganze Gruppe, so daß ich jetzt fast allein auf der Bank sitze. Nur noch ein Rothaariger mit Spitzbauch ist übrig – oh nein! Er rutscht näher, ich springe auf und renne in die Sauna.

Es ist stockdunkel. Ich taste mich mit beiden Händen voran, berühre jedoch keine Wände, nur Körper: flache, harte Bäuche, behaarte Brüste, teigige Oberkörper, in denen meine Hand versinkt, Oberarme mit straffem oder hängendem Bizeps. Ich fühle mich, als würde sich mein Geburtstrauma wiederholen. Baby kämpft sich durch einen dunklen, warmen, feuchten Tunnel aus Fleisch. Beim ersten Mal erwartete mich ein Arzt, der mich an den Beinen hochhob und mir auf den Hintern schlug. Was erwartet mich diesmal am Ende des Tunnels?

Ich biege um eine Ecke. Es wird noch dunkler und heißer und enger. Ich spüre die anderen Männer jetzt nicht nur mit den Händen. Ein Bauch preßt sich gegen meinen Rücken, ein Arm an meine Brust; auf Hüfthöhe stoße ich an mehrere Schwänze, die sich wie zufällig in meine Hände schieben. Die unterschiedliche Beschaffenheit des männlichen Geschlechtsteils hat mich schon immer fasziniert: Links halte ich ein stumpfes, dickes, freudig gen Himmel gerecktes, rechts ein langes, spitz zulaufendes Exemplar, das schon ganz glitschig ist vor Vorfreude. Mein eigener kleiner Freund hat inzwischen auch eine fremde Hand gefunden, die ihn verwöhnt. Und nicht nur er, alle meine Körperteile werden anonym liebkost.

Mein Herz schlägt unnatürlich schnell, es wird mir zu heiß. Ich entwinde mich der oktopusartigen Umarmung und taste mich auf den Ausgang zu. Dabei rutsche ich auf etwas aus, von dem ich genau weiß, was es ist, es aber doch lieber nicht so genau wissen möchte. Kreischend verliere ich die Balance. Meine in der Luft rudernden Hände klammern sich an eine schmale Schulter, rutschen wieder ab und schlittern an einem harten Oberkörper herunter, bis sie endlich einen Halt finden.

„Autsch!“ ruft es aus dem Dunkel.

Starke Arme helfen mir auf die Beine, und ich lasse meinen Halt widerstrebend los. Das war wirklich ein Prachtexemplar. Sein Besitzer flüstert mir zu: „Du brauchst wohl mal 'ne Pause, komm, ich bring dich zur kalten Dusche.“

„Meine Güte“, flüstere ich zurück, „das ist ja lebensgefährlich hier.“

„Ja, ich habe ab und zu diese furchtbare Vision, daß ich hier an einem Hitzschlag sterbe, niemand es merkt und meine Leiche für einen besonders passiven Sexualpartner gehalten wird.“

„Das beantwortet die Frage, ob es Sex nach dem Tode gibt, zumindest zum Teil.“ Ich trete ins Licht und stürze mich sofort unter die kalte Dusche. Welche Erlösung. Mein Retter gesellt sich zu mir, und ich kann ihn zum ersten Mal deutlich sehen. Es ist ein Japaner mit lustigen Augen, strahlendem Lächeln und einem flachen, harten, aber nicht mageren Körper. Sein hervorstechendstes Merkmal hatte ich im Dampfbad ja schon in beiden Händen.

Nachdem wir uns abgekühlt haben, lädt er mich in seine Kabine ein. Natürlich gehe ich mit, und über das, was dort geschieht, senke ich den Schleier der Diskretion. Nur soviel: da die Kabinen nicht schalldicht sind, können wir hören, was nebenan vor sich geht. Aus den inbrünstigen Schreien und Seufzern ist zu schließen, daß die Leute neben uns mindestens genauso viel Spaß haben wie wir.

Mein Japaner und ich tauschen schließlich Telefonnummern und noch einige lange Küsse aus, bevor ich seine Kabine verlasse. Im gleichen Moment öffnet sich auch die Tür der Kabine nebenan, und heraus tritt Karl mit seinem blonden Surfer.

„Du warst das neben uns, Baby?“ kichert er. „Wir haben uns die ganze Zeit gefragt, wie die Typen wohl aussehen, die solche Lustschreie von sich geben! Wen hast du da drin? Jeff Stryker?“

Mit geheimnisvollen Augenaufschlag antworte ich: „Viel besser, Karlchen, viel besser.“

Mit Blondie, der sich als Australier herausstellt – Sex ist völkerverbindend – trinken wir noch ein Bier, bevor wir gehen.

Im Umkleideraum – ich ziehe gerade meine Unterhose an – legt sich eine Hand auf meine Schulter. „Zweihundertokayzweihundert? Nureinenblasen", flüstert der Spitzbauch.

„Du machst dich lächerlich, Schätzchen", sagt Karl und hebt mit zwei Fingern die Hand von meiner Schulter. „Der Schah hat ihm 'ne Million geboten."

Erschrocken zieht mein Verehrer den Kopf zwischen die Schultern und verschwindet ohne ein Wort.

Die Getränke zahlt man beim Verlassen der Sauna an der Rezeption. „Spind-Nummer 73. Ich hatte zwei Bier."

Karl ist nach mir dran: „Spind-Nummer 69. Ich hatte auch zwei Bier, einen Martini und drei Orgasmen."

Von Vampiren und Parasiten

Ich liege nackt und gemütlich im Bett und sehe fern. Christopher Lee und jede Menge Vampirinnen in Sechziger-Jahre-Nachthemden im Kampf gegen die Mönche eines karpatischen Klosters. Als Graf Dracula die Fangzähne bleckt und eine weitere Jungfrau entweiht, beißt mich auch etwas. Aber nicht am Hals. Weiter unten. Ich ignoriere das mit dem Gedanken an zwei Tüten Chips, die ich bei diesem Film schon gefuttert habe – kein Wunder, daß es mich juckt, das ganze Bett ist voller Krümel; wieder einer dieser Fernsehabende, nach denen man erst im Bett staubsaugen muß, bevor man einschlafen kann.

Da beißt und juckt es wieder. Ich durchsuche meine Leistengegend nach Chipsresten, kann aber nichts finden. Irritiert wende ich mich wieder den Vampiren zu. Bei einer wilden Verfolgungsjagd stürzt Draculas Sarg von der Kutsche und rutscht in den zugefrorenen Burggraben. Autsch! Es juckt schon wieder! „Die Sonne geht unter!" ruft der Abt in Panik. Ich knipse das Licht an. Der jugendliche Held läßt Abt und Geliebte am Ufer stehen und wagt sich aufs Eis, nur mit einem Holzpflock bewaffnet. Ich teile meine Aufmerksamkeit zwischen Showdown und Schamhaar. Da bewegt sich doch was? Fauchend schlägt Dracula den Sargdeckel auf und springt den Helden an. Kreischend springe ich vom Bett auf, in einer Wolke von Chipskrümeln: Ich habe etwas Kleines, Schwarzes entdeckt da unten, und es bewegt sich! „Töten Sie ihn!" fleht die Heldin den Abt an. Ich zerquetsche die Kreatur zwischen zwei Fingern. „Er ist schon tot", erklärt der Abt, aber die Heldin entreißt ihm dennoch sein Gewehr und schießt auf den Grafen, der zähnefletschend ihren Geliebten würgt. Ich suche unterdessen nach einer Lupe. Dracula schwankt auf einer Eisscholle, zischend und mit den Armen rudernd. Der Held springt an Land. Dracula verliert die Balance und stürzt schreiend ins brodelnde Wasser. Ich entdecke reges Leben durch meine Lupe. Dutzende kleiner, krabbenähnlicher Tierchen kriechen durch den Urwald meiner Haare. Dracula ertrinkt. Ich springe unter die Dusche, und, während sich für immer (?) das Eis über dem Vampir schließt, schrubbe ich mit sehr viel Seife meine Leistengegend. Auch diese kleinen Blutsauger sollen den Wassertod sterben!

Nach dem Abtrocknen stelle ich den Fernseher aus, setze mich aufs Bett, durchforste meine Schamhaare durch die Lupe und stelle fest, daß die kleinen Untiere immer noch da sind. Ich atme einmal tief ein und fasse mich. „Baby", flüstere ich heiser, „offensichtlich gehen Safer-Sex-Parties und schwule Saunen nicht spurlos an einem vorüber. Du bist von Filzläusen befallen. Das ist zwar eklig, aber für die moderne Medizin überhaupt kein Problem. Jetzt gehst du schlafen und morgen zum Arzt, und damit ist alles überstanden. Nur ganz ruhig."

Dann stehe ich auf und schreie.

Am nächsten Morgen sitze ich um acht Uhr vor dem Eingang der Praxis eines schwulen Hautarztes, der erst ab neun Uhr Sprechstunde hat, und versuche krampfhaft das Jucken zu ignorieren, das sich über Nacht ins Gigantische gesteigert hat. Kurz vor neun kommt eine verschlafene Sprechstundenhilfe und läßt mich ein. Ich erkläre ihr, daß es sich um einen Notfall handele, und sie erklärt mir, daß ich im Notfall gerne warten könne, bis sich eine Lücke im Terminplan ergäbe, sie könne mir aber nicht voraussagen, wie lange das dauere. „Was haben Sie überhaupt?"

Ich erröte. „Das bespreche ich mit dem Doktor."

„Wie Sie meinen."

Ich setze mich ins Wartezimmer und frage mich, warum selbst bei schwulen Ärzten die gleichen dämlichen Zeitschriften ausliegen wie in jeder Praxis. Ich lese gerade entnervt einen Artikel über Cockerspanielzucht in *Du und Dein Tier*, als mich eine bekannte Stimme begrüßt.

„Na, was treibt Dich denn hierher? Feigwarzen? Tripper? Filzläuse?"

Ich zucke zusammen und blicke in das bebrillte Gesicht von Stephan mit PH, den ich in der schwulen Freizeitgruppe kennengelernt habe.

„Also ich war ja wieder in Paris, der Liebe wegen. Ah, *la belle France*! Aber alles hat seinen Preis – meine *amour* hat mir *les läuse du filz* angehängt, wenn du weißt, was ich meine." Er kichert verschwörerisch, und ich lächele gequält. „Hier kommen ja fast nur Homos hin, der Doktor ist ein nicht besonders geheimer Geheimtip. Bevor man in die Szene geht, sollte man sich eigentlich immer ein paar Stunden hier ins Wartezimmer setzen, dann weiß man genau, wen man abends besser nicht aufreißt, haha. Was liest du? Oh, Cockerspaniel. Habe ich dir mal von dem Italiener erzählt, der mich wegen eines Cockers verlassen hat? Ein Perverser, sage ich dir, bla bla bla ..."

Womit habe ich das verdient?

Stunden später – oder waren es Jahre? – werde ich endlich aufgerufen und fliehe ins Sprechzimmer, während Stephan mir noch seine Telefonnummer nachruft. Der Doktor ist ein unpersönlich freundlicher Mittfünziger, der nach Desinfektionsmittel und teurem After-Shave riecht. „Herr ... äh ... Neumann, wo tut's denn weh?" fragt er mich über den Brillenrand.

„Also, es tut nicht gerade weh, es ist mehr ein ... Jucken. Da unten. Ähem."

Der Doktor zieht Gummihandschuhe und eine Lupe aus der Schublade und meint, er wolle sich das mal ansehen. Er pflückt ein paar Läuse und legt sie unter das Mikroskop. „Wollen Sie sich Ihre Quälgeister mal ansehen?"

Zögernd riskiere ich einen Blick. Sie sehen aus wie Aliens in drittklassigen Science-fiction-Filmen. Ich fühle mich nicht gerade besser. Der Doktor verschreibt mir eine Spülung, versichert mir, so ein Lausbefall sei eine Lappalie und winkt mich lächelnd aus seinem Sprechzimmer.

Ich verlasse die Praxis, wobei ich einen großen Bogen um das Wartezimmer mache. Noch eine Geschichte von Stephan könnte ich nicht ertragen, und außerdem fiebere ich dem Moment entgegen, in dem ich die widerlichen Aliens vergiften kann.

Als ich das Rezept in der Apotheke vorlege, grinst der Apotheker plump-vertraulich und fragt mich, ob ich auch Kondome brauche.

„Gibt es in dieser Welt keine Scham und Diskretion mehr?" frage ich zurück und durchbohre ihn mit meinem besten, verächtlichen Joan-Collins-Blick.

Zu Hause springe ich aus meinen Kleidern, die ich zusammen mit der Bettwäsche und sämtlichen Handtüchern in die Waschmaschine stecke und koche. Zum Teufel mit Waschanweisungen! Ich schamponiere mich mit dem Läusegift und beträufele gleichzeitig eine Laus auf einer Untertasse damit. Ja, ich habe einige Läuse gefangen und auf Untertassen isoliert – zu Rache- und Versuchszwecken.

Während das Shampoo einwirkt, probiere ich aus, wie die Biester auf Feuer reagieren, auf Abflußreiniger, Essigessenz, Wodka, auf meine schärfsten Küchenmesser und auf meine alten Marlene-Dietrich-Platten. „Ich glaube, ich entwickle einen Hang zum Sadismus. Vielleicht habe ich in letzter Zeit zu viele Vampirfilme gesehen", denke ich mir, während ich versuche, eine Laus mit einem Zahnstocher zu pfählen.

Nach einer Stunde ist das mit Läusegift bespritzte Racheopfer mausetot. Oder sollte ich sagen lausetot? Es ist an der Zeit, das Shampoo abzuwaschen.

Welche Erleichterung, wie sauber, wie rein, wie unbefleckt fühle ich mich jetzt. Ich lege Madonnas *Like a Virgin* auf und tanze durch die Wohnung – ein primitives Ritual, das den Sieg des Menschen über die Kreatur feiert.

Da juckt es plötzlich wieder. Sofort stelle ich Madonna ab, als könne ich bei Stille besser sehen, greife zur Lupe und suche. Nichts. Ich lege mich unter die Stehlampe mit der Halogen-Birne. Nichts zu sehen. Das müssen psychosomatische Nachwirkungen sein. Oder das Shampoo hat meine Haut gereizt. Jedenfalls hört es nicht auf zu jucken. Ich spüre die Panik langsam in mir hochsteigen. Sie müssen mutiert sein. Es sind gegen jedes Mittel resistente Filzläuse aus Tschernobyl, die ein Aeroflot-Flugbegleiter eingeschleppt hat! Sie können sich sogar bei Gefahr unsichtbar machen, sonst würde ich doch irgend etwas sehen. Oder sind es vielleicht doch nur meine Nerven?

Besser kein Risiko eingehen. Ich greife zum Rasiermesser: die einzig endgültige Lösung. Minuten später sehe ich unter der Gürtellinie aus wie ein Zehnjähriger, dessen Penis zu schnell gewachsen ist. Und es juckt noch immer. Ich bin gerade dabei, meine haarlose Leistengegend erneut mit Lupe und Halogenlicht zu durchforschen, als das Telefon klingelt. Es ist mein alter Freund Karl: „Baby, stell dir vor, Stephan mit PH hat mich angerufen und erzählt, ihr hättet euch heute morgen beim Arzt getroffen. Was hast du denn, du Schlimmer? Doch nicht etwa Filzläuse?"

„Ach Karl", heule ich los, „es ist so schrecklich. Sie sind mutiert. Sie werden mich fressen! Oder schlimmer. Sie werden mich zu einem der ihren machen."

„Dann nenne ich dich Gregor Samsa, Baby. Beruhige dich, dies ist das wahre Leben und kein schlechter Horrorfilm von 1955. Das Shampoo hat diese Nachwirkung. Das ist schließlich so eine Art Chemiebombe, die du auf deine empfindlichsten Stellen losläßt! Als ich zum ersten Mal Läuse hatte, war ich, als es nach der Behandlung noch immer juckte, so panisch, daß ich mir alle Schamhaare abrasiert habe. Das war der größte Fehler, den ich machen konnte. Es juckte wochenlang teuflisch, während die Haare nachwuchsen! Ich bin fast wahnsinnig geworden. Baby? Hallo? Bist du noch dran? Baby?"

Ich lege sachte den Hörer auf und kratze gedankenverloren zwischen meinen Beinen. Wochenlanges Jucken …

Mit einem doppelten Wodka setze ich mich vor den Fernseher. Es gibt die Fortsetzung des Vampirfilms von gestern: Ein abtrünniger Priester befreit Dracula aus seinem feuchten Grab im Burggraben. Ich schalte um. Von Vampiren habe ich für immer die Nase voll.

Stille Nacht, schwule Nacht

Viele meiner Freunde feiern Weihnachten im schwulen Bekanntenkreis, anstatt sich mit ihrer Familie zu treffen. Ich war mir nie sicher, ob mir das wohl gefallen würde, denn ich habe das große Glück, völlig offen zu meinen Eltern und Geschwistern sein zu können. Niemand erwartet, daß ich zu den Feierlichkeiten eine Freundin anschleppe, im Gegenteil, wenn ich gerade einen Lover habe, ist er gern gesehener Gast im Hause meiner Eltern.

„Die Familie ist eine reaktionäre Kernzelle, die wir als gesellschaftliche Außenseiter nicht unterstützen dürfen!" erklärte mir Karl, der schon mit sechzehn des familiären Heimes verwiesen und enterbt wurde, als sein Vater ihn dabei ertappte, wie er sich die Fußnägel lackierte – perlmutt. „Wir müssen uns von archaischen Strukturen lösen, die uns unterdrücken, indem sie uns glauben machen, wir bräuchten sie. Niemand braucht eine Familie. Verwandtschaft ist genetischer Zufall", deklarierte Karl mit erhobener Faust.

Wir aßen gerade Christstollen in seiner Küche. Es war der zweite Advent. Ich kaute genervt weiter und rollte die Augen gen Himmel.

„Baby, du mußt dich endlich innerlich befreien. Auch wenn du es nicht merkst, deine absurde Familienliebe bedroht deine schwule Identität!"

„Jetzt reichts!" stieß ich zwischen Stollenkrümeln hervor. „Weihnachten ist das Fest der Familie, und ich habe es immer zu

Hause gefeiert. Daran wirst du mit aktivistischen Parolen nichts ändern. Du kannst von mir aus am Heiligen Abend Tinte in die Weihwasserbecken schütten und Stinkbomben in die Sakristeien werfen, ich werde unter einem Tannenbaum *Stille Nacht* singen."

„Baby, du verstehst mich völlig miß. Ich habe nicht vor, Kirchen zu entweihen, und wenn, dann würde ich die Meßdiener schänden, anstatt mich mit Tinte und Stinkbomben abzugeben. Nein, nein, ich will ja Weihnachten feiern, ganz traditionell, aber unter uns Schwulen, ohne Familie. Wir laden ein paar Leute zum Essen ein und sitzen hinterher besinnlich zusammen und wenn's sein muß, laß ich dich auch *Stille Nacht* singen."

Stirnrunzelnd kaute ich auf meinem Stollen herum. „Na gut, Karlchen, einverstanden."

Am Heiligen Abend bin ich der erste Gast bei Karl. Er empfängt mich mit einer roten Zipfelmütze auf dem Kopf und einem weißen Wattebart vor dem Gesicht.

„Wie willst du damit essen?" fragte ich kopfschüttelnd.

Die Wohnung wird nur von Kerzen beleuchtet. Sein Wohnzimmer hat Karl bis auf einen großen Tisch und sechs Stühle ausgeräumt. Der Tisch ist mit Tannengestecken dekoriert, in die Karl einige nackte Barbie- und *Masters of the Universe*-Puppen integriert hat. Karl reißt ein paar Tannennadeln ab und hält sie in eine Kerzenflamme: „Nichts riecht weihnachtlicher, Baby. Und jetzt sieh dir den Baum an."

In der Zimmerecke steht eine riesige Blautanne. Karl knipst die meterlange elektrische Lichterkette an, die sich um den Baum schlingt. Sie glitzert und funkelt. Die Tanne ist mit getrockneten Fischen, lackierten Seesternen und Muscheln, vergoldeten Fischernetzen und riesigen Kunstperlen dekoriert. In den Schuppen der Fische spiegeln sich die Kerzenlichter. Auf der Baumspitze steckt eine große Miesmuschel, aus der ein fettes Jesuskind aus rosa glasiertem Ton herablächelt.

„Wie findest du's?" fragt Karl.

„Ich wußte ja, daß du *Arielle – die kleine Meerjungfrau* fünfmal gesehen hast, aber daß das zu solchen Auswüchsen führen würde, hatte ich nicht erwartet. Scheußlich."

Unter dem Baum hat Karl eine Krippenfamilie aufgebaut. Statt über das Christkind beugen sich die tönernen Maria und Josef über Bart Simpson aus Plastik. „Na, die Jesusfigur ist doch in der Muschel auf dem Baum", erklärt Karl. „Und der Ochse und der Esel sind mir zerbrochen, deshalb die beiden Gummidinosaurier."

Es klingelt. Karl öffnet die Tür für Jens und Martin, ein Pärchen, das wir auf einer Jerk-Off-Party kennengelernt haben. Sie haben den Nachtisch mitgebracht: ungefähr einen Quadratmeter Tiramisu. Jens schlägt die Hände über dem Kopf zusammen, als er den Baum und die Krippe erblickt. Ich weiß nicht, ob er damit Begeisterung oder Entsetzen signalisieren will.

Da kommt schon der nächste Gast: John, einer von Karls amerikanischen Freunden. John ist für die Musik dieses stimmungsvollen Abends zuständig. Er hat Weihnachtsplatten von Barbra Streisand, Bing Crosby, Diana Ross, NKOTB, Doris Day, Elvis Presley, Mahalia Jackson und Patti La Belle mitgebracht.

„Bloß gut, daß ihr die Musik einem Ami überlassen habt", flüstert mir Martin zu, „sonst hätten wir noch Karls unsägliche Weihnachtsplatten mit den Fischer-Chören, Peter Alexander und den Regensburger Domspatzen ertragen müssen."

Karl öffnet dem letzten Gast, seinem momentanen Schwarm Sören, einem kleinen, blonden Dänen. Mit seinem unwiderstehlichen Vivi-Bach-Akzent wünscht er uns allen „eine ssöne gute Aben'", und auf Karls Gesicht erscheint ein wahrhaft weihnachtliches Lächeln. „Heute Abend, Baby, werde ich dieses Christkind in die Krippe legen!" flüstert er mir zu.

„Fleischliches Begehr an einem solchen Tag! Ich bin schockiert", kichere ich zurück.

Dann setzen wir uns zum Essen. Ich weiß ja schon lange, daß Karl nicht kochen kann, aber die anderen sind ein wenig enttäuscht, als er weihnachtlich in Sternform gestanzte Sandwiches serviert und dabei erklärt, das habe er von Cher gelernt, in *Meerjungfrauen küßt man nicht*. Dazu gibt es Glühwein und Salzstangen. „Laßt es euch schmecken!“ ruft Karl und nimmt sich den Wattebart ab.

Ich denke wehmütig an den Festtagsschmaus, der jetzt bei meinen Eltern die Tischplatte biegt. Glücklicherweise haben sich Jens und Martin mit der Nachspeise selbst übertroffen.

Nach dem Essen sitzen wir schweigend um den Tisch. Im Hintergrund liefern sich die Andrew Sisters mit Bing Crosby ein weihnachtliches Stimmduell.

„Was machen wir jetzt?“ fragt Jens.

„Ist im Fernsehen nicht dieser Weihnachtsfilm mit Inge Meysel?“ schlägt Martin vor.

„Oh nein, nicht die Glotze und schon gar nicht die Meysel!“ bestimmt unser Gastgeber. „Wir setzen uns jetzt alle unter den Baum und erzählen uns unser traurigstes Weihnachtserlebnis.“

„Warum denn das traurigste?“ fragt Wayne.

„Weil man am Heiligen Abend immer ein bißchen weinen muß. Das gehört einfach dazu“, erklärt Karl. Dann erzählt er uns, wie sein Vater ihn zu Weihnachten nicht ins Haus ließ, weil er „die Schönheit und Unschuld dieses Festes“ durch seinen „unnatürlichen Lebenswandel“ beflecke.

Und Sören erzählt, wie sein Großvater am Heiligen Abend starb. Die Familie stand um sein Totenbett und drehte hilflos die Geschenke, die der Großvater nie mehr annehmen konnte, in den Händen.

Jens erzählt, wie er über Weihnachten zu seinen Eltern fuhr, während Martin in der Stadt blieb, in die Disco ging und sich einen Typen aufriß, mit dem er Weihnachten im Bett verbrachte, bis Jens unerwartet schon am ersten Feiertag zurück kam. Unnötig zu sagen, das war auch Martins schrecklichstes Weihnachten, obwohl die beiden eine sogenannte „offene Beziehung“ führen.

Johns traurigstes Christfest fand statt, als er fünf Jahre alt war. Er hatte sich Ken und Barbie gewünscht und bekam einen Baseballhandschuh.

Karl weist gönnerhaft auf die Barbies in der Tischdekoration. „Du kannst gerne nachher ein paar mitnehmen, John, wenn dir das über das Trauma hinweghilft. Baby, was ist dein traurigstes Weihnachtserlebnis?“

„Die Schnittchen, die du uns heute serviert hast.“

Der von Karl geschleuderte Schuh verfehlt mich nur um Millimeter. Damit ist die sentimentale Stimmung gebrochen, und wir beschließen, zu der Weihnachtsplatte der New Kids das Tanzbein zu schwingen. „Oh, wie in Amerika! Da tanzen wir auch immer zu Weihnachten!“ freut sich John und beginnt zu hüpfen.

„Ja, und ihr setzt auch alberne Hütchen auf“, lästert Karl.

John blickt stumm und stirnrunzelnd auf Karls rote Zipfelmütze.

„In Ami-Land darf man zu Weihnachten jeden küssen, wenn er unter einem Mistelzweig steht. Haben wir keine Misteln?“ fragt Jens.

„Du kannst mich auch ohne Misteln küssen“, sagt Martin, und Jens läßt sich nicht lange bitten.

„Das Fest der Liebe!“ säuselt Karl und schenkt Sören ein zuckersüßes Lächeln, was aber völlig verschwendet ist, da Sören schon den ganzen Abend nur noch Augen für John hat.

„Irgendwas habe ich falsch gemacht mit der Gästeliste“, stöhnt Karl und fordert mich zum Tanzen auf. Zu „Jingle Bells“ von Barbra Streisand ist das gar nicht so einfach. Als nächstes legt unser X-mas D.J. John die schmusige Elvis-Platte auf. Jens tanzt mit Martin, Karl mit mir, und John und Sören finden so selbstverständlich zusammen, als hätten sie sich nicht erst heute, sondern schon vor ewigen Zeiten kennengelernt. Vielleicht in einem früheren Leben? Vielleicht als Jesus und Johannes?

Karl erstarrt in meinen Armen und haucht: „Oh Gott, da geht all meine Hoffnung! Sören, warum verschenkst du dich an den falschen?“

„Sei nicht melodramatisch und überlaß Sören die Entscheidung, an wen er sich verschenkt“, flüstere ich zurück.

„Aber Sören sollte mein Weihnachtsgeschenk werden“, wimmert Karl.

„Geben ist seliger denn Nehmen, Karlchen. Das ist der Geist der Weihnacht."

„Halt die Klappe und tanz, Baby."

Rund um den fischigen Baum drehen sich drei Paare, zwei in innigem Herzensglück, eines in alter Freundschaft. „Ach, Baby, wann werden wir mit unserem Liebsten um den Christbaum tanzen?" fragt Karl und weint meine Schulter ein bißchen naß.

„Wenn ich dich mal zitieren darf: ‚Mit Zweierbeziehungen ist es wie mit der Familie, beides sind archaische Strukturen, die uns nur in unserer persönlichen Freiheit einschränken'", flüstere ich hämisch.

„Das war jetzt nicht unbedingt, was ich hören wollte", zischt Karl.

John und Sören tanzen an uns vorbei, und all die Kerzen im Raum sind nichts im Vergleich zu dem Licht, das aus ihren verliebten Augen strahlt. Karl stöhnt auf, löst sich von mir und läuft ins Schlafzimmer.

„Was machst du denn?" rufe ich ihm nach.

„Meine Mutter anrufen!" schluchzt es zurück.

Ich schüttele grinsend den Kopf. Schwule Weihnachten – das soll uns erst mal einer nachmachen!

Sex oder Literatur

Letzte Woche lernte ich den Mann meiner Träume kennen (noch einen). In der Buchabteilung eines Kaufhauses stolperte er in mich hinein, beladen mit einem Stapel Bücher, von denen einige schmerzhaft auf meinen Zehen landeten. Er trug ein Tweedjacket und eine Hornbrille, über der ihm seine schwarzglänzenden Haare ins Gesicht fielen.

Der kleine Unfall war ihm sehr unangenehm. Mir weniger, denn seine ungeschickte, schüchterne Art weckte meinen Mutter- (und einige niedere) Instinkte. Als Wiedergutmachung lud er mich auf einen Kaffee ein, leider in das nach Frittieröl riechende Restaurant des Kaufhauses, einen Ort, der an Ungemütlichkeit nur vom Futon eines Aerobic-Trainers übertroffen wird, bei dem ich mal übernachtet habe. (Aber das ist eine andere Geschichte.)

Nach einigen tiefen Blicken in die bebrillten, grünen Augen meines neuen Bekannten vergaß ich die schäbigen Plastiktische und die faltige Kellnerin in Polyesterschürze und Kneipp-Sandaletten.

Er heiße Wayne, erzählte er mir, komme aus den USA und studiere in Berlin vergleichende Literaturwissenschaften. (Himmlisch, dieser amerikanische Akzent!) Er habe gerade seine deutschen Großeltern besucht und sei auf dem Weg zurück in die Hauptstadt. Nach zwei Tassen grauenvollem Kaffee starrte Wayne verlegen auf den gelben Plastikaschenbecher und lud mich stammelnd nach Berlin ein. Ich sagte natürlich sofort zu. Erfreut versuchte er meine

Hand zu ergreifen und warf dabei die Tischdekoration aus verblichenen künstlichen Nelken um. Als er sie mit wild rudernden Bewegungen aufzufangen versuchte, fegte er seine Tasse vom Tisch, die der runzligen Bedienung direkt vor die Schluffen rollte.

„Vier Kaffee – acht Mark achtzig", forderte sie ungerührt und kickte die Tasse unter einen freien Nebentisch. Wayne gab ihr schweigend und mit roten Ohren einen Zehnmarkschein. Sie schlurfte davon, ohne auch nur daran zu denken, Wechselgeld herauszugeben. Ich brachte Wayne zum Bahnhof, küßte ihn auf die Wange (er wurde wieder rot) und schlief nächtelang unruhig, geplagt von wildromantischen Träumen, in denen Wayne der Erbe eines märchenhaft reichen texanischen Rinderbarons war oder der Sohn einer eleganten Kunstmäzenin aus der New Yorker Society.

Wayne wohnt in einem möblierten Zimmer in Neukölln. Fünfter Stock, Hinterhaus. Im Vordergebäude sind ein Sexshop und eine türkische Bar: Jeden Mittwoch Bauchtanz. Durch Waynes verrußtes Fenster sieht man auf den kahlen Hinterhof: Mülltonnen und sterbende Bäume. Ich stelle seufzend meinen kleinen Koffer ab. Waynes Begrüßung ist zurückhaltend, so als habe er nicht wirklich mit meinem Besuch gerechnet. Dabei habe ich mich rechtzeitig angekündigt – gestern abend.

Er müsse noch dringend vier Böll-Romane lesen, erklärt Wayne, für eine Seminararbeit über die Verwendung indirekter Rede als Symbol für postmoderne Ziellosigkeit in der deutschen Nachkriegsliteratur.

„Was, an diesem Wochenende?" will ich wissen.

„Ich fürchte, ja", sagt Wayne mit Hundebabyblick und wird rot.

Ich schmelze dahin: „Wir können ja … einfach zusammen sein. Du liest, und ich sehe fern."

„Ich habe keinen Fernseher." Wayne wirft sich aufs Bett und liest *Gruppenbild mit Dame*. Ich lege mich zu ihm und streichle ihn ein wenig.

Keine Reaktion.

Ich streichle heftiger.

„Bitte nicht“, sagt Wayne, „das lenkt mich ab.“

Ich fühle mich ein klitzekleines bißchen unwillkommen und überflüssig, stehe auf und gehe im Zimmer auf und ab. Überall Bücher: im Regal, auf dem Tisch, dem Boden. Sogar auf der Toilette liegt ein Stapel: französische Gedichte des 19. Jahrhunderts und drei Jane-Austen-Romane. Ob Wayne an Verstopfung leidet?

„Wozu bin ich überhaupt hergekommen?“ frage ich den in seinen Böll vertieften Wayne beleidigt.

Er versteht mich nicht: „Liest du etwa nicht gerne? Für mich ist es das Schönste, mit einem Freund zusammen stundenlang zu lesen.“

„Und für mich ist es das Schönste, mit einem Freund stundenlang zusammen zu ...“

„Oh bitte“, unterbricht mich Wayne, „diese Sex-Fixierung der Schwulen. Schrecklich. Ich finde, es geht auch ohne das. Man muß sich intellektuell vereinigen, nicht körperlich. Wir können beim Lesen Händchen halten, das mag ich sehr.“

Es reicht! Baby Neumann, der Welt begehrenswertester Junggeselle nach Keanu Reeves und Brad Pitt (mein Selbstbewußtsein ist heute eher hoch, um nicht zu sagen: *high*) hat das nicht nötig! Ich ziehe meinen Mantel an und nehme meinen Koffer.

Wayne zeigt endlich eine Reaktion: „Was machst du denn?“

„Mir ist eingefallen, daß ich einem Freund versprochen habe, seine Hand zu halten, während er Prousts gesammelte Werke liest. Erwarte mich also nicht so bald zurück.“

Wütend stürme ich aus dem Zimmer. Dabei finde ich Wayne wirklich niedlich. Aber Literatur statt Sex – daran würden sich meine Hormone nie gewöhnen.

Frustriert streife ich durch Berlin. Der nächste Zug zurück geht erst am Abend. In der Nähe des Savignyplatzes fällt mir ein junger Mann mit Grübchen im Kinn und einer abgeschabten Lederjacke auf, der sich grinsend nach mir umsieht. Ich folge ihm diskret. Vielleicht hat sich die Reise nach Berlin ja doch gelohnt. Er betritt ein Geschäft. Einen Buchladen – nicht zu fassen! Noch so ein verklemmter Intellektueller. Aber der kleine Laden ist irgendwie anders: Im Schaufenster liegen Bildbände über männliche Aktfotografie und Kitschästhetik, Opernführer sowie Bücher über Marky Mark, Diana Ross und Barbie.

Ganz klar: ein schwules Buchgeschäft.

Neugierig trete ich ein. Das Sortiment ist faszinierend: Einschlägige Romane in verschiedenen Sprachen, Sachbücher zu Themen wie Vorhaut-Fetischismus oder homosexuelle Piraten des 16. Jahrhunderts, Bildbände von Jeff Koons, Gilbert und George oder Tom of Finland, Biographien über Bette Davis, Rudolph Nurejew oder Edward den Zweiten. Krimis, Science-fiction, Comics, Poster, Postkarten, schwule Zeitschriften aus aller Welt und Pornohefte.

Der Lederjackenträger mit dem Grübchen blättert gerade durch „Hot and Hung" und leckt sich die Lippen.

Es geht lebhaft zu in diesem Laden.

Ein Spät-Teenager von Mitte Dreißig mit Bauchansatz und Baseballmütze kommt herein. „Ich hätte gerne ein Buch", erklärt er dem schnauzbärtigen Verkäufer, der ein genervtes Schaudern höflich unterdrückt. „Was Spannendes und Geiles. Am besten mit Raumschiffen. Aber nicht so schwer zu lesen."

Dann kommt eine Matrone, die wohl nicht genau weiß, welche Art Geschäft sie betritt: „Führen Sie auch Kochbücher? Ich möchte nämlich ein Soufflé bereiten ..."

„Leider nicht", bedauert der charmante Mann an der Kasse, ein Jeanstyp mit Kopftuch. Aber er schreibt ihr eigenhändig ein Rezept auf: „Das gelingt immer!"

Inzwischen habe ich mich an das Grübchen herangeschlichen und blättere wie zufällig direkt neben ihm durch ein Hochglanz-Magazin namens *Orale Orgien*. Eine Frau in Latzhose mit hennarot gefärbtem Zopf und Lederkappe betritt den Laden, sieht sich kurz um und beschwert sich, daß das Sortiment an lesbischer Literatur „lächerlich klein, typisch patriarchalisch" sei.

Der geduldige Buchhändler bedauert und bietet ihr einen Kaffee an. Sie trinkt ihn mißgelaunt, während sie im neuen Werk von

Camille Paglia liest und dabei halblaut die Autorin beschimpft, als stünde sie neben ihr. Der Kassierer und der Verkäufer werfen sich einen langen, verzweifelten Märtyrer-Blick zu.

Der dickliche Möchtegern-Teenie kauft einen Ralf-König-Comic: „Is‘ zwar ohne Raumschiffe, aber dafür mit vielen Bildern."

Ein älterer Herr erkundigt sich, ob die neuesten Bände der Thomas-Mann-Tagebücher schon eingetroffen seien. Dann stellt er sich vor das Regal zum Thema Pädophilie und blättert sehr ausführlich fünf Ausgaben der Zeitschrift *Kleine (B)Engel* durch.

Zwei schrill kichernde pubertierende Mädchen fragen, ob sie die Marky-Mark-Biographie aus dem Schaufenster mal ansehen können. Ein Langhaariger mit roter Hose kauft nach langem Suchen einen reduzierten Gedichtband von Ginsberg für drei Mark und möchte ihn als Geschenk verpackt haben. Wenn ich hier Buchhändler wäre, würde ich nach spätestens zwei Tagen in der Nervenheilanstalt landen.

Grübchen dreht inzwischen am Postkartenständer. Ich folge ihm und drehe in die andere Richtung. Wir greifen gleichzeitig nach einer Judy-Garland-Karte. Unsere Finger berühren sich. Wir lächeln.

„Ich hasse es, wenn die Leute den Laden zum Aufreißen benutzen", beschwert sich der Kassierer beim Verkäufer.

„Ach was, du hast doch auch schon Kunden abgeschleppt."

„Hab ich nicht!"

„Hast du wohl!"

Ein etwa zehnjähriger Junge unterbricht die Diskussion, indem er den Verkäufer am Ärmel zupft und fragt, ob er auch Dinosaurier-Bücher habe.

„Wir haben nur Bücher für Erwachsene."

„Macht nichts, Hauptsache, sie sind über Dinosaurier", meint der Junge.

Der Buchhändler führt ihn sanft hinaus, was der ältere Thomas-Mann-Freund höchst interessiert beobachtet. Eine elegante Dame im schwarzen Kostüm erklärt indes dem Kassierer, daß es für sie nichts Erotischeres gebe als Sex zwischen Männern und kauft einen Stapel Pornos. Die Latzhosen-Lesbe trinkt ihren Kaffee aus, stellt Camille Paglia verächtlich wieder ins Regal und ersteht einen Katzenkrimi von Rita Mae Brown. Der Mann mit dem Grübchen blättert inzwischen in einem Detlev-Meyer-Roman. Ich interessiere mich für ein Hubert-Fichte-Buch, das direkt daneben liegt. Meine Hüfte streift die seine.

„Liest du gern?“ fragt Grübchen mit rauher Stimme und blickt mir tief in die Augen.

„Na endlich!“ rufen der Kassierer und der Verkäufer im Chor und fangen an zu klatschen.

Grübchen ignoriert sie: „Wenn nicht, könnte ich dir was vorlesen.“

„Muß ich dabei deine Hand halten?“

„Nicht unbedingt meine Hand.“

„Einverstanden.“

Bevor wir gehen, kaufe ich *The Joy of Gay Sex*. Mir gefällt dieser Laden. Wo sonst bekommt man zum Buch den Mann seiner Träume (noch einen)?

Doktor Faust singt

Ich stehe zwischen Spiegel und Videorecorder und schwitze. Seit Stunden versuche ich die neuesten Hiphop-Schritte von *Take That* zu kopieren (Dazu habe ich mir extra den Videorecorder von Karl ausgeliehen – man muß ja mit der Zeit gehen!). Aber was die fünf Traumjungs in den Video-Clips zu *Could This Be Magic* und *Do What U Like* anstellen, geht weit über meine tänzerischen Fähigkeiten hinaus. Selbst wenn ich den Recorder auf Zeitlupe stelle, kann ich ihnen nicht folgen. Frustriert lege ich *Dolly Parton's Greatest Hits* auf und tanze einen guten alten Squaredance mit mir selbst. Mitten in *Islands in the Stream* klingelt das Telefon. Ich melde mich: „Hallo, hier ist Kenny Rogers."

„Sorry, da habe ich mich verwählt", antwortet eine Stimme mit leichtem amerikanischen Akzent und fährt dann auf englisch fort: "Was machen Sie in Deutschland, Mr. Rogers?" Inzwischen habe ich den Anrufer erkannt: „Wayne, du Dummerchen, ich bin's, Baby."

„Ach so", sagt Wayne. Er kann die Enttäuschung in seiner Stimme kaum verbergen. Wer hätte vermutet, daß er ein Country-Fan ist? Und überhaupt: Wer hätte gedacht, daß ich von Wayne, dem putzigen amerikanischen Literaturstudenten aus Berlin, noch einmal hören würde? Schließlich habe ich ihn vor ein paar Wochen einfach sitzen lassen, weil er sich für seine Bücher mehr interessierte als für mich. Böll statt Baby! Ich war zutiefst beleidigt und schrieb Wayne – trotz seines fast unwiderstehlichen Hundebabyblicks – endgültig ab. Jetzt erklärt er mir stotternd, es täte ihm leid, wie damals alles gelaufen sei, und er würde mich gerne wiedersehen.

„Und was soll ich in Berlin?“ zicke ich. „Deine Hand halten, während du *Ansichten eines Clowns* liest und mich ignorierst?“

„Ich verspreche, nicht zu lesen. Und ich habe eine große Überraschung für dich.“

Vor meinem inneren Auge sehe ich Wayne nackt, mit einem hellblauen Schleifchen um den Schwanz. „Laß mich raten: Ich darf dich anfassen? Überall?“

Wayne seufzt: „Wenn ich es verrate, ist es keine Überraschung mehr.“ Ich sage trotzdem zu. Und während Dolly Parton *Old Flames* singt, tagträume ich von Waynes grünen Augen.

Am späten Samstag nachmittag komme ich am Bahnhof Zoo an. Wayne holt mich ab. Mit rotem Kopf überreicht er mir einen Strauß leicht welker Nelken.

„Auf'm Friedhof geklaut?“ frage ich und gebe ihm einen Begrüßungskuß. Wayne wird noch röter. Wir bringen meinen Koffer in seine kleine Neuköllner Wohnung. Über einem Glas Sekt eröffnet mir Wayne seine Überraschung: „Ich habe Opernkarten!“

Ich verschlucke mich und huste: „Oper – das ist doch, wenn fette, schlecht geschminkte äthiopische Prinzessinnen in Verliese eingemauert werden und dabei mit genauso fetten, aber noch schlechter geschminkten Männern in Sandalen und Röckchen endlose Sterbe-Arien singen?“

„Wir gehen nicht in *Aida*, sondern in *Faust* von Gounod. Eine ganz moderne Inszenierung. Das ist hohe Kultur, Baby, es wird dir gefallen.“

„Ich war noch nie in der Oper“, gestehe ich. „Klassik ist nicht mein Fall. Obwohl ich *Classical Barbra* von der Streisand besitze – da singt sie Händel und Schubert (oder Schumann, ich kann das nie auseinanderhalten) und ehrlich gesagt, das Cover-Foto ist das Beste an der Platte.“

Enttäuscht sieht mich Wayne über den Rand seiner Brille an.

„Naja, trotzdem freue ich mich natürlich sehr", zwinge ich mich zu sagen, "Gounod muß ein toller Komponist sein. Schließlich hat Zarah Leander sein *Ave Maria* aufgenommen."

Die Deutsche Oper Berlin ist ein schlichter, grauer Nachkriegsbau ohne viel Glanz und Glamour. Wayne und ich stehen im Foyer und beobachten das Publikum. Ich, der Opernhäuser hauptsächlich aus alten Greta-Garbo-Filmen kennt, bin ein wenig enttäuscht: keine großen Roben, kein Juwelenglanz, keine Abendanzüge. Eine Busladung älterer amerikanischer Touristen im kalifornischen Freizeitdress ist gerade angekommen – Frauen mit violetten Haaren, Männer mit Nylonhemden in allen Farben des Regenbogens. Eine Gruppe schnauzbärtiger Lederkerle in Karohemden und schwarzen Lederwesten fällt mir auf. „Die sogenannten Opernschwulen", erklärt Wayne. „Davon sind immer welche da. Ich weiß auch nicht warum, aber die S/M-Szene scheint auf Opern zu fliegen."

„Was die Masochisten hier wollen, ist mir schon klar", sage ich. Wayne wirft mir einen bösen Blick zu. Es klingelt dreimal, und wir nehmen unsere Plätze ein. Neben mir sitzt ein Herr mittleren Alters, der einen schlecht geschnittenen Anzug und einen Lagerfeld-Zopf trägt. Während er seiner Begleiterin, einer Rothaarigen mit mittelschwerem Akne-Problem, weitschweifig die Handlung von *Faust* erzählt, muß ich zu meinem Entsetzen feststellen, daß er sich offensichtlich seit Tagen von Zwiebeln und Knoblauch ernährt hat. Das Aroma mischt sich mit der Wolke von 4711, die über einer pummeligen Endsechzigerin neben Wayne schwebt.

Endlich geht das Licht aus und der Vorhang hebt sich: Eine düstere Straßenschlucht zwischen Wolkenkratzern. Aus dem Hintergrund hinkt singend ein gebrechlicher Greis heran, dessen Stimme allerdings überraschend kräftig ist. Trotzdem verstehe ich kein Wort. Flüsternd beschwere ich mich bei Wayne. Er flüstert zurück: „Die Oper ist auf französisch!"

Ach so. „Und wer ist der alte Knacker?"

Bevor Wayne antworten kann, zischt es von hinten: „Pst!“

Ich drehe mich um und starre in das erboste Gesicht eines pergamenthäutigen Methusalem im schwarzen Anzug, gegen den der Tattergreis auf der Bühne wie ein junger Hüpfer wirkt. „Ich glaube, hinter uns sitzt der Komponist“, kichere ich Wayne ins Ohr.

„Pst!“ machen Wayne und der Alte im Chor.

Schulterzuckend konzentriere ich mich auf das Bühnengeschehen, das gerade einen action-reichen Höhepunkt zu bieten hat. Flammen züngeln aus dem Boden, und im Trockeneisnebel erscheint Mephisto, unverkennbar mit seinen roten Hörnchen und dem quastigen Schwanz. Ich begreife, daß der Greis Faust ist, dem Mephisto eine zweite Jugend im Austausch gegen seine Seele anbietet. Ich habe Freunde, die würden schon für eine wirklich wirksame Anti-Falten-Creme die Seele ihrer Mutter noch drauflegen. Kein Wunder, daß Faust akzeptiert.

Kaum ist er verjüngt, verliebt er sich in eine schwarze Serviererin. Das muß Gretchen sein, kombiniere ich, und tatsächlich: Faust schmettert eine Arie, in der ich mehrmals den Namen „Margarete“ ausmachen kann. Das Stück kommt gut an (heutzutage würde es wahrscheinlich als Single ausgekoppelt), und das Publikum klatscht hemmungslos.

Der Zopfträger neben mir schreit lauthals „Bravo“ und stößt dabei Knoblauchdünste aus. Ich bin froh, daß er nicht „Buh“ ruft. Auf der Bühne ziert sich die gute Margarete gegenüber Fausts Avancen, doch am Ende des ersten Teils gibt sie sich dem Doktor hin.

Ich fliehe ins Foyer, bevor mein Nachbar wieder seiner Begeisterung Luft machen kann. Das Publikum drängelt sich am Sektstand. Wayne hat feuchte Augen wie Julia Roberts in der Opernszene aus *Pretty Woman*. Tief bewegt summt er die Melodie irgendeiner Arie nach, an die ich mich schon gar nicht mehr erinnern kann. Er lächelt mich romantisch verklärt an und greift nach meiner Hand. Da klingelt es schon zur zweiten Runde.

Margarete ist schwanger und frustriert, weil Faust sie während der Pause verlassen hat. Der böse Doktor vergnügt sich lieber mit seinem Kumpel Mephisto, der zur Walpurgisnacht eine Riesenparty schmeißt: Im Halbdunkel tummeln sich auf der Bühne leichtgeschürzte Teufelinnen im Punk-Look und eine Gruppe von knackigen, halbnackten Breakdancern. Ihre Verrenkungen passen verblüffend gut zu Gounods Musik. Plötzlich taucht Margarete auf. In der Hand hält sie ihr Kind (eine Plastikpuppe), auf das sie völlig hysterisch mindestens dreißigmal mit einem Brotmesser einsticht. Ich muß spontan (und ziemlich laut) lachen, was mir böses Zischen vom Greis und dem Knoblauchesser einbringt.

Langsam glaube ich, daß manche Leute hauptsächlich in die Oper gehen, um hämisch „Pst!" zu machen, sobald irgendwer auch nur zu laut atmet.

Auf der Bühne wird es jetzt ziemlich langweilig. Trauerarie reiht sich an Trauerarie. Ich schlafe ein und träume von den Breakdancern.

Als es in meinem Traum gerade richtig gemütlich wird, weckt mich fürchterliches Husten. Der Alte hinter mir hat einen Asthma-Anfall oder etwas ähnliches – mitten in Margaretes großer Sterbenummer. Seinem Husten nach zu urteilen, wird er noch vor ihr den Löffel abgeben. Von allen Seiten zischt es „Pst!", bis sich im Rachen des endlich erleichterten Greises etwas löst, haarscharf an meinem Ohr vorbei fliegt und schleimig am Sitz vor mir heruntertropft. Ich unterdrücke einen Ekel-Schrei und klammere mich schockiert an Waynes Knie fest.

Wayne, völlig vom tragischen Geschehen auf der Bühne gefesselt, hat gar nichts bemerkt. Ohne den Blick von Margarete zu wenden, greift er nach meiner Hand und klammert zurück. Tränen der Ergriffenheit laufen über sein Gesicht. Margarete stirbt, Faust fährt zur Hölle, die Oper ist aus.

Der Applaus ist gewaltig. So wie die Leute klatschen, muß es richtig gut gewesen sein. Also rufe ich „Bravo", trampele mit den Füßen und pfeife auf den Fingern.

„Übertreib's nicht", sagt Wayne. „Das war Gounod, nicht Guns 'n' Roses."

Ich schlage vor, am Bühnenausgang auf die Breakdancer zu warten. Wayne ist dagegen.

In der U-Bahn hält er meine Hand, streichelt meinen Oberschenkel und seufzt mehrfach lüstern. Eine Gounod-Oper scheint auf ihn zu wirken wie ein Porno mit Ryan Idol auf mich.

Kaum in seiner Wohnung, reißt Wayne mir die Kleider vom Leib, wirft mich aufs Bett und eine Aufnahme von *Faust* in den CD-Player. Von Arie zu Arie wird er leidenschaftlicher; beim Liebesduett zwischen Faust und Margarete spritzt er meterweit ab. Danach gehe ich zum Plattenspieler, stelle Gounod ab und lege *Take That* auf.

Ich will schließlich auch noch auf meine Kosten kommen.

Frau sein ist alles

Viele meiner Freunde ziehen ab und zu Frauenkleider an, als ob das ganz selbstverständlich zum schwulen Leben gehören würde: Im Kleiderschrank der Smoking für die Oper, Jeans und Lederjacke für den Aufriß und das kleine Schwarze für weiß Gott was.

„Für mich kommt das nicht in Frage. Meine sportgestählte, maskuline Gestalt wird nicht in irgendein Fähnchen gezwängt", erklärte ich Karl, als er mich bei einem gemeinsamen Frühstück zu seiner jährlichen „Fummelparty" einladen wollte.

„Sportgestählt? Du gehst einmal im Monat joggen und dann bist du zwei Tage krank", giftete Karl. „Sieh es endlich ein, du hast genau die leicht schwammige Figur, die in einem Modell von Yves Saint-Laurent so gut zur Geltung kommt, Schätzchen."

„Ich bin nicht schwammig! Und du kriegst mich in kein Kleid!"

„Baby, ich fürchte, du hast da ein klitzekleines psychologisches Problem. Glaubst wohl, du könntest unerwartet Gefallen am Fummel finden und zur Vollzeit-Tunte mutieren, dieser niederen Klasse von Homosexuellen? Dann wäre es allerdings hin, dein gepflegtes Image als der saubere Schwule von nebenan." Karl blies mir triumphierend Zigarettenrauch ins Gesicht.

„Ich habe nichts gegen Tunten, es ist nur einfach nicht mein Stil, im Kleid zu gehen. Schau dir meine Beine an, diese Waden! Und meine Füße – Schuhgröße 45. Ich würde mich blamieren."

„Also jetzt reicht's mir", rief Karl und warf entnervt seinen Zigarettenstummel in die Kaffeetasse. „Wenn du zu feige bist und zu spießig, dann bleib doch zu Hause. Langweiler kann ich auf meiner Party sowieso nicht gebrauchen."

Das war vor einer Woche. Morgen steigt die Party. Und natürlich gehe ich hin! In voller Takelage! Karl wird schon sehen, was für ein langweiliger Spießer ich bin! Nur – wo kriege ich all den Kram her, den man als Frau so braucht? Und womit fange ich an?

Ich entscheide mich, zuerst die Schuhe zu kaufen. Pumps, schwarz und meterhoch, was anderes kommt gar nicht in Frage. Ich kenne ein Geschäft, das auf skurrile Dessous und Lederwäsche spezialisiert ist. (Woher ich das kenne, erzähle ich vielleicht einmal an anderer Stelle.) Dort gibt es angeblich auch Pumps bis Größe 48. Als ich den Laden betrete, kommt gerade eine fünfzigjährige, falsche Blondine in nietenbesetztem Leder-BH aus einer Umkleidekabine und fragt einen dicken Mann mit rotem Gesicht: „Kann ich das wohl tragen, Darling?"

Händereibend tänzelt ein Verkäufer auf mich zu und will wissen, was es denn sein dürfe. Als ich meinen Wunsch äußere, zucken die Köpfe der Blonden und ihres fetten Freundes mit aufgerissenen Augen und Mündern in meine Richtung, der Verkäufer aber lächelt nur schleimig und führt mich zu einer Kabine. „Warten Sie hier, ich bringe Ihnen was Schönes zum Anprobieren."

Sekunden später schiebt er einen Karton unter dem Kabinenvorhang durch. Inhalt: schwarze Pumps mit Stilett-Absätzen. Ich ziehe sie an; es ist eher ein Hinaufklettern als ein Hineinsteigen. Plötzlich bin ich 15 Zentimeter größer. Ich mache zwei zögerliche Schritte in der festen Überzeugung, daß die filigranen Absätze unter meinem Gewicht brechen werden, doch – oh Wunder! – sie halten. Ich schwanke auch kaum. Mutig laufe ich von einer Kabinenecke in die andere und erzeuge dabei das klassische Pumps-Klappern. Der Verkäufer steckt seinen Kopf in die Kabine. „Na, wir scheinen ja für *high heels* geboren zu sein, Liebes." Ich verscheuche ihn mit einer wedelnden Handbewegung, die mir im nachhinein sehr weiblich vorkommt. Ist das schon der Effekt?

Als ich die Schuhe ausziehe, bin ich wieder kleiner, wieder sehr normal, alltäglich.

An der Kasse wispert der Verkäufer: „Weil Sie zum ersten Mal bei uns sind, junger Mann, darf ich mir erlauben, Ihnen zu den bezaubernden *high heels* eine hochwertige Seidenstrumpfhose zu schenken."

Die blondgefärbte Kundin trägt inzwischen einen Slip aus schwarzem Gummi, der tief in ihre Zellulitis einschneidet. Sie taxiert mich mit angewidertem Blick. Der Verkäufer hält mir die Tür auf. „Bis bald, der Herr."

Jetzt brauche ich eine Perücke. Die hoffe ich in einem großen Kaufhaus zu finden. Dort sehe ich mich gerade in der entsprechenden Abteilung um, als es mir ins Ohr schrillt: „Kann ich dem Herrn helfen?" Eine Zweitfrisur-Fachverkäuferin steht vor mir. Jahre unter der Höhensonne haben ihrer Haut die Konsistenz einer schimmelnden Mandarine verliehen. Blutrote *Press-On-Nails* zieren ihre mit Modeschmuck und Leberflecken übersäten Hände. Sie riecht nach Zigaretten und einem halben Liter „Opium". Wie eine Krone balanciert sie auf ihrem ausgetrockneten Schädel eine unförmige Bienenkorb-Perücke.

Ich erkläre, was ich suche, und ohne zu zögern drückt mich die überraschend kräftige Mumie in einen Stuhl und beginnt, mir Perücken aufzustülpen. „Das ist unsere ‚Tina Turner', wird sehr gerne genommen, besonders von Herren – Sie wissen schon, was für welchen", plappert sie augenzwinkernd. „Und hier was ganz Modisches, wie es die Frau Cher trägt. Kostet natürlich seinen Preis. Das ist das Modell ‚Joan Collins', kurz und elegant. Die Frau Collins trägt ja nur Zweithaar, wissen Sie."

Nur mit Mühe kann ich mich der eisernen Verkaufsstrategie der Dame entwinden. Die Preise, die sie nennt, überschreiten bei weitem mein Budget, das schon durch die Schuhe stark strapaziert ist. Auf die Perücke muß ich wohl oder übel verzichten. Ich kaufe statt dessen ein großes, schwarzes Tuch aus Kunstseide, das ich als Turban tragen werde. Dazu Ohrclips und ein Perlenarmband aus Kunststoff – das ist alles schnell am Stand für Modeschmuck erstanden. „Wenn's Ihrer Freundin nicht gefällt, können Sie mit dem Kassenzettel alles wieder umtauschen", lächelt die beflissene Verkäuferin. Ich erspare es mir und ihr, zu erklären, wen der Schmuck zieren soll.

Auf der Rolltreppe fahre ich zwei Stockwerke hinauf in die Damenoberbekleidungsabteilung. Es gilt, das passende Kleid zu finden.

Ich stelle mir ein schwarzes Schlauchkleid vor, mini, mit langem Arm und hochgeschlossen, wegen der Brusthaare. Vielleicht mit einem raffinierten Rückenausschnitt. Natürlich habe ich keine Ahnung, welche Damengröße mir paßt. Und ich kann auch schwerlich mit mehreren Kleidern in einer Kabine verschwinden und eines nach dem anderen aus den Nähten sprengen.

Vertrauensvoll wende ich mich an die Bedienung – eine kleine Frau im violetten Strickkostüm mit Plastikperlen-Applikationen. Sie verzieht keine Miene, als ich ihr gestehe, ich wolle für mich Damengarderobe einkaufen. Von einem Ständer mit schwarzen Minikleidern rafft sie einen Arm voll und führt mich zu den Kabinen. „Nehmen Sie die ganz hinten, damit die Damen, die hier anprobieren, sich nicht gestört fühlen", weist sie mich an. „Ich sehe inzwischen nach, ob ich noch etwas Passendes für Sie finde."

Ich versuche, in eins der Kleider zu schlüpfen, aber als ich es über meine Schultern ziehen will, spannt es sehr bedenklich. Also das nächste. Das kriege ich zwar über die Schultern, aber der Reißverschluß läßt sich nur bis zum dritten Lendenwirbel schließen. Als es mir endlich gelungen ist, ein Kleid richtig anzuziehen, ist es so eng, daß ich nicht wieder herauskomme. Die Verkäuferin reicht mir ein weiteres kleines Schwarzes durch den Vorhang.

„Moment bitte", flehe ich. „Sie müssen mir helfen, ich stecke fest!"

Der Reißverschluß verklemmt sich im Stoff, als die Verkäuferin ihn öffnen will. Ich fange an zu schwitzen. Eine vollschlanke Dame rauscht im Unterrock aus der Kabine nebenan und will wissen, was denn hier los sei. Mit in die Hüften gestemmten Händen konstatiert sie: „Perverser!", dreht sich auf dem Absatz um und verschwindet wieder in ihrer Kabine.

Die Verkäuferin zieht und zerrt diskret fluchend an meinem Reißverschluß, bis es ihr endlich gelingt, mich aus dem Fähnchen zu befreien.

Ich muß mich erstmal setzen und nach Luft schnappen, bevor ich den letzten Versuch wage: Ein paillettenbesetztes Modell aus Stretch-Material mit tiefem Rückenausschnitt. Es paßt wie eine zweite Haut. „Meinen Schwanz muß ich irgendwie wegbinden, wenn ich so was tragen will", denke ich mir und klemme ihn zwischen die Beine, damit er keine Ausbuchtung mehr formen kann. Ich drehe mich vor dem Spiegel und gefalle mir. Mal sehen, wie die Pumps dazu aussehen. Die machen wirklich ein unglaublich langes Bein. Und die Ohrclips. Ah – elegant! Ich wiege mich ein wenig in den Hüften.

Da zieht jemand den Vorhang zurück – die rundliche Dame von nebenan. „Verzeihung, ich habe mich in der Kabine geirrt." Wie angewurzelt bleibt sie stehen und läßt ihren Blick an mir herunter wandern. Als er bei den Pumps ankommt, zuckt sie zurück und flüstert: „Das ist ja viel schlimmer, als ich dachte. Sie armer, armer Mensch."

Die Verkäuferin drängt sich neben die schock-gelähmte Kundin und meint zu mir: „Zauberhaft. Steht Ihnen ganz hervorragend. Nehmen wir das?"

Wir nehmen es.

In einem Dekorationsgroßhandel besorge ich mir noch zwei Meter rote Federboa, um das Komplet zu vervollständigen.

Einen Tag später öffnet Karl die Tür zu seiner Wohnung, wo die Fummel-Party stattfinden soll. Ans Treppengeländer gelehnt steht eine glamouröse Vision: endlos lange Beine, ein hinreißender Po in einem engen, schwarzen Mini. Der Busen ist ein wenig flach, zugegeben. Aber der Adamsapfel fällt kaum auf, da sich eine feuerrote Boa aus Marabu-Federn um den Hals der überirdischen Erscheinung schmiegt. Perlen blitzen an Ohren und Handgelenk, als sie sich in Bewegung setzt und mit rauchiger Stimme „Guten Abend" haucht.

„Hallo, Baby", sagt Karl, der Jeans und T-Shirt trägt, völlig ungerührt. „Du bist zwei Stunden zu früh. Kannst mir noch beim Spülen und Aufräumen helfen."

Manchmal hasse ich ihn.

Handarbeit

Natürlich hatte ich in Bars schon Pornofilme gesehen, aber da ich keinen Videorecorder mein eigen nenne, kam mir so etwas bisher nicht ins Haus.

Bisher.

Es fing alles auf Karls alljährlicher Fummelparty an. Ich war als eine Mischung aus Krystle Carrington und Joan Crawford erschienen, auf Pumps mit meterhohen Absätzen. Um meine schmerzenden Füße zu betäuben, kippte ich non-stop Wodka-Martinis, bis ich wie auf Wolken lief. Dann blieb ich mit dem Absatz an der Küchenschwelle hängen und fiel kopfüber in das kalte Büfett. Die Flecken von fünf verschiedenen Salatsoßen werde ich wohl niemals aus meinem Cocktailkleid herausbekommen. Ich versuchte mich aufzusetzen und spürte, wie ein stechender Schmerz durch den Alkoholnebel drang. Meine netzbestrumpften Beine lagen in einem sehr, sehr seltsamen Winkel. Karl klopfte mir auf die Schulter und sagte, „Dein Bein scheint gebrochen zu sein. Wir werden dich erschießen müssen." Bevor es dazu kommen konnte, packte mich eine resolute Stoppelhaar-Lesbe im Smoking – ich erfuhr später, daß sie Ärztin ist – in ein Taxi und fuhr mit mir ins Krankenhaus. Ich war wieder stocknüchtern. Nachdem die Herren Doktoren ausgiebig über mein Kostüm gescherzt hatten (eines Tages werde ich im Ärztezimmer der Notaufnahme eine Bombe legen), verpaßten sie meinem rechten Bein einen Gips vom Fuß bis ans Schamhaar. „Wie praktisch, daß sie ein Kleid tragen", sagte der Pfleger, „da brauchen wir kein Hosenbein aufzuschlitzen."

Wie gesagt, sobald ich wieder laufen kann, sprenge ich den Laden in die Luft.

Aber vorerst bin ich ans Bett gefesselt. Acht Wochen muß der Gips dranbleiben, und erst fünf davon sind vergangen. „Das Zweitschlimmste an der ganzen Sache ist, sich mit dem gestreckten, unbeweglichen Bein auf die Toilette zu setzen. Jedesmal bröckelt der obere Gipsrand und Krümel fallen in den Verband. Das juckt wie die Hölle", jammere ich und versuche, mich mit einer Stricknadel unter dem Gips zu kratzen. Karl ist vorbeigekommen, um mir etwas zu kochen: heiße Würstchen (das ist wahre Freundschaft).

„Und was ist das Schlimmste?" will er wissen, während er die siebte der zehn Bockwürste, die er mitgebracht hat, verspeist.

„Das Schlimmste? Ich habe keinen Sex, Karl! Ich bin auf *turkey,* verstehst du?"

Karl steckt sich das nächste Würstchen zwischen die Lippen. „Wenn du willst, verschaffe ich dir Erleichterung." Laszív lutscht er an der Wurst.

„Du weißt, daß ich genausowenig mit dir Sex haben könnte wie mit Hannelore Kohl."

„Aber Baby, denkst du etwa, ich würde mich dazu erniedrigen, mit dir unnatürliche Akte zu vollziehen? Ich dachte an Pornos. Ich besorg dir einen Videorecorder und einen Stapel geiler Filme."

Am nächsten Tag macht Karl sein Versprechen wahr. Er schließt den Recorder an und erklärt mir die Fernbedienung. Lächelnd streichelt er über den Stapel Kassetten und haucht in seiner Jessica-Rabbit-Stimme: „Viel Spaß, Kleinerrr". Dann läßt er mich allein.

Ich sehe mir die bunten Videohüllen an. Alles auf englisch oder französisch. Deutsche Pornoproduzenten scheinen nicht an den schwulen Markt zu glauben. Die Models auf den US-Videos glotzen aggressiv-blöde und spannen ölglänzende Muskeln an. Die Typen auf den französischen Videocovers haben keine Muckis, schneiden dafür aber lustvolle Grimassen wie Fünfziger-Jahre-Busenstars: Augen halb geschlossen und die Zunge zwischen den Lippen oder Kußmund und Kulleraugen.

Ich seufze leise und entscheide mich für *The Pizzaboy*, in der Hoffnung, daß der Titel nichts mit dem Teint des Hauptdarstellers zu tun hat.

Der Film handelt von einem Jungen, der Pizzas ausliefert, die nie gegessen werden, weil die Kunden lieber den Lieferanten vernaschen. Interessanterweise sind zwei der Kunden in der Dusche, als der Pizzaboy klingelt. Ein Dritter spielt gerade mit seinem Vibrator. Ein Pärchen treibt es auf dem Küchentisch, als die Pizza kommt. Entweder sind diese Leute alle sehr vergeßlich und erinnern sich nicht daran, daß sie Pizza bestellt haben, oder der Lieferjunge ist so bescheuert, daß er ständig an falsche Adressen liefert. Wenn ich Lieferanten erwarte, achte ich jedenfalls darauf, wenigstens angezogen zu sein. Aber der Typ von meinem Pizza-Service ist auch ein fünfzigjähriger Türke mit Haarausfall und Kartoffelnase, kein knackiger Teenager vom kalifornischen Strand.

Ich probiere einen anderen Film aus. Die Geschichte einer reichen Familie in Denver, die auch noch „Harrington" heißt. Der blonde Sohn ist schwul und treibt es mit dem Stallknecht. Leider kann ich mich nicht so richtig auf die Action konzentrieren, weil ich jeden Moment damit rechne, daß Alexis Carrington den Stall betritt, die Hände in die Hüften stemmt und schnappt: „Steven, muß das sein – mit dem Personal!"

Auch der nächste Film ist einem großen Vorbild nachempfunden. Er heißt *Big Guns* und handelt von amerikanischen Navy-Piloten, die mindestens so gut aussehen wie Tom Cruise und Val Kilmer. Alle sind so richtig kernig, lassen Sprüche los wie: „Meine Alte hat wieder keinen Bock gehabt heute Nacht" und fallen dann übereinander her. Am nächsten Morgen behaupten sie: „Mann, war ich besoffen, ich kann mich an nichts erinnern" und gehen nach Hause zu ihrer Tussi.

Ich schalte genervt den Videorecorder aus. Der Fernseher springt automatisch ins normale Programm. Gerade läuft *21 Jump Street.* Johnny Depp tröstet einen blonden Jungen, dessen Freundin wegen Drogenschmuggels verknackt wurde. Ich stecke mit meinen Gedanken noch so tief in den Pornos, daß es mich wundert, warum die beiden sich nicht an die Hosen gehen. Johnny könnte dem Kleinen zeigen, wieviel Spaß er auch ohne sein Mädchen haben kann.

Ich schalte um auf die Lindenstraße. Benny Beimer versöhnt sich nach einem Streit mit dem Mann seiner Schwester, einem blendend aussehenden Griechen. Sie umarmen sich. Jetzt müßte der Grieche eigentlich Bennys Schwanz rausholen und irgendwas sagen wie „*I like your big, big dick.*"

Ich schalte noch mal um: Nachrichten. Kohl legt Genscher freundschaftlich den Arm um die Schulter. „*Yeah, come on, baby!*"

Mein Telefon klingelt. „Na, schon abgespritzt?" Karl, direkt wie immer.

„Ich kann den Filmen einfach nichts abgewinnen, Karlchen. Die wirken so gekünstelt. Alle sehen aus wie Barbies Ken und haben ständig Lust. Alles ist so routiniert, nie geht mal was schief, keiner kommt zu früh, keiner rutscht im falschen Moment raus. Kondome erscheinen wie durch Magie auf den Schwänzen. Das Sperma fliegt meterweit, und der Orgasmus dauert Minuten. Das hat nichts mit meinem schmierigen, kleinen Sexualleben zu tun. Verstehst du, ich kann mich einfach nicht identifizieren."

Karl weiß Rat. „Du darfst dir die Videos nicht so distanziert ansehen. Zieh dich aus, faß dich an, mach mit, Baby! Und versuch's mal mit den französischen, die sind nicht so gelackt."

Also gut. Ich mache mich frei und lege einen Film über Pfadfinder ein, denen die Schwänze aus den Hosenbeinen ihrer Khakishorts hängen. Tragen französische Jugendliche keine Unterwäsche? Jedenfalls fallen die Shorts bald, und es geht in freier Natur zur Sache, bis die Jungs von einem Pastor im langen, schwarzen Priesterrock erwischt werden. Der Geistliche zeigt den Knaben, daß auch französische Priester keine Schlüpfer tragen, was die Kids so begeistert, daß sie dem heiligen Mann unter die Kutte kriechen – drei auf einmal. Der rollt lächelnd die Augen gen Himmel. Ich spule im Schnelldurchlauf vor, was die Aktivitäten auf dem Bildschirm derart hektisch und albern aussehen läßt, daß ich meine mühsam raufmassierte Erektion sofort wieder verliere. Die Pfadfinder feiern eine kleine Orgie in einer Scheune, dann werden sie vom Tankwart einer abgelegenen Tankstelle belästigt – zu ihrem großen Vergnügen. Wäre ich doch zu den Pfadfindern gegangen! Bei mir regt sich wieder was. An der Tankstelle kommt zufällig eine Limousine mit Ölscheichs vorbei, die sich freudig am Geschehen beteiligen. Die Handlung verlagert sich in und auf die lustig wippende Luxuskarosse. Ich wippe auf meiner Matratze. Mein Gips fängt an zu jucken. Nur nicht dran denken. Die Scheichs nehmen den Tankwart mit auf ein Schloß, wo orientalische Lustknaben sich um ihn kümmern. Ich bin ganz, ganz kurz davor. Es klingelt an meiner Wohnungstür.

Fluchend schalte ich den Fernseher aus, ziehe einen Bademantel über und humple zur Tür. Nicht nur mein Gipsbein ist steif.

„Liebling, du brauchst unbedingt Vitamine in deinem Zustand!" Es ist meine Mutter mit einem Obstkorb. „Ich war gerade in der Gegend und dachte, ich schau mal, was mein armes Kind macht. Muß doch schrecklich sein mit dem Gips. Juckt das nicht? Also, ich kann mir vorstellen, daß das Jucken unerträglich ist!"

Tatsächlich beginnt mein Gips auf ihr Kommando wieder höllisch zu jucken.

„Ich bleibe nicht lange", flötet Mama, zündet sich eine Zigarette an und steuert auf den Sessel neben meinem Bett zu, auf dem die Fernbedienung für den Videorecorder liegt.

„Nicht dahinsetzen, Mutti!"

Zu spät, sie sitzt schon. Während sie mich noch fragend ansieht, springt der Fernseher an: Einer der orientalischen Boys tut unaussprechliche Dinge mit dem Tankwart. *„Oui, oui, oh oui!"*

Meine Mutter stellt den Obstkorb neben den Sessel, zieht die Fernbedienung unter sich hervor, fixiert den Bildschirm, dann mich, dann wieder den Fernseher, wo der Tankwartschwanz gerade in einer Großaufnahme die ganze Bildfläche einnimmt. „Ich glaube, in über zwanzig Ehejahren habe ich das männliche primäre Geschlechtsorgan noch nicht aus derartiger Nähe gesehen", sinniert sie und inhaliert tief. Sie steht auf, streicht sich den beigen Wildlederrock glatt und stellt grinsend fest: „Ich glaube, du möchtest lieber allein sein." Dann nimmt sie eine Banane aus dem Obstkorb, wirft sie auf mein Bett und geht.

Ich liebe meine Mutter, aber manchmal träume ich von einem Leben als Waise.

Brief aus dem Paradies

Lieber Karl, viele Grüße aus dem Urlaub! Ja, den hab ich mir wirklich verdient nach all den Erlebnissen des letzten Jahres: Jerk-Off-Party, Freizeitgruppe, Lederbar, Demo und das ganze schwule Zeug. Ich wollte mal weit weg von all dem, raffte mein Gespartes zusammen und nahm einen *last-minute*-Flug in den Süden. Die Chartermaschine war voller Rentner und nicht mehr ganz so junger Paare aus der Vorstadt. Du weißt schon, die Frauen in Jeansanzug („diamond-washed") und weißen Cowboystiefeln, die Männer mit Schnurrbart und dieser Vorne-kurz-hinten-lang-Frisur, die man auch zum Lagerfeld-Zöpfchen binden kann. Ein paar schreiende Babies, über denen die Eltern mit Heterostolz („Hurra, wir haben uns fortgepflanzt!") Grimassen schnitten und seltsame Geräusche machten: „Kutschikutschiku".

Unschwuler geht's nicht mehr. Ich saß am Gang, neben mir eine ältere Dame aus Australien, die mir *en detail* die Geschichte eines langwierigen Prostataleidens erzählte, dem ihr seliger Gatte zum Opfer gefallen war. Am Fenster ein etwa achtjähriges Mädchen, das mit tiefer Konzentration einen Artikel in einer Jugendzeitschrift las: „Findet Ihr es gut, wenn Marky Mark beim Konzert seinen Penis anfaßt?" Der Kleinen schien es zu gefallen, immerhin träumte sie mit glasigem Blick 28 Minuten (ich hab auf die Uhr gesehen) über einem Foto von Mark Wahlberg in Unterhosen vor sich hin. Die Jugend von heute …

Wir landen auf der Insel. Die Rentner raffen ihre Rheumadecken zusammen, die Babies brüllen lauter, Pärchen fotografieren sich gegenseitig auf der Gangway. Frühlingshafte Temperaturen, ich atme auf – weit weg bin ich von der schwulen Subkultur. Hier kann ich so richtig ausspannen, ohne ständig das Gefühl zu haben, die tollste Party oder den geilsten Mann zu verpassen. Ja, hier ist wirklich nichts los. Nur Hotelbunker, Souvenirgeschäfte und – das Meer, die Palmen, die Dünen! Mit einem Bus voller deutscher Touristen fahre ich ins Zentrum der aus dem Boden gestampften Betonstadt, wo ich vor einem ziemlich häßlichen Hotel abgeladen werde. Mein Zimmer ist klein, die Möbel sind abgenutzt, braun und orange (frühe siebziger Jahre) und das Fenster weist nach Norden. Ausblick auf ein Neonschild: „Deutsche Bierstube. Kundentoilette, Bowlingbahn". Ich habe nicht vor, viel Zeit in diesem Loch zu verbringen. Es ist erst Nachmittag, Zeit genug für einen ersten Sprung in den Atlantik. Ich wühle in meiner Reisetasche und finde den schwarzen Badeanzug, neudeutsch: „Body", der so geschnitten ist, daß er immer mindestens eine Brustwarze freiläßt. Außerdem macht das Teil einen verdammt knackigen Hintern! Hoppla, ich wollte doch in diesem Urlaub nicht an Sex denken. Nur ausspannen, kein Freizeit- und Erotikstreß.

Zum Strand sind es nur fünf Minuten. Studienratwitwen promenieren mit ihren Schoßhündchen. Obenrum tragen sie meist weitgeschnittene Blusen mit gewagten Farbkombinationen, untenrum braungebrannte Zellulitis. Aufgeregte Mütter versuchen ihre Kinder daran zu hindern, Sand zu essen. Arthritische Greise in Turnhosen joggen durch die Gischt. Junge, bierbäuchige Männer in tigergemusterten Tangas bespritzen ihre kreischenden Freundinnen mit Wasser. Ein Idyll der seligen Kleinbürgerlichkeit. Vielleicht hätte ich doch lieber nach Mykonos fliegen sollen. Ich verscheuche den Gedanken und stürze mich in die klaren, blauen Fluten.

Wenn man im Wasser steht, mit dem Rücken zum Ufer, ist man ganz allein mit der Weite des Ozeans und dem Horizont. Jedenfalls, wenn man sich die Ohren zuhält. Ich plansche den ganzen Nachmittag im lauen Meer und falle abends todmüde und sehr entspannt in mein orangefarbenes Hotelbett. Sanft schlummere ich in einen Traum hinein, den man als Bacardi-Werbung vermarkten könnte: endloser Strand, Korallen, tropische Vögel, Kokospalmen, ein muskulöser Eingeborener, der mir verführerisch zuwinkt. Ich erwache erschrocken. Mein Unterbewußtsein scheint noch nicht mitbekommen zu haben, daß ich mich in diesem Urlaub vom Sex erholen will!

Am nächsten Morgen jogge ich den Strand entlang, auf dem Walkman die Supremes. Je weiter ich laufe, desto weniger werden die Touristen. Nach einer halben Stunde verschwindet die Betonstadt hinter den Dünen. Über mir die Sonne, links die Dünen, rechts die Brandung und weit und breit keine Seele in Sicht. Oder doch?

Hinter einer Düne taucht ein Mann auf. Er ist groß und schlaksig, raucht ein Zigarillo. Blondes Haar im Krystle-Carrington-Look, eine riesige Sonnenbrille, ein schwarzes, knielanges Netzhemd und darunter nur ein Cockring um seinen monumentalen Schwanz, der beim Gehen wie eine überreife Schlangengurke gegen seine Oberschenkel klatscht. Als ich an ihm vorbeilaufe, bleibt er stehen, nimmt eine klassische Mae-West-Pose ein und bläst mir augenklimpernd Rauch nach. Das muß eine Fata Morgana sein. Ich drehe mich nach der Erscheinung um. Sie lächelt mit aufgeworfenen Lippen und winkt mir zu – ein elegantes Windsor-Winken.

Ich hätte lieber nach vorne sehen sollen. Mit voller Geschwindigkeit renne ich in jemanden hinein. Wir purzeln übereinander, ich verliere meinen Walkman.

„Tut mir so leid", entschuldige ich mich, aber mein Opfer lächelt mich nur an. Es ist ein dunkelhaariger Junge mit babyblauen Augen und strahlenden Zähnen. Noch eine Fata Morgana? Er reicht mir den Walkman und grinst immer noch. Ich bemerke, daß er nackt ist und mir fällt ein, daß hier, auf der weniger belebten Seite der Insel, irgendwo ein FKK-Strand ist. Dort scheine ich gelandet zu sein. Der Junge – er ist vielleicht siebzehn – nimmt meine Hand und führt mich um eine Düne herum. Es eröffnet sich ein überraschendes

Panorama: nackte Männer jeder Altersgruppe bevölkern diesen Abschnitt des Strandes. Ein Kofferradio spielt Amanda Lear, ein anderes Jimmy Somerville. Die Nackten spielen Federball und Backgammon, lesen oder schmoren einfach mit weit abgestreckten Gliedmaßen in der Sonne. Von manchen Gruppen schallt kreischendes Lachen herüber. Ein Typ mit schwarzer Baseballkappe und Ringen in den Brustwarzen schmiert einem anderen mit viel Hingabe den Hintern mit Sonnencreme ein. „Den Rücken, hab ich gesagt“, beschwert sich der. Zwei küssen sich unter einem Sonnenschirm. Jemand fotografiert die Schwänze der Schlafenden mit Teleobjektiv. Ein Herr mit grauen Schläfen und einer tätowierten Rose auf dem Bizeps raucht eine Zigarre und spielt mit einer Perserkatze. Neben ihm sitzt ein stark behaarter Jüngling mit Ray-Ban-Sonnenbrille und meckert: „Das Tier kriegt noch 'nen Sonnenstich. Ist doch keine Eidechse!“ Ein Jean-Claude-van-Damme-Doppelgänger macht Liegestützen und zählt laut mit: „Hundertzwölf, hundertdreizehn.“

All das kann nur eins bedeuten.

„Ist das hier etwa ein schwuler Strand?“ frage ich den Jungen, den ich über den Haufen gerannt habe. Er zuckt die Schultern und zeigt auf seine Ohren. Schwerhörig. Also versuche ich's noch mal lauter: „IST DAS EIN SCHWULER STRAND?“

„Nein, ein CDU-Parteitag“, säuselt es in mein Ohr. Hinter mir steht der Cockringträger im Netzhemd. „Natürlich ist das hier ein schwuler Strand, Dummerchen. Fühl dich wie zu Hause. Und versuch nicht mit dem Kleinen hier zu reden. Er heißt Armand, ist 17, aus Paris und taubstumm. Wenn seine Eltern wüßten, wo er sich rumtreibt, würden sie sofort nach Hause fahren und vom Eiffelturm springen.“

Armand lächelt und nickt. Cockring bläst noch eine Wolke Zigarillorauch in unsere Richtung und schreitet weiter. Klatsch, klatsch macht sein Schwanz gegen die Beine. Armand greift wieder nach meiner Hand und führt mich zu einem großen Bugs-Bunny-Badetuch. Er setzt sich und macht eine einladende Geste in meine Richtung. Dann schreibt er mit einem Finger *bonjour* in den Sand.

Gott, wie romantisch. Ich fange an, mich zu fühlen wie Olivia Newton-John in *Grease*, als sie gerade John Travolta kennenlernt. Armand zeigt auf meine verschwitzten Joggingshorts und mein T-Shirt.

„Gute Idee“, denke ich und ziehe mich aus. Wir rennen gemeinsam ins Wasser und albern ein bißchen herum. Als wir wieder an Land gehen, haben wir beide eine Erektion und werfen uns kichernd bäuchlings auf Armands Strandtuch.

Jetzt, lieber Karl, könnte ich Dir noch ein paar Klischees auftischen über den Himmel, der sich in Armands Augen spiegelt, den Wassertropfen, der langsam über seine braune Schulter rollt, wie nah ich mich ihm plötzlich fühle und so weiter, aber solche sentimentalen Details langweilen Dich ja meistens. Dich interessieren die harten Fakten. Was noch vor sich geht an diesem schwulen Strand, willst Du sicher wissen. Wenig. Man ist einfach unter sich, weit weg von den Touristenmassen und Betonsiedlungen. In der lockeren Atmosphäre kommt man schnell ins Gespräch und lernt Leute aus aller Welt kennen. Natürlich liegt ein gewisses erotisches Flimmern über allem, und manchmal gehen zwei oder drei Männer in die Büsche hinter den Dünen und kommen dann erhitzt zurück. Ich mache eine Forschungsreise in diese Büsche – Du kennst ja meine Neugier. Das niedrige Gestrüpp dort ist dornig, der Boden voller abgebrochener Äste, es ist furchtbar heiß und wimmelt von Eidechsen und Insekten. An manchen Ästen hängen Papiertücher und Kondome. Ich erlebe keine sexuellen Schlüsselreize, auch nicht, als ich im Gebüsch den Van-Damme-Verschnitt treffe, der mir begehrliche Blicke zuwirft und seine Pektoralmuskeln springen läßt.

Im Herzen des kleinen Wäldchens stoße ich auf eine Lichtung. Hier sitzt ein unglaublich dicker, lächelnder Mann im Lotussitz, eine lebendig gewordene Buddha-Statue. Er winkt mich heran, und ich sehe, daß er den Bericht über Marky Mark, den ich schon aus dem Flugzeug kenne, vor sich liegen hat und langsam masturbiert. Marky Mark scheint eine bunt gemischte Fangemeinde zu haben.

Dabei sieht er lange nicht so gut aus wie mein kleiner Armand, mit dem ich mich täglich treffe. Wir schreiben Liebesbriefe in den Sand wie weiland Pat Boone, und er verbringt jede Nacht in meinem orange-braunen Seventies-Zimmerchen – jedenfalls bis vier Uhr morgens. Dann schleicht er sich ins Hotel seiner Eltern zurück. Der Plan mit dem Urlaub ohne Sex und schwules Leben konnte nicht schöner fehlschlagen. Ich habe meinen Flug umgebucht und bleibe noch eine Woche länger. Warum kommst Du nicht auch her?

Viele Grüße vom schwulen Strand,

Dein Baby

Mit Heinz Rühmann auf Wohnungssuche

„Baby, du bist mein bester Freund. Wir sehen uns täglich und teilen Leid und Freud. Warum nicht auch eine Wohnung?“ Karl sieht mich mit seinen wässrig-blauen Augen an. Wir feiern gerade bei Käsekuchen und Schokoladeneis den zweiten Jahrestag unserer ersten Begegnung. Wir haben uns im Supermarkt kennengelernt. In seinem Einkaufswagen lag die *Bravo-Girl*, in meinem die *Cosmopolitan.* Ein Blick und wir wußten: Dies ist der Beginn einer wunderbaren Freundschaft.

Anfangs versuchten wir, miteinander ins Bett zu gehen, aber die rechte erotische Begeisterung blieb aus. Jeder Anflug von Leidenschaft ging in Gekicher unter. Dann glaubte Karl, er sei in mich verliebt. Jetzt kenne ich ihn besser und weiß, daß er sich jeden Monat in einen neuen, großen Blonden verknallt. Das hat gar nichts zu bedeuten und vergeht wie ein Heuschnupfen.

Was also blieb, war Kameradschaft. „*Liebe vergeht, Liebe verweht, Freundschaft alleine besteht!*“ singt Karl, der gerade unter einer Heinz-Rühmann-Überdosis leidet. Zum 90. Geburtstag der Gallionsfigur deutscher Rechtschaffenheit zeigt das Fernsehen täglich mindestens fünf Rühmann-Filme, und Karl verpaßt nie einen. *Die drei von der Tankstelle* hat er auf verschiedenen Sendern mindestens viermal gesehen. Kein Wunder, daß er die Lieder auswendig kann. „*Ein Freund, ein guter Freund, das ist das Schönste,was es gibt auf der Welt*“, singt er weiter. „Aber mal ganz im

Ernst, Baby, wie wär's mit einer WG? Dann könntest du endlich aus deiner Hermès-Schuhschachtel ausziehen." Ich bewohne eines dieser winzigen Apartments, die der Volksmund „Wohnklos" nennt. Karls Altbauwohnung ohne Bad, mit der Wanne in der Küche, ist auch nicht gerade für eine Titelgeschichte in *Schöner Wohnen* geeignet.

„Wir hätten so viel Spaß", meint Karl. „Und wenn ich jemanden abschleppe, frühstücken wir am nächsten Morgen zu dritt, und danach kannst du ihn haben!"

Dieses Argument überzeugt mich, und wir beginnen mit der Wohnungssuche.

Erste Woche: Ich blättere hysterisch rauchend die Wohnungsanzeigen in der Tageszeitung durch. Neben mir das Telefon. Die Preise lesen sich, als wolle man nur an Mafiabosse und Flick-Erben vermieten. Drei von vierzig Drei-Zimmer-Wohnungen kommen in Frage. Ich rufe an. Alle drei sind schon vergeben.

Ich nehme ein heißes Bad und trinke eine halbe Flasche Sherry.

Zweite Woche: Sechs Uhr abends – Karl kämpft mit einer energischen Frau im schwarzen Mini um das letzte Exemplar der morgigen Zeitung mit Immobilienmarkt. Ich halte indessen eine Telefonzelle frei. Keuchend rettet sich Karl mit der zerfetzten Postille in die Kabine. Mit rasender Geschwindigkeit streichen wir die wenigen Angebote an, die für uns in Frage kommen. Überall, wo wir anrufen, ist besetzt. Die Frau im Mini steht vor dem Telefonhäuschen und brüllt: „Laßt mich sofort rein, oder ich schlag die Tür ein! Ich will endlich bei meinen Eltern ausziehen!" Karl wirft ihr die Zeitung vor die Füße und knurrt: „Viel Glück, Miststück."

„Schätzchen, du bist frauenfeindlich", säusele ich.

„Und die" schreit Karl, „ist die etwa nicht männerfeindlich?" Doch plötzlich reißt er sich zusammen und entschuldigt sich mit Rühmann'schem Dackelblick. „Tut mir leid, meine Dame, ich wollte Sie nicht beleidigen." Faszinierend, welchen Effekt der Rühmann-Overkill der deutschen TV-Anstalten auf Karl hat.

Die Minirockträgerin zeigt sich unbeeindruckt. „Fickt euch selbst“, grollt sie und spuckt uns vor die Füße.

Zu Hause brauche ich auf den Schreck erst mal ein Bad und einen Sherry.

Dritte Woche: Wir kratzen unsere Ersparnisse zusammen und geben Anzeigen auf, in jeder erdenklichen Zeitung. Wir kleben Hilferufe an Bäume und Straßenlaternen, an schwarze Bretter in der Uni und im Schwulenzentrum. Wir mieten eine Plakatwand in der City und besprühen sie: „Wer vermietet uns – bitte, bitte – eine 3-Zimmer-Wohnung?“ Wir suchen uns sämtliche Maklerbüros aus dem Telefonbuch heraus und rufen jedes einzelne an. Wenn wir unsere Preisvorstellungen nennen, bricht der Makler am anderen Ende der Leitung unweigerlich in brüllendes Gelächter aus und legt nach Luft ringend auf. Karl läuft nur noch mit Rühmann'schem Trauerblick à la *Wenn der Vater mit dem Sohne* herum.

Ich bade viel, und mein Sherryverbrauch steigt.

Vierte Woche: Eine Maklerin meldet sich telefonisch auf eine unserer Anzeigen. „Ich hätte da einen bezaubernden renovierten Altbau für Sie“, schwärmt sie mir vor. „Parkettboden, Balkon, Einbauküche. Wann möchten Sie das Objekt mit Ihrer Partnerin besichtigen?“

„Meine Partnerin ist ein Mann.“

„Oh, da haben Sie aber sehr irreführend inseriert. Das sollten Sie schon angeben, daß Sie zwei Herren sind. Ich hab da nur schlechte Erfahrungen gemacht. Wissen Sie, die ziehen ja immer sofort wieder aus. Die Beziehungen zwischen Herren, die halten ja nie, versteh'n Sie? Also, tut mir schrecklich leid, aber an zwei Herren kann ich mein Objekt nicht vermieten.“ Sie legt auf.

Ich gehe in die Wanne und trinke eine Flasche Sherry.

Fünfte Woche: Karl und ich sind zu einem Besichtigungstermin eingeladen. Etwa sechzig Leute werden von zwei Maklern mit gestreiften

Hemden und gelben Wall-Street-Krawatten – ganz offensichtlich Profilneurotiker – durch eine Wohnung geschleust, in der gerade eine türkische Großfamilie beim Abendessen sitzt. Das Radio spielt mit voller Lautstärke Popmusik aus Istanbul. Eine schwarzverschleierte Greisin, die auf einem Holzstuhl in der Küche sitzt, singt manchmal krächzend ein paar Takte mit. Wir haben fünf Minuten Zeit, die drei Zimmer zu begutachten, dann drückt uns einer der Profilneurotiker einen Fragebogen in die Hand. „Und schummeln Sie ja nicht mit ihrem Einkommen. Wir beschäftigen eine Auskunftei!"

Ein hochgewachsener Wohnungsanwärter im dunkelblauen Anzug steckt dem Makler einen diskret gerollten Fünfhundertmarkschein in die Brusttasche und flüstert: „Ich bin sicher, wir kommen ins Geschäft."

Karl hat einen mittelschweren Weinkrampf. Ich sehne mich nach einem Schaumbad und einer guten Flasche Sherry.

Ein paar Tage später ein weiterer Besichtigungstermin: Wieder werden wir mit einer demütigen Herde von etwa hundert anderen Wohnungssuchenden durch ein schmuddeliges Apartment getrieben. In der Küche thront der Eigentümer, um seine potentiellen Mieter in Augenschein zu nehmen – ein dicker Mann ohne Hals, der aussieht wie Gert Fröbe in *Es geschah am hellichten Tag*.

Die Bewerber verbeugen sich einzeln vor ihm wie bei einer königlichen Audienz. „Guten Tag", wünschen sie schüchtern. „Auf Wiedersehen" knurrt der Besitzer knapp und bestimmt.

Als wir an die Reihe kommen, sieht Karl die fette Qualle entnervt an.

„Auf Wiedersehen", schreit er den Dicken an und geht.

„Auf Wiedersehen sage ich!" ruft uns der Vermieter noch auf die Straße hinterher.

Ich bleibe grübelnd stehen. „Das kommt mir alles so bekannt vor."

„Klar", sagt Karl, „das ist aus *Briefträger Müller* mit Heinz Rühmann."

Sechste Woche: Die Wohnung, die wir diesmal besichtigen, ist eine Baustelle. Die Maklerin, eine faltenlose Sechzigerin, die entfernt an Ursula Andress erinnert, erklärt, wie es hier dereinst aussehen soll. Sie spricht mit starkem hessischen Akzent. „Da kommt na-tüllisch übe-all Pa-kettbodde nei. Vossischt, stolpern Se net über de Fapp-eimeh!"

Außer uns ist nur ein Pärchen anwesend. Beide sind etwa dreißig Jahre alt. Sie im Trenchcoat, mit langem, blondem Haar im Kim-Basinger-Look, er im Dreiteiler, langweilig und korrekt. Diskret lassen sie ins Gespräch einfließen, daß sie beide Ärzte sind. Er schaut auf seine Uhr: Rolex, massiv gold. Sie kramt in ihrer Handtasche: Louis Vuitton, Eidechsenleder.

„Da haben wir keine Chance", flüstere ich Karl zu, der sich gerade damit amüsiert, seinen Arm durch ein Loch in der Wand zu stecken.

„Guck mal, Baby, wie Heinz Rühmann in *Ein Mann geht durch die Wand.*"

„Des Loch is wegge der Stromleitungge, des kommt na-tüllisch wesch", erklärt die Maklerin.

Die Ärztin steigt mit ihren dezenten, beigen Pumps über einen Schutthaufen und betastet ein Fensterbrett. „Das wird doch noch gestrichen?"

„Abeh na-tüllisch, Frau Doktor!"

Ihr Lebensgefährte beklopft die Wände: „Hellhörig, was? Na egal, ich denke, wir nehmen die Wohnung. Was meinst du, Cherie?"

Die Blonde wirft ihre Haare über die Schulter und lächelt strahlend: „Wenn es dir nur gefällt, mein Bär."

Karl macht eine Geste, die Erbrechen symbolisieren soll, in meine Richtung.

Die promovierte Kim Basinger der C-Klasse kuschelt sich an ihren „Bären" und haucht: „Wie glücklich wir hier sein werden, wir und das Kleine."

Die Maklerin läßt ihren vergoldeten Kugelschreiber in den Dreck fallen. Mit Entsetzen in den gelifteten Zügen fragt sie: „Sie wolle sisch FOTT-FLANSEH?“

„Nein, natürlich nicht, ich bin steril!“ ruft der Bär.

„Ich hatte eine Totaloperation!“ beschwört seine Bärin.

„Wir hassen Kinder!“ flehen sie im Chor.

Doch zu spät. Die makellos glatte Stirn der Maklerin umwölkt sich. „Nachwuchs könne mir hier LEIDEH, LEIDEH net tolerieren. Dann geht die Wohnung an die zwei Herren.“

Die Ärzte sind kreideweiß. Es knackt leise, als die Blonde sich einen perfekt lackierten Nagel in ihrer krampfig geballten Faust abbricht. „Autsch! Komm, mein Bär, wir gehen. Sollen doch die verdammten Homos hier glücklich werden.“

Die Maklerin würdigt die beiden nicht eines Blickes und wendet sich lächelnd uns zu. „Dann könne mer ja den Mietvertrag mache.“

Karl blickt sie verächtlich an. Ich sehe Heinz Rühmann in seinen Augen blitzen. „Wir wollen keine Wohnung von jemandem, der ein junges Glück verhindert. Oh nein, bevor ich mit Ihnen gemeinsame Sache mache, schlafe ich lieber unter einer Brücke“, erklärt er mit sich leicht überschlagender Stimme, ganz der *Hauptmann von Köpenick*.

Ich ziehe verzweifelt an seinem Ärmel, aber er bemerkt es kaum. Karl hat einfach zu viele Rühmann-Filme gesehen in den letzten Wochen. Er ist mit Fünfziger-Jahre-Rechtschaffenheit vollgepumpt.

Als er der Maklerin würdevoll, doch voller Verachtung für ihre Methoden „Noch einen schönen Tag“ wünscht, ist er der *Eiserne Gustav*, voller schmerzlichem Verzicht, aber sich seiner gerechten Sache bewußt. Er stürmt aus der Wohnung. Ich trotte mit hängendem Kopf hinterher. Heinz Rühmann hat uns alles vermasselt. Nach sechs Wochen Wohnungssuche geben wir auf.

Vielleicht ist es besser so. Ich weiß wirklich nicht, ob ich es mit Karl in einer gemeinsamen Wohnung aushalten könnte, wenn Heinz Rühmann in ein paar Jahren fünfundneunzig wird.

Öffentliche Bedürfnisse

Gegenüber von dem Haus, in dem ich wohne, befinden sich ein Friedhof, eine türkische Bauchtanz-Bar und eine öffentliche Bedürfnisanstalt. In der Bar kaufe ich manchmal Zigaretten, der Friedhof gehört zu meiner Jogging-Route, aber in dem schmierigen, kleinen Häuschen für „Herren" und „Damen" war ich noch nie. Warum auch. Ich wohne, wie gesagt, direkt auf der anderen Straßenseite.

Ein lauer Frühlingsabend. Ich komme mit Karl aus dem Kino. Wir haben uns zum ich-weiß-nicht-wievielten Mal *Vom Winde verweht* angesehen. Karl läuft in leicht gekrümmter Haltung und beißt sich auf die Lippen. „Ich hätte nach dem Film aufs Klo gehen sollen", jammert er. „Seit der Belagerung von Atlanta drückt meine Blase."

„Und das ist immerhin 120 Jahre her."

„Ohmeingott, Baby, ich schaff's nicht mehr!"

„Karl, wir müssen nur noch über die Straße!"

„Und in den sechsten Stock! Im vierten wird meine Blase platzen. Oh, das gibt bestimmt ein widerliches Geräusch. Baby, ich geh hier auf die öffentliche Toilette." Und Karl verschwindet in dem grauen Häuschen.

Ich gehe niemals auf Pissoirs oder ähnliches. Erstens bin ich das, was die Amis *pee shy* nennen – es geht einfach nicht, wenn mir jemand zusieht. Und zweitens kann ich nicht im Stehen. Das ist auf ein frühkindliches Trauma zurückzuführen. Ich ging noch zur

Grundschule und schlug wie jeder ordentliche Junge mein Wasser im Stehen ab. Eines Tages besuchte ich einen Schulfreund zum, wie unsere Eltern glaubten, Briefmarkentauschen. In Wirklichkeit spielten wir stundenlang gegenseitig mit unseren Pimmelchen. Irgendwann kitzelte das so doll, daß ich aufs Klo mußte. Die Lampe in der kleinen, fensterlosen Toilette war kaputt, und so versuchte ich, im Dunkeln die Kloschüssel zu treffen. Was mir nicht gelang, wie ich mit Entsetzen feststellte, als ich hinterher die Tür öffnete und eine Pfütze auf dem Boden schimmern sah. Ich schloß mich wieder ein und versuchte, mit Unmengen von Toilettenpapier die Lache aufzuwischen. Das nasse Papier warf ich ins Klo – beim Spülen merkte ich, daß es das Abflußrohr verstopfte. Hektisch spülte ich noch mal – die Toilette lief über. Beim dritten Abziehen zerbrach ich in meiner Panik irgendeinen Mechanismus. Die Spülung lief jetzt ununterbrochen und setzte den Raum unter Wasser. Inzwischen hämmerte die Mutter meines Schulfreundes schon an die Tür und wollte wissen, was da los sei. Ich erwog kurz die Alternativen: mich in der Kloschüssel zu ertränken oder zu öffnen und der unbeschreiblichen Schande ins Gesicht zu sehen. Da fing das Abflußrohr an zu gurgeln und spülte das zermatschte Klopapier (sowie weitere schauerliche Dinge) wieder hoch. Ich riß schreiend die Tür auf …

Seit jenem verhängnisvollen Tag habe ich nur noch im Sitzen gepinkelt.

Karl kommt aus dem Toilettenhäuschen und unterbricht die Reminiszenzen an eines der düstersten Erlebnisse meiner neurotischen Kindheit. „Ah, jetzt geht's mir besser. Hmm, kennst du dieses Gefühl, wenn man stundenlang aufs Klo muß und nicht kann, und dann darf man endlich, und die Nackenhaare stellen sich auf vor lauter Erleichterung, und man bekommt Gänsehaut am ganzen Körper und schaudert wohlig?"

„Ja, das Gefühl kenne ich, allerdings nicht vom Pinkeln."

„Ach, Sex kannst du hier auch haben, Baby. Stell dir vor, dieses Klo ist eine Klappe! Du wohnst seit zwei Jahren direkt gegenüber, und wir haben es bis heute nicht gewußt."

„Du meinst, das ist einer dieser abscheulichen Orte, wo sich pergamenthäutige Greise treffen und widernatürliche Unzucht treiben?"

„Das mit den Greisen trifft nicht unbedingt zu, aber die Unzucht … hmm, Baby!" Karl blinzelt einem leicht erhitzten Mittdreißiger im hellen Trenchcoat zu, der gerade aus der Toilette kommt. Der Mann grinst schuldbewußt und blinzelt zurück.

„Karl, du hast doch nicht etwa?"

„Wer weiß, Baby, wer weiß …"

Nächtelang leide ich unter Schlafstörungen. Der Gedanke, daß auf der anderen Straßenseite wilde Sexphantasien wahr werden, während ich schlafe, läßt mich nicht zur Ruhe kommen. Schließlich siegt meine Neugier. Ich entschließe mich, die Klappe zu erforschen.

Es ist sehr still in dem Häuschen. Zwei Räume, in dem einen eine Pissoir-Rinne entlang der Wand, in dem anderen drei Münzkabinen. Niemand ist da. Ich lese ein paar der Kritzeleien an den Wänden: *bärtige Hengste* werden gesucht, *Sklaven, die alles mitmachen* bieten sich an, *immergeile Teenager* wollen Spielkameraden. Dazwischen krude erotische Zeichnungen – erinnert ein wenig an Höhlenmalereien. Überhaupt fühle ich mich wie in einer Grotte: das Halbdunkel, das Dröhnen meiner Schritte, das leise Tropfen irgendeines Wasserhahns, der schlüpfrig-feuchte Boden. Penetranter Uringeruch reißt mich allerdings immer wieder aus diesen wagnerianischen Betrachtungen.

Ein Schatten erscheint in der Tür. Gutgeschnittener Anzug, Aktentasche. Als der Typ sich neben mich an die Rinne stellt, kann ich einen Brillantring an seinem kleinen Finger und ein pockennarbiges, etwa dreißigjähriges Gesicht erkennen. Er stellt seine Tasche neben sich auf den Boden und öffnet den Hosenschlitz, um seinen Schwanz heraushängen zu lassen. Aber anstatt zu urinieren, sieht er kurz zu mir herüber und holt dann ein Päckchen Zigaretten aus der Jackentasche. Mit der linken Hand beginnt er zu rauchen, mit der rechten streichelt er seinen Penis, der bald eine beträchtliche Größe erreicht.

Ich bin fassungslos über so viel unverschämte Coolness. Wie kann der Mann wissen, ob ich nicht nur ein Passant bin, der einem dringenden Bedürfnis nachgibt? Oder gar ein Zivilpolizist?

Verwirrt und aufgewühlt verlasse ich die Klappe und gehe ein bißchen auf dem Friedhof spazieren, um mich zu beruhigen. Nach zehn Minuten traue ich mich wieder hinein. Der Pockennarbige liest mit der einen Hand eine Zeitung, mit der anderen – wie gehabt. Er wirft mir einen Blick zu, der deutlich sagt: „Na, wieder da? Du brauchst es wohl?"

Um ihm zu beweisen, daß ich genauso cool sein kann wie er, stelle ich mich – mit eineinhalb Metern Sicherheitsabstand – auch an die Rinne und packe meinen vor lauter Aufregung mikroskopisch geschrumpften Schwanz aus. Ich starre geradeaus an die Wand und versuche, möglichst wenig verkrampft auszusehen.

Ein weißhaariger, älterer Herr in einer Lodenjacke kommt herein, stellt sich neben mich und öffnet seinen Reißverschluß. Ein violettes, pochendes Organ und ein Büschel weißes Schamhaar kommen ans Licht. Nachlassende Potenz im Alter? Nicht bei dem!

Ganz lässig greift er herüber und faßt mir ans verschrumpelte Allerheiligste. Ich springe kreischend zurück, ziehe meinen Reißverschluß hoch, klemme dabei meinen Schwanz ein und kreische noch lauter. Ich renne aus der Klappe, über die Straße, die sechs Stockwerke hoch in meine Wohnung und schenke mir keuchend einen doppelten Wodka-Martini ein. Na, das ist ja wohl schief gegangen. Ich trinke noch einen. „Baby, du bist ein erbärmlicher Hasenfuß. Du willst doch, oder? Also trau dich", flüstert es in mir.

Manche Menschen hören gerne auf ihre innere Stimme, mir gibt sie immer nur das unangenehme Gefühl, an Schizophrenie zu leiden. Ich nehme den dritten Doppelten. Wollen wir doch mal sehen, wer sich nicht traut!

Entschlossen schwanke ich die Treppen wieder herunter. Diesmal öffne ich die Tür zur Klappe, als beträte ich einen Westernsaloon. Der Pockennarbige kniet inzwischen vor dem Weißhaarigen – nicht aus Respekt vor dem Alter. Ich stelle mich in sicherer Entfernung am Pissoir auf und sehe ein wenig zu. Dabei stelle ich fest, daß es mich nicht sonderlich erregt, vollständig bekleidete Männer beim Oralverkehr zu beobachten. Mich interessiert mehr am männlichen Körper als nur der Schwanz. Apropos: Vielleicht sollte ich meinen rausnehmen, das ist ja hier so üblich. Ich muß ein bißchen kichern, was die Herren irritiert. Aber nicht sehr.

Ein blonder Jeansträger kommt herein. Auch das stört die Herren nicht. Ich glaube, inzwischen sind sie so involviert, daß es sie auch nicht ablenken würde, wenn die Supremes in dieser Toilette ihr Wiedervereinigungskonzert gäben. Der Jeanstyp stellt sich sehr nah neben mich und zeigt, was er hat. Er grinst und macht mit einer Hand an sich rum, mit der anderen an mir. „Gehen wir in eine Kabine?" flüstert er.

„Aber ich hab kein Kleingeld dabei." Die blödeste Antwort, die mir einfallen konnte.

Der Blonde deutet sie als Einverständnis und führt mich (ohne loszulassen) in den anderen Raum. Er wirft dreißig Pfennig ein und schiebt mich in die Kabine.

Das Angenehme an dieser neuen Situation ist, daß sie einem Gelegenheit gibt, bis zu einem gewissen Grade die Kleidung abzulegen, was wir auch tun. Außerdem herrscht hier eine privatere Atmosphäre als draußen an der Rinne. Ich fange an, mich zu entspannen und das Drumherum zu vergessen. Der Blonde ist wirklich niedlich. Und so hemmungslos!

Hinterher sitzen wir zu zweit auf dem Toilettendeckel. Blondie steht auf und will die Tür öffnen. Er rüttelt an der verklemmten Klinke – nichts tut sich.

„Ohmeingott! Sind wir etwa eingeschlossen?" schreie ich.

„Scht! Bloß nicht um Hilfe rufen! Wie sollen wir denn erklären, daß wir zu zweit hier drin sind?"

„Was tun?" flüstere ich.

„Wir müssen rausklettern", schlägt Blondie vor.

Es gibt Momente, da hasse ich es, schwul zu sein. Welcher Hetero gerät jemals in die Verlegenheit, mit einem völlig Fremden über die Kabinentrennwand einer öffentlichen Bedürfnisanstalt steigen zu müssen? (Ja, ich weiß, die haben auch ihre Probleme.) Wir klettern nacheinander auf die Kloschüssel, ziehen uns an der bedenklich wackelnden Wand hoch und quetschen uns durch den Spalt zwischen der Kabinenabtrennung und der Zementdecke. Beim Sprung auf den glitschigen Boden rutsche ich aus. Der Blonde, der als erster geklettert war, fängt mich auf. „Ah, der Kavalier der Klappe“, bedanke ich mich.

Als wir die Toilette verlassen, sind die beiden Herren immer noch beschäftigt – mit vertauschten Rollen allerdings. Der rüstige Greis, der jetzt vor dem Pockennarbigen kniet, hat sich dessen Zeitung untergelegt, um die Hose zu schonen. Diese Generation hält eben noch auf Etikette.

Der Blonde und ich erholen uns bei einem langen Spaziergang auf dem Friedhof von unserem Schrecken. Dann lade ich ihn in meine Wohnung ein, und wir machen das, war wir auf der Klappe getan haben, noch mal – diesmal in der Horizontalen.

NACHBARSCHAFTSPFLEGE

„Immer wenn ich dich besuche, frage ich mich, welche ungeahnten Schicksale sich hinter den verschlossenen Türen deiner Nachbarn abspielen“, sinnierte Karl melodramatisch. Wir saßen bei einem Gläschen Sherry und Marzipanpralinen vor dem Fernseher. Es regnete, und im Nachmittagsprogramm kämpfte Godzilla mit einer riesigen Motte.

„Unter diesem Dach wohnen jede Menge alte Damen mit fetten Schoßhündchen, die ins Treppenhaus pissen – die Hunde, nicht die Damen, obwohl ich mir da bei einer auch nicht so sicher bin – und alleinstehende Schichtarbeiter, die nachts Klavier oder E-Gitarre spielen. Der Typ direkt nebenan kommt immer gegen sieben Uhr morgens nach Hause und zieht sich dann erstmal eine Pornokassette rein, in voller Lautstärke. Kannst du dir vorstellen, wie das ist, jeden Morgen von einer weiblichen Piepstimme geweckt zu werden, die ‚Mach mich fertig, du Hengst‘ stöhnt?“ beschwerte ich mich.

Godzilla schrie im Würgegriff eines Riesenkraken.

„Gibt es denn in diesem Hause gar keine zivilisierten Menschen? Homosexuelle zum Beispiel?“ fragte Karl.

Godzilla zertrampelte Tokio.

„Ich denke da an Männer, die einen durchs Treppenhaus jagen und im Keller hingebungsvoll vergewaltigen. Entschuldige, Baby, aber diese japanischen Monsterfilme machen mich immer ganz geil. Godzilla als Phallussymbol oder so …“

Nein, soviel ich wußte, wohnten in dem häßlichen Fünfziger-Jahre-Bau, in dem ich meine Einzimmer-Residenz unterhalte, keine Schwulen außer mir. Aber das sollte sich ändern.

Ein paar Tage später: Ich komme vom Joggen nach Hause, torkelnd und völlig durchgeschwitzt – es waren wieder ein paar Kilometer zuviel, aber wenn man erstmal zu weit gelaufen ist, bleibt einem ja nichts anderes übrig, als auch wieder zurück zu joggen. Oder ein Taxi nach Hause zu nehmen, aber das wäre peinlich unsportlich.

Ich taumle triefend in den Hausflur. Vor den Briefkästen stehen zwei Männer, ganz offensichtlich Heavy-Metal-Freaks. Der eine hat lange, dunkle Haare, spitz in Richtung Oberlippe zulaufende Koteletten und eine Tätowierung auf dem Oberarm: einen feuerspeienden Drachen. Er trägt eine zerfranste Jeansweste mit nichts darunter, weiße Bikershorts à la Axl Rose und Cowboystiefel. Auf seiner haarigen Brust baumeln diverse silberglänzende Kreuze und andere Amulette an Lederbändern. An seinen Fingern jede Menge Ringe: Totenköpfe, Schlangen und Tiger. Er saugt gerade den letzten Zug aus einer filterlosen Zigarette. Neben ihm steht ein bis an den Rand beladener Einkaufswagen, an dem der andere Typ lehnt.

„Scheiße, das kriegen wir nie in den fünften Stock, Rinaldo", schimpft er. Er ist völlig kahlrasiert, trägt eine abgewetzte schwarze Lederjacke, ein T-Shirt mit einem Schädel, aus dessen Augenhöhlen allerlei Gewürm kriecht, und schwarze Jeans.

„Ey, Kleiner, du siehst ja ganz sportlich aus. Kannste hier mal mit anfassen?" fragt der Glatzköpfige.

„Was, ich?" Ich bin so geschafft vom Laufen, daß ich nur noch unter die Dusche will und hinterher mit einer großen Tüte Kartoffelchips und der *Vogue* aufs Sofa.

„Komm schon", grunzt Rinaldo und zündet sich eine neue Zigarette an.

Ich wage keinen Widerspruch. Zu dritt wuchten wir den Einkaufswagen in den ersten Stock, wobei Rinaldo seine Camel nicht aus dem Mund nimmt.

„Cool“, denke ich.

„Cool“, sagt er und weist lässig auf mein T-Shirt. Es zeigt Fred und Wilma Feuerstein. Ich fühle mich plötzlich wie ein Zehnjähriger.

Wir schleppen den Wagen ein paar Stockwerke höher.

„Warum habt ihr eigentlich keine Einkaufstüten genommen? Die sind viel leichter zu befördern als ganze Wägen. Und ich glaube, das Mitnehmen eines Einkaufswagens ist auch ein wenig illegal, oder?“ frage ich.

„Tüten sind total uncool“, grunzt der Kahle.

„Illegal ist cool“, erklärt Rinaldo. Seine Halsketten klirren beim Gehen.

„Natürlich“, sage ich. Wir sind im fünften Stock angekommen.

„Wir geben heute abend ’ne Einweihungsparty. Sind hier neu eingezogen. Kannst ja auch kommen, Mann“, lädt mich Rinaldo ein.

Ich erkläre, daß ich abends Besuch erwarte und nicht genau weiß, ob ich kann und überhaupt ...

„Kannst deinen Gast mitbringen.“ Dann schieben sie den Wagen in die Wohnung und machen die Tür zu. Ich stehe etwas verloren da und steige nachdenklich die Treppen herunter in den vierten Stock, bis mir einfällt, daß ich ja im sechsten wohne.

Gegen neun Uhr kommt mich Karl besuchen. Ich erzähle ihm von den neuen Nachbarn.

„Eigentlich habe ich keine Lust, auf diese Party zu gehen und mich mit Heavy Metal volldröhnen zu lassen.“

„Du hast doch bloß Angst, mal aus deinem schwulen Ghetto auszubrechen, Baby. Dabei sind das unbezahlbare neue Erfahrungen. Eine andere Welt, die es zu erforschen gilt. Außerdem haben sie vielleicht Haschisch.“

„Die sahen gefährlich aus.“

„Um so spannender.“

„Ich weiß nicht, was ich anziehen soll.“

„Jeans und irgendwas Schwarzes. Ich schwing mich schnell aufs Rad und fahr zu meiner Schwester. Die ist Metal-Fan und kann uns bestimmt was leihen.“

Eine halbe Stunde später ist Karl wieder da, mit einem Motörhead-Sweatshirt für mich. Er trägt eine mit Ansteckern (AC/DC, Devil's Daughters, Hellraiser usw.) übersäte, schwarze Lederweste auf nackter Brust.

„Kannst du dir das leisten, Liebes?" frage ich. Karl versucht, möglichst maskulin auszusehen und erinnert mich dabei an Emma Peel kurz vor dem Karate-Kick.

„Okay, Baby, *let's go*!"

Als wir die Treppe heruntersteigen, suchen mich finstere Visionen heim. Vision 1: Die Typen erinnern sich nicht an mich und lassen uns erst gar nicht rein. (Wär ja nicht sooo schlimm.) Vision 2: Karl macht irgendwelche Biker an und wird von ihren Bräuten aus dem Fenster geworfen. Vision 3: Überall brennen schwarze Kerzen, Black-Sabbath-LPs werden rückwärts gespielt und satanische Beschwörungen gemurmelt, während meine beiden Nachbarn einem schwarzen Hahn den Kopf abbeißen und mit seinem Blut nackte Jungfrauen bespritzen.

„Baby, was ist denn?" fragt Karl. Ich bin wie versteinert auf dem Treppenabsatz stehengeblieben.

„Ich will da nicht hin", flüstere ich. „Ich bin zwar aus der Kirche ausgetreten, aber ich will meine Seele nicht an Alice Cooper verkaufen."

„Kann es sein, daß du gewisse Vorurteile gegenüber der Heavy-Metal-Szene hast?" grinst Karl.

„Sie werden mich kopfüber an ein Kreuz binden, Karl!"

„Oje, und ich habe kein Weihwasser dabei! Jetzt reiß dich zusammen und komm."

Wir stehen vor der Tür. Ich wage nicht zu klingeln.

„Hörst du das?" fragt Karl. Ich lausche. Aus der Wohnung schallen Gläsergeklirr, fröhliches Quietschen und – ich traue meinen Ohren kaum – Abba: *Super trouper beams are gonna blind me …*

Karl drückt auf die Klingel. Augenblicklich fliegt die Tür auf. Eine Frau mit rotem Haar, von Kopf bis Fuß in schwarzes Gummi gekleidet, eine Dose Bier in der Hand, ruft lachend: „Nur herein!"

Ihr rosa Lippenstift beißt sich fürchterlich mit den karottenfarbenen Haaren.

„Die Oberhexe!“ flüstere ich Karl zu. Er rollt die Augen, schüttelt den Kopf und tritt ein. Ich folge, seine Hand fest in der meinen. Der glatzköpfige Gastgeber kommt auf uns zu, in Chinos und einem Bugs-Bunny-T-Shirt.

„Hallo, Kleiner! He, ihr habt euch aber schick gemacht. Ich wußte gar nicht, daß wir Metal-Freaks im Hause haben!“ Karl wirft mir einen vernichtenden Blick zu. „Ich heiße übrigens Piet“, stellt sich mein neuer Nachbar vor. „Wir haben uns heute morgen im Treppenhaus gar nicht bekanntgemacht.“

„Ich bin Karl und das ist Baby.“ Karl schüttelt Piets Hand. Rinaldo kommt auf uns zu, die Mähne zum Zopf gebunden, in der gleichen Aufmachung wie am Morgen, rauchend.

„Cool, daß du gekommen bist, Mann. Wir haben 'ne total coole Erdbeerbowle. Bedient euch.“

Piet führt Karl und mich durch die Wohnung. Drei kleine Zimmer, kaum eingerichtet. Etwa dreißig Gäste – hauptsächlich Männer – stehen in Grüppchen herum. In der Küche hängt ein riesiges Poster von Diana Ross. Karl sieht mich fragend an und flüstert: „Die Ross? Ich hatte Guns 'n' Roses erwartet nach deinen Beschreibungen.“

Ich fühle mich sehr unsicher. Da stürzt einer der Gäste auf mich zu und begrüßt mich stürmisch. Es ist die unsägliche Quasselstrippe Stephan mit PH, eine Geißel Gottes, die ich letztes Jahr in der Gruppe „Schwule Freizeit“ kennengelernt habe. Er hat seine John-Lennon-Nickelbrille gegen ein rotes Modell à la Wenders eingetauscht, was ihn – wenn überhaupt möglich – noch unattraktiver macht.

„Baby, ich hab dich ja nicht mehr gesehen seit unserem Treffen beim Hautarzt“, kreischt er. „Was hattest du noch? Milben? Herpes? Weichen Schanker?“

Ich möchte sofort sterben.

„Piet und Rinaldo hab ich auch beim Hautarzt kennengelernt, stell dir vor“, vertraut mir Stephan mit einem Bühnenflüstern an.

„Sie hatten beide das Gleiche, was ja einige Rückschlüsse zuläßt, wenn du verstehst." Er kneift bedeutungsvoll ein Auge zu, so dramatisch, daß seine Brille verrutscht. „Ich weiß nicht mehr genau, was es war", murmelt er und schreit dann durch den ganzen Raum. „He Piet, weshalb wart ihr noch mal beim Hautarzt?"

Rinaldo schlendert auf uns zu, die unvermeidliche Filterlose schräg im Mund, die Augen wegen dem Qualm halb geschlossen, in jeder Hand ein Glas Bowle. „Trinkt, Leute, es kommt ja nicht alle Tage vor, daß man so coole Nachbarn bekommt. Und so geschmackvoll gekleidet." Rinaldo grinst Karls Lederweste an. „Devil's Daughters, was? Ich stehe eher auf Kylie Minogue. Habt ihr morgen schon was vor? Piet und ich wollten mal die Szene auschecken."

„Das bedeutet: Männerjagd!" flötet Stephan mit PH dazwischen. „Ich persönlich habe dem Sex ja abgeschworen, wißt ihr. Ich habe da nämlich dieses tolle, neue Computerspiel, das füllt mich so aus …"

„Halt die Klappe, Rose!" schreit Karl.

„Oh, findet ihr *Golden Girls* auch so cool?" fragt Rinaldo.

„Und wie." Karl hakt sich bei Rinaldo ein und meint: „Jetzt gehen wir zwei Hübschen uns mal noch ein Glas Bowle holen, und wenn du nett bist, darfst du mich Blanche nennen, Rinaldo-Schätzchen." Über die Schulter zischt er mir zu: „Heavy-Metal-Freaks, wie? Baby, du lernst es nie!"

Der strippende Metzger

„Ich muß unbedingt in so eine Männerstripshow!“ Karl ist fest entschlossen. Wir sitzen beim Frühstück, und er bewundert mit großen Augen eine Anzeige der „California Dream Men“ in der Tageszeitung.

„Oh Baby, als ich das Plakat dieser Truppe gestern an einer Litfaßsäule sah, war ich wie hypnotisiert. Ich kam vom Radweg ab, rammte einen Dackel, einen Kinderwagen und zwei alte Frauen und landete in einem Obststand. Und das alles mit Erektion. Ich hätte mir den Penis brechen können! Ich muß diese Kerle sehen! Ich will Ihnen Geldscheine in die Tangas stecken und sterben.“

„Die lassen eigentlich nur Frauen in ihre Show“, gebe ich zu bedenken.

„Kein Problem. Fummel und Perücken habe ich genug“, winkt Karl ab.

„Vergiß es. Als Frauen wirken wir ungefähr so überzeugend wie Dolly Parton als Mann. Ich möchte nicht, daß meine Mutter morgens die Zeitung aufschlägt und in mein Gesicht blickt – mit der Schlagzeile darunter: *Perverse enttarnt: Homos im Kleid schlichen sich in Männerstripshow ein!*“

„Also gut, dann eben nicht“, brummelt Karl und studiert weiter die Veranstaltungshinweise.

„Sieh dir das mal an.“ Er zeigt auf eine Annonce der schwulen Bar Mrs. Simpson. Das ist eines dieser Lokale, die nie „in“ sind und trotzdem seit Jahrzehnten irgendwie überleben. Früher hieß der Laden Dorian Gray, und davor Cockpit, Ali Baba, Chez Helmut, La Callas, Frisco und Kumpelstube – ohne je das plüschige Glitzerdekor zu verändern. Zwischen vergilbten Aktfotos aus den siebziger Jahren lächeln Zarah Leander, Mireille Matthieu und Caterina Valente in Woolworth-Barockrahmen von den rot tapezierten Wänden. Hinter der Bar wechseln sich kleine Philippinos mit gerade mal achtzehnjährigen Allgäuern ab, je nach dem momentanen Geschmack des Besitzers, eines gemütlichen Mittfünfzigers mit Toupet und einer Vorliebe für Wildlederjacken mit bodenlangen Fransen. Neben dem Waschbecken auf der Herrentoilette hängt ein braunes Frotteehandtuch, das schon mindestens vier Bundeskanzler und drei Päpste erlebt hat. Kurz und gut: Das Mrs. Simpson ist ein Juwel der Gaststättenkultur.

Ich lese die Anzeige: *Die deutsche Antwort auf die „California Dream Men"! Mrs. Simpson proudly presents: „Braunschweiger Beauty Boys" mit Super-Gaststar Zizi de Versailles, der internationalen Travestie-Sensation aus Berlin-Spandau. Exklusiv in Ihrem Mrs. Simpson!*

„Laß uns wenigstens da hingehen", bettelt Karl mit Bambi-Blick.

„Kommt nicht in Frage! Nie!"

Am nächsten Abend sitzen wir im Mrs. Simpson. Karl hat einen Tisch direkt vor der kleinen Tanzfläche, die als Bühne benutzt wird, reserviert. Aus scheppernden Lautsprechern tönen Sandra und Dieter Bohlen.

„Jede Pore will ich sehen!" zischt Karl vorfreudig erregt.

„Und jeden Pickel", sage ich.

Er läßt sich nicht beirren: „An muskulösen Flanken herabperlende Schweißtropfen will ich mit den Augen aufsaugen!"

„Karl, du redest wirr."

Ein Kellner im Frack, mit Fliege, aber ohne Hemd, tritt an unseren Tisch: „Was darf es sein?"

Ich versuche, Bier zu bestellen.

„Als erstes Getränk Longdrink oder Champagner", erklärt der brustfreie Ober. Er trägt Augen-Make-Up wie Dusty Springfield in ihren besseren Zeiten. Karl ordert Wodka-Martinis. Ich schlage in der Getränkekarte den Preis nach, der, wie ich gefürchtet hatte, völlig unangemessen ist.

„Nepper, Schlepper, Bauernfänger!" empöre ich mich. „Nicht nur, daß hier Poster von Peter Alexander hängen und Plastiknelken auf den Tischen stehen, hier wird auch Wucher getrieben!"

„Hör auf mit der Dagobert-Duck-Nummer, Baby", befiehlt Karl und schnippt mit den Fingern im Takt zu *You're My Heart, You're My Soul.* Ich rolle die Augen gen Himmel und entdecke eine Dekoration aus Papierblumen, Pappsternchen und farbiger Frischhaltefolie an der Decke.

Gegen halb elf füllt sich das Mrs. Simpson. Jedenfalls zur Hälfte. Das Publikum ist bunt gemischt: Herren im Anzug, Lederkerle, Jünglinge mit wallendem Haupthaar, eine Handvoll Transen und – mein Herz setzt einen Schlag aus – der Mann meiner Träume.

„Karl", keuche ich atemlos, „ER ist hier! Der unbeschreiblich geile Wurstfachverkäufer vom Tengelmann um die Ecke! Der mit den schönsten Unterarmen, die je in einem Fleischerkittel steckten!" Und heute abend zeigt er nicht nur die Unterarme: Mister Tengelmann trägt ein aufgeknöpftes Hemd über seinen Jeans. Dieser Waschbrettbauch bricht mir das Herz. Jetzt und hier möchte ich eine „Ode an des Metzgers Fleisch" verfassen.

Da geht das Licht aus, Sandra wird von einem Trommelwirbel unterbrochen und aus dem Dunkel ruft eine Stimme: „Ladies und Gentlemen! Mrs. Simpson präsentiert: Die Braunschweiger Beauty Boys und Zizi de Versailles!"

Ein Spot erhellt die Bühne. Drei Männer in Lederjacken, Bikershorts, Cowboystiefeln und sonst nichts lächeln verkrampft ins Publikum und beginnen zu *Too Funky* zu tanzen. Rechts außen ist blond, verpickelt und sehr dünn. Links außen trägt eine Sonnenbrille und ähnelt ein wenig George Michael, was er dadurch unterstreicht, daß er mitsingt – immer haarscharf einen halben Ton daneben. In der Mitte hüpft ein kleiner, dunkelhaariger Typ mit zu großen Füßen an zu kurzen Beinen. Keiner von ihnen zieht sich aus. Nach drei Minuten erlischt das Licht. Vereinzelter Applaus. Vereinzeltes Gähnen. Auftritt Zizi de Versailles: ein weißblonder, riesenhafter Transvestit mit Brigitte-Nielsen-Brüsten. Sie postiert sich im eleganten, weißen Abendkleid auf der Bühne und singt *Don't Cry For Me, Argentina.* Playback.

Ich bestelle schnell noch einen Wodka-Martini. Der Preis ist mir inzwischen egal. Die internationale Travestie-Sensation ist nur benebelt auszuhalten. Mister Tengelmann lehnt lässig an einer Spiegelsäule, trinkt ein Bier und spielt gedankenverloren mit seinen Nippeln. Ich spüre, wie tief in meiner Brust etwas weich und weiter unten etwas hart wird. Zizi wischt sich die Tränen ab (die Rolle der Evita Peron erfordert die ganze Hingabe einer Künstlerin) und nimmt einen ordentlichen Schluck aus einer Whiskyflasche, die ihr das George-Michael-Double reicht. Stolz ist sie, erzählt Zizi, daß sie heute mit solch schönen Männern auf der Bühne stehen darf, und deshalb stellt sie die Braunschweiger Beauty Boys einen nach dem anderen persönlich vor. Der Star der Truppe, klärt sie uns dann mit ausladender Gestik und wabbelnden weißen Armen auf, ist der kurzbeinige Dunkle, Ramon aus Chile: ein Profi mit Feuer im Blut, der schon im Moulin Rouge die Beine warf („Als Kellner“, flüstere ich Karl zu), am Broadway arbeitete („Als Kulissenschieber“) und am Berliner Theater des Westens Triumphe feierte – im Musical *La Cage aux Folles* („Wo sonst?“) in der Rolle des … Zizi zögert und greift wieder nach dem Whisky. „Was haste da noch mal gespielt, Ramon? Na, is' ja auch egal. Heute abend isser jedenfalls bei uns im Mrs. Simpson und bringt uns live den Superhit *Ich bin, was ich bin!*“

Ramon sitzt auf einem Barhocker und singt mit viel Sinn für Dramatik und wenig Sinn für Harmonie. Ich bestelle schnell noch einen Drink.

Karl wird unruhig. „Ich dachte, das ist 'ne Stripshow?“

„Ich bin sehr froh, daß der sich nicht auszieht. Und wenn er das Singen zu Hause in der Badewanne besorgen würde, wäre ich noch froher“, sage ich und versuche, Blickkontakt mit Mister Tengelmann zu finden.

Wie schwer ist es mir immer gefallen, die Schnitzel, die seine kräftigen Hände geschnitten hatten, in die Pfanne zu werfen, anstatt sie wie Reliquien in einem Schrein aufzubewahren. Wer hätte geahnt, daß ich ihn hier treffe?

Karl stößt mir seinen Ellenbogen in die Rippen und weist mit dem Kinn auf die Bühne. Die drei Jungs sind inzwischen tatsächlich dabei, sich zu *I'm Too Sexy* zu entkleiden. Ein trauriger Anblick. Einzig Ramon bewegt sich im Takt. Karl muß lachen, als der Chilene sich die mit seitlichen Klettverschlüssen zusammengehaltenen Hosen vom Leib reißt und wild durch die Luft wirbelt.

Schließlich stehen die drei schwer atmend in goldenen Tangas da. Verbeugung. Applaus. Licht an. Pause. Modern Talking.

Ich suche mit den Augen nach meinem Wurstverkäufer. Die Musik wechselt zu Gloria Gaynors *I Will Survive*. Mister Tengelmann betritt die leere Tanzfläche und läßt die Hüften kreisen. Das Hemd rutscht ihm von den Schultern. Anfeuernde Pfiffe aus dem Publikum. Ich halte den Atem an. Der Metzger tanzt weiter und wirft sein Hemd in die Menge. Es landet auf meinem Schoß. Ich erstarre. Die Zuschauer johlen.

„Gehört das zur Show?“ fragt Karl. Als der Fleischer beginnt, seine Jeans aufzuknöpfen, rauscht Zizi de Versailles auf die Bühne, rammt ihm ihre Brüste ins Gesicht (sie ist zwei Köpfe größer als er) und schreit etwas, was wegen der lauten Musik nicht zu verstehen ist. Mister Tengelmann lacht. Zizi versucht – immer noch keifend – ihm die Hose wieder zu schließen und ihn gleichzeitig von der Tanzfläche zu schieben. Doch mein Metzger umklammert die weiße Riesin und zwingt sie in einen Foxtrott. Beim Tanzen rutschen seine Jeans; er zieht sie wieder hoch und läßt Zizi dabei los. Die nutzt die Gelegenheit, um ihn zu ohrfeigen. Dabei bricht sie sich einen Fingernagel ab und eilt aufjaulend davon. Zwei Kellner und der philippinische Barmann führen Mister Tengelmann von der Bühne. Das Licht erlischt, und die Show geht weiter. Ramon singt *My Way* – in einem Leder-Jockstrap. Wäre Frank Sinatra tot, er würde im Grabe rotieren wie ein Schlagbohrer. Da legt sich eine Hand auf meine Schulter, und eine Stimme flüstert mir ins Ohr: „Kann ich mein Hemd zurück haben?"

Mister Tengelmann setzt sich neben mich.

Ich bin wie gelähmt, bis Karl zischt: „Sag was, Trottel, sonst geht er wieder! Mach deine Fleisch- und Wurstphantasien wahr!"

Ich räuspere mich und frage: „Warum hast du das eigentlich gemacht? Ich meine, einfach so loszustrippen und den Jungs die Show zu stehlen, das ist doch irgendwie …"

„Sorry, aber ich fand die Typen so entsetzlich, daß ich einfach vorführen mußte, wie man's richtig macht."

„Aber du bist doch nicht Tänzer, sondern Wurstfachverkäufer."

„Ich habe viele Talente", haucht Mister Tengelmann und schaut mir so tief in die Augen, daß ich anfange zu schielen und keine Luft mehr bekomme.

Fünf innige Minuten später beschließen wir, auf den Rest der Show zu verzichten und zu ihm zu gehen. (Für meine heterosexuellen Leser: Ja, so fix sind die Schwulen! Toll, was?)

„Er wird bestimmt seinen Strip zu Ende bringen – nur für mich allein", flüstere ich Karl beim Verabschieden zu.

„Ich verkneife mir einen Witz über Salami", flüstert Karl zurück.

Der Metzger legt seinen Arm um mich. Als wir das Lokal verlassen, singt Zizi de Versailles gerade *Wunderbar*.

Ich muß wirklich öfter ins Mrs. Simpson gehen. Oder wie auch immer der Laden nächste Woche heißen mag.

Die Feministin im Sexshop

„In dieser Gesellschaft ist es für eine starke, emanzipierte Frau nicht gerade einfach, einen Mann zu finden. Die einzigen Typen, die auf uns Powerfrauen fliegen, sind muttergeschädigte Neurotiker mit Titten-Fixierung und verheiratete, verwelkende Machos, die sich noch mal beweisen wollen, daß sie ihn hochkriegen. Danach kriechen sie wieder in Frauchens Bett, wo sie heimlich unter der Decke wichsen, während die Nachtcreme auf Frauchens Gesicht leise vor sich hin bröckelt."

Meine beste und älteste Freundin Lola ließ Dampf ab. Als wir zusammen zur Schule gingen, hieß sie noch Uschi, aber nach dem Abitur zog sie in eine Großstadt, studierte Soziologie, schnitt ihre Zöpfe ab, färbte die übriggebliebenen Stoppeln Doris-Day-blond und kaufte sich einen schwarzen Ledermini und pfundweise Modeschmuck. Mit dem Dirndl schmiß sie auch den alten Namen auf den Müll.

Wir saßen in Lolas kleiner Wohnung unter Postern von Madonna und Annie Lennox (ihren Idolen) und diskutierten bei Kaffee und filterlosen Gauloises (sie) bzw. Menthol-Zigaretten (ich) über die Männer. Insbesondere über den Mangel an solchen in Lolas Leben.

„Warum gibt es keine Klappen und Saunas für Heterofrauen? Die schnelle Nummer im Vorübergehen, das wär's doch. Anonym. Ich müßte das ganze Gockel-Gehabe nicht über mich ergehen lassen, nur der Schwanz würde mich interessieren", schimpfte Lola, die seit Monaten keinen Mann mehr hatte. „Ich hab es satt, jedesmal, wenn ich geil bin, auf die Waschmaschine zu steigen - im Schleudergang -, oder im Bus um einen Platz direkt über den Hinterrädern zu kämpfen."

„Was für umständliche Praktiken, liebe Lola!"

„Weißt du was besseres?"

„Na ja, wenn du in deinen erotisch aufgeladenen Momenten nur an einem Schwanz interessiert bist, dann kauf dir doch einen."

„Einen Callboy?"

„Nein, Dummerchen, einen Schwanz. Aus Gummi. Garantiert ohne Neurosen und Mackergehabe. Stets zu Diensten, schlafft nie ab."

„Baby, versuchst du mich zum Kauf eines Dildos zu überreden?"

„Genau. Besorg dir einen Vibrator. Ist doch viel praktischer als Waschmaschine oder Bus."

Einen Tag später: Lola und ich stehen vor dem Schaufenster eines großen Sex-Shops mitten in der Fußgängerzone. „Unglaublich frauenfeindlich, diese Bilder", bemerkt Lola nachdenklich und zertritt ihre Kippe mit dem Absatz eines schwarzen Schnürstiefels. Schweinchenrosa Frauen spritzen sich Champagner zwischen die Brüste und lutschen an Bananen.

„Seit den fünfziger Jahren die gleiche abgenudelte Phallussymbolik. Ich kann's nicht mehr sehen." Lola seufzt und schüttelt mitleidig den Kopf. Eine Ecke des Fensters ist mit schwulen Magazinen und allerlei Leder-Schnickschnack dekoriert.

„Warum sehen die Typen in schwulen Pornos immer viel besser aus als in heterosexuellen?" grübelt Lola. Ich nehme sie beim Ellenbogen und wir treten ein.

Ehrlich gesagt, ich hatte ein schummeriges Halbdunkel erwartet, in dem Männer mit Trenchcoats und Schlapphüten sich schuldbewußt an schmuddeligen Regalen vorbeidrücken. Tatsächlich sieht der Laden eher aus wie ein Supermarkt: hell, freundlich und unglaublich bunt. Von den Titelbildern der Hochglanz-Magazine leuchten uns erotische Szenen in poppigen Farben entgegen. Auf den Hüllen der Videokassetten lächeln männliche und weibliche Barbie-Puppen mit leeren Gesichtern und riesigen Geschlechtsmerkmalen: „Kauf mich!"

Im Hintergrund läuft dezente Musik, die sich anhört, als würden die Les Humphries Singers „Somewhere over the Rainbow" zum besten geben. Lola entdeckt in einer Ecke Super-8-Filme. „Ich dachte, die wären ausgestorben!"

„Aber nein, es gibt immer noch Männer über 40, die nur zum Schnurren eines Projektors den Höhepunkt erreichen können. Das ist der Pawlow-Effekt der Pornographie", erkläre ich.

Lola begutachtet aufblasbare Puppen – „fünf Öffnungen, Echthaar" – die mit staunenden, runden Mündern und auf ewig gespreizten Beinen an der Wand hängen.

„Wie in einem surrealistischen Schlachthaus für Kannibalen", findet Lola und wendet sich den Regalen mit Reizwäsche zu: „Baby, guck mal – ein Kunstlederslip mit Stacheln innen und außen!"

Während sie in Jockstraps und BHs ohne Körbchen wühlt, sehe ich mir die Kunden an: Ein Pärchen um die 30 – er ziemlich erregt, sie leicht angeekelt – flüstert hektisch miteinander. Ich verstehe nur Wortfetzen: „Das mache ich nicht mit … unnatürlich …" – „… total viel Spaß, Marion hat auch immer …" – „Komm mir nicht mit der!"

In einer Ecke mit schwulen Sexheften und Videos blättern drei kichernde Jünglinge in engen, gerippten Unterhemden durch Hardcoremagazine: „Mensch, guck mal, das geht doch gar nicht!" – „Klar geht das!" – „Wieso, hast du schon mal?" – „Nöö!"

Ein großer Blonder im Karohemd lächelt mich an: „Kann ich Ihnen helfen?"

Im ersten Moment weiß ich ihn nicht einzuordnen, dann wird mir klar, daß er ein Verkäufer sein muß. „Äh … ja, meine Freundin sucht ein … äh …"

Lola eilt mir zu Hilfe. „Ich suche einen Dildo", erklärt sie mutig und wird nur ein ganz klein wenig rot.

„Ah ja, da haben wir eine schöne Auswahl. Wenn Sie einmal schauen möchten?“

Wir folgen dem Blonden, dessen wohlgeformter Hintern Lola und mir ein anerkennendes Nicken entlockt, zu einem Regal voller künstlicher Schwänze.

„Was hatten Sie sich denn vorgestellt? Wir hätten hier den Penis von Jeff Stryker, mit viel Sorgfalt dem Original nachgebildet. Dazu gibt es einen Hodensack mit beweglichen Eiern. Wenn Sie mal hinfassen möchten?“ Lächelnd hält er Lola den riesigen, rosigen Dildo hin.

„Mein Gott, der sieht aus wie gerade abgeschnitten! Wo ist das Blut? Ich kann das unmöglich anfassen!“ Lola ist entsetzt.

Der Blonde grinst und fragt mich: „Möchten Sie mal?“

Ich wage den Griff an Jeff Strykers Eier. Sie bewegen sich wirklich in ihrem kühlen Gummisäckchen! „Ich glaube, meine Freundin möchte lieber etwas Abstrakteres“, erkläre ich dem geduldigen Penisfachverkäufer.

Er zeigt Lola Vibratoren, die aussehen wie kleine High-Tech-Raketen in chrom, gold, rosa, gelb oder mint. Während er ihr erklärt, wie man die Batterien lädt, wird er von einer Dame im Chanelkostüm unterbrochen: „Verzeihen Sie, ich hab's eilig. Junger Mann, könnten Sie das schnell abkassieren?“ fragt sie und greift entschlossen nach einem Chromvibrator.

Der Blonde entschuldigt sich bei Lola und geleitet die Dame, die sich mit einem Klimpern ihrer Armbänder die Paloma-Picasso-Brille zurechtrückt, zur Kasse. „Machen Sie den Preis ab und geben Sie mir bitte Batterien dazu. Ich brauche keine Tüte, ich nehme ihn gleich in meine Handtasche. Kann ich mit Kreditkarte zahlen?“

„Selbstverständlich, gnädige Frau.“ Bilde ich mir das ein, oder zwinkert mir der Verkäufer zu? „Viel Spaß damit!“ wünscht er der Kundin, als sie den Laden verläßt.

Sie dreht sich in der Tür um und grinst: „Den werd ich haben, Kleiner, ganz bestimmt.“

Der Verkäufer kommt wieder zu uns. Seine Hüfte streift kurz die meine, als er Lola fragt: „Haben Sie sich entschieden?“

„Am liebsten hätte ich einen in lila, der Symbolfarbe der Feministinnen. Denn mit diesem Instrument mache ich mich sexuell von den Männern unabhängig, verstehen Sie?“

Ich trete Lola auf den Fuß und zische: „Blamier uns nicht mit deinem Hobby-Feminismus!“

Sie wirft mir einen giftigen Blick zu und strahlt dann den Verkäufer an: „Wenn Sie lila nicht haben, nehme ich mint. Das paßt zu den Kacheln in meinem Badezimmer.“

„Willst du nur im Bad masturbieren?“ zische ich.

„Halt die Klappe!“ zischt Lola zurück.

„Eine gute Wahl. Mit mint liegen Sie immer richtig“, gratuliert der Verkäufer.

„Es ist auch so eine unverfängliche Farbe. Wenn deine Mutter mal zu Besuch kommt und den Dildo entdeckt, hält sie ihn bestimmt für ein Zubehörteil deiner Moulinette“, grinse ich.

An der Kasse fragt mich der Verkäufer, ob ich nicht auch etwas kaufen wolle: „Gerade ein Vibrator ist so nützlich, wenn man sich einsam fühlt.“ Hat er wieder gezwinkert?

„Wie ist das mit der Garantie?“ fragt Lola. „Gibt es einen Kundendienst, den ich in Anspruch nehmen kann, wenn das Gerät kaputtgeht?“

„Selbstverständlich haben wir einen Kundenservice. Tag und Nacht.“ Jetzt hat er ganz bestimmt geblinzelt. „Ich gebe Ihnen meine Karte.“ Mit einem tiefen Blick aus seinen babyblauen Augen drückt er mir eine Visitenkarte in die Hand. Lola bekommt auch eine.

Vor dem Laden vergleichen wir die Karten. Auf Lolas stehen Adresse und Telefonnummer des Sexshops, auf meiner Name und Nummer des Verkäufers. Lola beklagt sich: „Warum passiert mir so was nicht! Ich will auch von fremden Männern Telefonnummern zugesteckt bekommen! Weißt du, was meine Tragödie ist, Baby? Ich glaube, ich bin ein Homosexueller, der im Körper einer Frau geboren wurde!“

Am nächsten Tag rufe ich bei Lola an, um zu hören, wie ihr das erste Mal mit dem Dildo gefallen hat.

„Es war phantastisch, Baby. Allerdings machte ich den Fehler, dabei in den Spiegel zu sehen. Dieses mintfarbene Ding in mir drin – es sah so komisch aus, daß ich laut lachen mußte. Das verstärkte irgendwie die Vibrationen, ich erschreckte mich, mußte husten und bekam Schluckauf. Dann, von Zwerchfell und Vibrator durchgeschüttelt, stolperte ich in einen ungeheuren Orgasmus. Die Erde hat gebebt, Baby. Und was hast du gestern abend gemacht?"

Ich sagte, ich hätte im Fernsehen *Die Hexen von Eastwick* angesehen. Lola muß nicht alles wissen. Wenn ich ihr erzählt hätte, daß ich den blonden Verkäufer angerufen und eingeladen habe, hätte ich bestimmt ihre euphorische Stimmung zerstört. Er hat übrigens noch jemanden mitgebracht. Teilweise jedenfalls. Wen? Na, Jeff Stryker natürlich.

Mein Krankenhaustagebuch

Liebes Tagebuch, zum ersten Mal seit meiner Geburt liege ich wieder stationär im Krankenhaus. Und dann auch noch aus einem ziemlich peinlichen Grund: Ich muß meine Hämorrhoiden entfernen lassen. In der Blüte meiner Jugend leide ich an Dingen, mit denen ich erst in frühestens zwanzig Jahren gerechnet hatte. Doch mein Proktologe, ein freundlicher Herr, der nicht nur so aussieht wie Marcel Reich-Ranicki, sondern auch noch so spricht (der Arme), versicherte mir: „Wenn wirr jetzt keine Schrritte unterrnehmen, Herr ... äh ... Neumann, geht es Ihnen bald wie dem Alten Frritz: rrektale Krrampfaderrn, die bis zurr Kniekehle hängen." Marcel schüttete sich aus vor Lachen, nahm seinen Zeigefinger aus mir heraus, schlug scherzhaft auf meinen entblößten Hintern und empfahl mir, mich in den nächsten zwei Wochen unter sein Skalpell zu begeben.

Schon zwei Tage vor der OP durfte ich nichts mehr essen. Als ich mit meinem Hermès-Nightbag am Empfang der kleinen, am Rande eines Parks gelegenen Klinik ankam, knurrte mein Magen so laut, daß die Rezeptionistin mich ohne Schwierigkeiten als Darmpatienten erkannte. Mir wurde Zimmer 13 (oh nein!) auf Station I zugewiesen. Ein kleiner, dunkelhäutiger Pfleger mit Zahnspange, etwa Mitte Zwanzig, zeigte mir den Weg. „Wir bauen gerade um", sagte er, „daher kommt der Schlagbohrerlärm. Das kann einem ganz schön auf die Nerven gehen, besonders, wenn man Schmerzen hat.

Oh Pardon! Aber keine Angst, Station I ist schon fertig. Ist wunderhübsch geworden nach der Renovierung."

Tatsächlich. Die Wände erstrahlten in altrosa, die Türen waren zartviolett gehalten. „Zauberhaft, oder?" meinte der Pfleger, dessen Namensschild ihn als „Eric" auswies. „Nur schade, daß wir keine farblich passenden Kittel bekommen. Immer nur dieses öde Weiß", sagte er und strich seine Hose über den Schenkeln glatt. Womit habe ich das verdient? Die Station ein Alptraum in pink, und der Pfleger benimmt sich wie Diana Ross in Schwesterntracht!

In Zimmer 13 durfte ich mir ein Bett und einen Schrank aussuchen. An der rosa Wand hing ein Kunstdruck: van Goghs „Sonnenblumen". Vor dem pinkfarbenen Hintergrund sahen sie derart scheußlich aus, daß ich mir fast aus ästhetischer Verzweiflung ein Ohr abgeschnitten hätte.

Auf meinem Nachttisch lag eine Lesezirkel-Ausgabe des *Goldenen Blatts.* Ich blätterte ein wenig und erfuhr, daß Herzogin Sarah von York ein Liebesversteck mit Sylvester Stallone unterhält. Sie lernte ihn kennen, als ihm beim Abendessen sein Siegelring in ihr Weinglas fiel. Schicksal!

Ich begann mich zu fragen, was für ein Mensch wohl mein Leidens- und Zimmergenosse sein würde. Pfleger Eric hatte mir gesagt, er werde jeden Moment eintreffen. „Liebe Göttin!", betete ich, „laß es keinen fetten, alten Sack mit schlechten Zähnen sein, der die Erfindung des Deodorants verschlafen hat und von morgens bis abends Fußballübertragungen im Radio hört!"

Da öffnete sich die Tür: Ein braungebrannter Jüngling in weißen Jeans und einem Gaultier-Junior-T-Shirt trat ein, der sich als mein Mitpatient vorstellte. Er – Thomas – schlug gleich vor, sich zu duzen, man würde ja gemeinsam noch einiges erleiden müssen. Er werde auch morgen früh operiert, habe die gleichen Probleme „da hinten" wie ich, eine Erbsache wie seine schiefe Nase.

„Aber Thomas, die ist doch nicht schief", protestierte ich.

Im Gegenteil, sie ist sehr niedlich. Aber das dachte ich nur. Ich mußte eine Woche mit diesem Jungen verbringen – auf 12 Quadratmetern und mit gemeinsamem Bad. Da wollte ich's mir nicht gleich am Anfang mit plumpen Komplimenten verscherzen.

Liebes Tagebuch,

du mußt jetzt stark sein. Die Operation ist vorbei, und was ich darüber zu berichten habe, ist nicht schön. Aber ich will ganz offen und ehrlich sein dir gegenüber. Heute morgen weckte uns Eric mit einem Klistier, das zu verabreichen ihm eindeutig mehr Spaß machte als uns. Eine Stunde später war er wieder da, mit einem Einwegrasierer, wie ihn meine Mutter für ihre Beine benutzt.

„Meine Herren", flötete Eric und setzte sein schönstes Diana-Ross-Lächeln auf, „ich muß Sie untenrum ein wenig rasieren."

Zuerst durfte Thomas sich auf den Bauch legen und seinen – ich schielte verstohlen hinüber – kompakten, knackigen Hintern hinhalten. Dann war ich dran. Eigentlich eine peinliche Situation, aber – ich habe dir Aufrichtigkeit gelobt, liebes Tagebuch – nicht ohne erotisches Kitzeln. Leider konnte ich nicht sehen, ob Thomas meinem in unzähligen Aerobic-Stunden geformten Po die gleiche Aufmerksamkeit entgegenbrachte wie ich dem seinen. Eric ließ sich jedenfalls viel Zeit beim Rasieren und genoß es sichtlich. Bald darauf wurde ich in einem dieser lächerlichen Nachthemden, die hinten offen sind, in den Operationssaal gerollt. Eine Spritze, und ich versank in ein schmerz- und traumloses Dunkel.

Am späten Nachmittag wachte ich leicht benommen auf, sah die gelben Sonnenblumen auf der rosa Wand und schloß wieder die Augen. In meinem Hintern fühlte ich den Verband, eine Art Dildo aus Mull, den man in mich hineingestopft hatte. Barbaren! Eine ganze Nacht blieb dieser Stöpsel stecken.

Thomas wachte einige Stunden nach mir auf, mit Blähungen, die wegen der Tamponage, die auch ihm nicht erspart geblieben war, keinen Ausweg fanden. „Jetzt weiß ich, wie sich Champagnerflaschen fühlen, wenn man sie schüttelt", flüsterte er matt, läutete nach der Schwester (Erics Schicht war endlich vorbei) und verlangte ein Schlafmittel.

„Ich halte das hier nur gedopt aus. Geben Sie mir gleich 'nen Doppelten."

„Wir sind ein Krankenhaus und keine Bar", zischte die Schwester.

„Schade eigentlich", murmelte Thomas.

Liebes Tagebuch,

heute geht es uns schon viel besser. Man servierte uns Flüssignahrung, die wie verdünnter Babybrei schmeckte. Ich las in *Frau mit Herz*, daß Sarah und Koo Stark sich in einem Londoner Nightclub gemeinsam besoffen haben und Sarah hinterher nicht nach Hause fand. Schicksal! Meine Freundin Lola kam zu Besuch und brachte mir Kekse, Schokolade und Zigaretten mit.

„Das dürfen Sie alles nicht zu sich nehmen", klärte mich Eric Ross beim Fiebermessen streng auf. Ich seufzte und verbannte Lolas Gaben in die unterste Schublade meines Nachttischs.

Als Thomas kurz im Bad war, verengte Lola ihre großen Augen verschwörerisch zu Schlitzen und flüsterte: „Du Glückspilz! Als ich meine Titties vergrößern ließ, lag ich neben einer Greisin mit Infusion, die täglich einmal hinausgefahren wurde, weil die Schwestern dachten, sie nippelt ab. Und du! Teilst das Zimmer mit einem *Playgirl*-Titelbild! Wie ich dich kenne, Baby, hast du ihn gleich in der Nacht vor der OP vernascht. Stimmt's, du Schlingel?" Da kam Thomas wieder aus dem Bad, und Lola wechselte flink das Thema.

Sollte er etwa schwul sein?

„Natürlich! Und wie!" meinte ein paar Stunden später mein nächster Besucher, Karl. „Den hab ich doch schon im Park gesehen. Oder in der Oper? Jedenfalls kenne ich das Gesicht. Und wie der mich gerade mit Blicken verschlungen hat, das spricht doch Bände."

Thomas kam von einem Spaziergang auf dem Korridor zurück. Karl schenkte ihm sein strahlendstes Lächeln (bei Olivia Newton-John abgeguckt) und fragte: „Sag mal, Kleiner, kennen wir uns nicht?"

Thomas grinste schüchtern und schüttelte den Kopf. Karl rollte die Augen, zuckte mit den Mundwinkeln, tätschelte meine Hand und flüsterte deutlich hörbar: „Natürlich kenne ich den."

Liebes Tagebuch,

wußtest du, daß Elvis mit einer Nonne einen Sohn gezeugt hat, der jetzt das Erbe von Lisa-Marie Presley bedroht? Daß Michael Jacksons Gesicht langsam zerbröselt? Oder daß Sarah ein Verhältnis mit Stephanie von Monaco hat? Schicksal! All das und mehr habe ich heute aus den diversen Zeitschriften des Lesezirkels erfahren, den diese Klinik abonniert hat.

Ich habe nur noch selten Schmerzen. Doktor Reich-Ranicki, den Pfleger Eric scherzhaft den „Höhlenforscher“ nennt, war bei der gestrigen Untersuchung sehr zufrieden mit mir. Auch Thomas geht es gut. Er hatte heute Besuch von einem jungen Ägypter, den ich aus einer Männerstrip-Show kannte, bei der er mich zutiefst beeindruckt hatte. Er brachte Thomas nicht nur einen Riesenstrauß Lilien, sondern auch die neueste *Bravo-Girl* mit.

Thomas grinste verlegen; ich grinste wissend. Lola und Karl hatten also recht gehabt! „Ja, ja – ich gebe es zu“, sagte Thomas. „Aber ich war mir nicht ganz sicher, ob du auch …“

Ungeheuerlich! Er hatte mich für heterosexuell gehalten! „Das kannst du nur wiedergutmachen“, beschwerte ich mich, „wenn du deinen Bekannten überredest, für uns zu strippen.“

Leider kam der Ägypter nur bis zur Gürtellinie, denn der „Höhlenforscher“ tauchte zur Visite auf. „Ihnen scheint es schon wiederr sehrr gut zu gehen, meine Herren!“ Der Entkleidungskünstler zog schnell sein Hemd wieder an und verabschiedete sich. Dr. Reich-Ranicki untersuchte unsere Schließmuskeln (nacheinander, nicht gleichzeitig) und zeigte sich zufrieden mit dem Heilungsprozeß.

Thomas hatte Schmerzen und beklagte sich: „Wenn das schon mit dem Finger so weh tut …“

„Geduld, nur Geduld“, tröstete ich mit milder Stimme, ganz wie Prinzessin Di, wenn sie Sarah Mut zuspricht.

Nach unserem Coming-out hatten Thomas, den ich jetzt Tom nennen darf, und ich natürlich viel mehr Spaß als vorher. Wir lasen uns gegenseitig aus der Klatschpresse vor („Engelbert eröffnet ein

FKK-Hotel in Mexiko!“, „Steffi heimlich verlobt mit Boris!“) und erzählten uns unsere schönsten und peinlichsten Sex-Erlebnisse. Bei Schmerzen hielten wir uns die Hand. Wir alberten mit Pfleger Eric herum, der das „Liebesposter“ aus der *Bravo-Girl* – einen jungen Jeanstyp ohne Hemd – zu meiner und der Freude aller Schwestern über van Goghs „Sonnenblumen“ hängte. Auf Thomas' Kassettenrecorder lauschten wir Conny Francis und Joy Fleming, bis die Patienten aus Zimmer 12 an die Wand klopften. Thomas' Freund, der Stripper, kam wieder und wurde diesmal nicht unterbrochen. Ich war wieder tief beeindruckt.

Die Zeit verging wie im Fluge.

Am Tag vor unserer Entlassung wurde Sarah nackt mit ihrem Finanzberater erwischt, der gerade an ihren Zehen lutschte. Was kann man schon von einer Frau erwarten, die wahllos mit Stallone und Stephanie rumzieht und mit Koo Stark um die Wette säuft?

Wahrscheinlich hat sie auch noch Hämorrhoiden.

Schicksal!

Reise zum Planeten Porno

Es war eine Zufallsentdeckung. Ich bummelte Donnerstag abends durch die Innenstadt, bester Laune, weil ich Boney M.'s *Nightflight to Venus* für fünf Mark auf dem Wühltisch bei Bilka gefunden hatte, als ich an einem Hinterhof vorbei kam, der mir bisher nie besonders aufgefallen war. Aber hingen da nicht Poster von kaum bekleideten Männern in den Schaufenstern? Das mußte ich mir natürlich genauer ansehen.

Tatsächlich – hinten auf dem Hof, neben zwei Müllcontainern, befand sich der Eingang zu einem „Gay Nonstop Kino“, so stand es in Neon über der Tür. Karl hatte mir schon viel von schwulen Pornokinos und den Dingen, die da im Halbdunkel passieren, erzählt.

(Es wird mir auf ewig ein Rätsel bleiben, wieso Karl, der sieben Monate jünger ist als ich, jeden noch so obskuren Winkel der schwulen Subkultur kennt, während ich immer noch Dinge entdecke, die mir so neu und fremd erscheinen wie Science-fiction ...)

Ich sehe mir die Bilder im Schaufenster an: amerikanische Boys von der Sorte, die Karl immer als „Steak“ bezeichnet, in futuristischen Outfits. Schwarzweiß natürlich, à la Herb Ritts, alles sehr dezent. Der Typ mit der silbernen Lacklederjacke und nichts drunter ist wirklich süß. Und der mit den Weltraumstiefeln und dem metallisch glänzenden Jockstrap eigentlich auch. Vielleicht spielen die ja in dem Film mit, der hier gezeigt wird. Hmm.

Kurzentschlossen trete ich durch die Tür mit der Aufschrift *Kein Zutritt unter 18 Jahren* in einen sehr hell erleuchteten Vorraum, von dem zwei Türen abgehen. Er wirkt überbelichtet, wie aus einer anderen Welt. (Hat David Lynch hier die Lampen aufgehängt?) An der weißen Wand stehen ein Zigaretten- und ein Getränkeautomat, in der Mitte des Foyers ein verglastes Kassenhäuschen. Darin sitzt ein blasser junger Typ mit strähnigem Blondhaar und Freddie-Mercury-Gebiß, der von seinem Buch (*Planet der Verdammten*) aufblickt, als ich hereinkomme.

„Ja?" lispelt er, soweit man dieses Wort lispeln kann.

„Ich weiß auch nicht", sage ich verwirrt. „Ich war hier noch nie. Wie … äh … funktioniert denn das?"

„Du setzt dich entweder in eine der Solokabinen nebenan, oder du kaufst 'ne Kinokarte. Drei Filme gleichzeitig, freie Auswahl."

„Vielleicht probier ich mal eine Kabine aus?"

„Durch die Tür rechts", erklärt der Kassierer und lächelt, was ihm – genau wie unserem seligen Freddie – nicht steht.

Im Nebenraum ist es düster und leer. Die acht Kabinen sehen aus wie Fotoautomaten, in die man einen Fernseher eingebaut hat. Alle sind leer, bis auf die ganz hinten an der Wand, aus der die typischen Pornodialoge zu hören sind: *„You like it, don't you, yeah …"* Ich setze mich in die davon am weitesten entfernte Kabine, verriegele die Tür und studiere die Gebrauchsanweisung. Durch Münzeinwurf schaltet man den Fernseher ein, dann hat man 16 Programme zur Auswahl. Ich werfe zwei Mark ein und beginne durchzuschalten: muskelgeblähte Amis, pickelige Franzosen, auf Kanal 14 eine Frau (huch!) mit einem Vibrator. (Hängen Schamlippen eigentlich immer so weit raus?) Das letzte Programm gefällt mir am besten. Zwei Jungs in einer Scheune bumsen einen Kürbis. Das hat was.

Plötzlich Fliegeralarm! So hört es sich jedenfalls an. Ich erschrecke furchtbar, bevor ich begreife, daß das Signal nur bedeutet, daß die Zeit abgelaufen ist und ich mehr Geld einwerfen muß. Ich verzichte auf den Rest der Gemüseschändung und verlasse die

Kabine. Gleichzeitig kommt ein Mann mit Bart aus der Kabine ganz hinten. Er greift nach meinem Arm und sagt verschwörerisch:

„Ich trage eine Gummihose unter meinen Jeans."

„Ach was?"

„Ich kann aufs Klo gehen, ohne daß es irgend jemand merkt."

Ich stutze.

Der Bärtige kneift die Augen zusammen und stöhnt: „Jetzt zum Beispiel. Ah – jetzt wird es schön warm."

Ich renne zurück ins Foyer. Der Kassierer unterhält sich mit einem bebrillten Lockenkopf, der österreichischen Dialekt spricht. Ich scheine zu stören, kaufe aber trotzdem eine Kinokarte. „Durch die Tür links", lächelt der Kassierer, bevor er sich wieder dem Österreicher zuwendet.

Nach der Helligkeit des Vorraums wirkt das Kino völlig schwarz. Nur langsam gewöhne ich mich an die Dunkelheit, durch die Schatten zu huschen scheinen. Es gibt zwei kleine „Kinos" – Zimmer mit einem Fernseher und ein paar Stühlen darin – und ein größeres mit einer Videoleinwand und sechs Sitzreihen.

In einem der kleinen Räume läuft ein Pädofilm, in dem ein magerer, schwarzer Teenager einen noch dünneren, weißen Teenager beglückt – in einem scheußlichen Hotelzimmer mit geblümter Tapete und orangefarbenen Vorhängen. Im flimmernden Licht der Mattscheibe sitzen zwei alte Männer. Der eine sieht aus wie ein pensionierter englischer Landarzt, mit Tweedjacket und Weste. Auf seinem Schoß liegt ein Trenchcoat, unter dem sich langsam und rhythmisch etwas bewegt. Mit der anderen Hand raucht er genüßlich eine Pfeife, deren aromatischer Qualm in der Luft hängt. Der andere alte Herr ist ein knorriger, südländischer Großvater, der mit gefalteten Händen zufrieden dasitzt, als beobachte er die Ziegen beim Weiden im sanften Lichte des sizilianischen Sonnenunterganges. Ab und zu murmelt er anfeuernd italienische Obszönitäten in Richtung des Fernsehers.

Im Nebenraum läuft ein amerikanischer Film mit einer muskelbepackten Besetzung, die wirkt, als hätten sich alle Superhelden aus den Marvel- und DC-Comics zu einer Orgie in einer Holzhütte versammelt – ohne ihre albernen Kostümchen natürlich. Gerade besorgt Superman es Thor von hinten, während der Silver Surfer an Robins Schwanz lutscht und Spiderman mit Captain Americas Brustwarzen spielt. Der Film zieht mehr Zuschauer an als die knochigen Teens nebenan. Ich sehe einen modischen Szene-Typen mit Ziegenbärtchen und Baseballmütze, einen großen Schwarzen und verschiedene Herren im Anzug, die aussehen, als seien sie direkt von einer Vorstandssitzung ins Pornokino geeilt. Einer dieser grauen Männer greift nach dem großen orthodoxen Kruzifix, das ich – als Mode-Accessoire – an einem Lederband um den Hals trage.

„Bist du religiös?“ flüstert er kaum hörbar und legt eine Hand auf meinen Hintern. Blasphemie scheint ihn anzutörnen.

In normaler Lautstärke antworte ich: „Laß mich Madonna zitieren, die dereinst sprach: ‚Ich trage Kreuze, weil sie geil sind, schließlich hängt da einer nackter Mann dran.‘“

Entsetzt weicht der Anzugträger zurück, alle im Raum starren mich an. Ich habe ein Tabu gebrochen. Hier wird nicht laut gesprochen. Ich flüchte vor den vorwurfsvollen Blicken in das große Kino.

Hier stehen mehr Leute an den Wänden entlang als in den Reihen sitzen. Ihre Hände stecken ungewöhnlich tief in den Hosentaschen. Die Leinwand ist die einzige Lichtquelle, flackernd und unwirklich – Spielberg-Licht. Alle verhalten sich so, als seien sie eigentlich gar nicht hier, sondern in Trance, in einer anderen Dimension. Die Stimmung ist fast unheimlich. „Carol-Ann, geh nicht in das Licht“, möchte ich unwillkürlich rufen. Statt dessen setze ich mich und sehe mir den Film an.

Er spielt auf der Kommandobrücke eines Raumschiffes, das der Enterprise nachempfunden ist. Die Kulissen sind aus Pappe und wackeln. Die Darsteller tragen gelbe T-Shirts und rote Damenstrumpfhosen. (So stellt sich wohl ein Pornoproduzent mit wenig Geld Weltraumuniformen vor.)

Gerade bringt der erste Offizier einem neuen Mannschaftsmitglied Disziplin bei, als sich der Captain dazubeamt. Er trägt nichts außer einer stattlichen Erektion, mit der er sich umgehend an der Disziplinierung beteiligt.

Ein Mann setzt sich neben mich. Ich schiele unauffällig (glaube ich) zu ihm rüber. Er sieht aus wie ein typischer Sparkassenangestellter aus einer Allgäuer Kleinstadt. Seine Finger krabbeln an meinem Bein hoch.

„Ich wohne ganz in der Nähe", zischt er mir ins Ohr. Gleichzeitig findet seine Hand meinen Schwanz.

„Ich glaube, das lassen wir lieber", zische ich zurück und stehe auf.

Eine Reihe vor mir hat jemand die Hosen runtergelassen und holt sich seelenruhig einen runter. Der Sparkäßler bemerkt das auch und setzt sich neben den Exhibitionisten. Bald liegt sein Kopf in dessen Schoß, mit dem Gesicht nach unten. Ich brauche eine Erfrischung und gehe hinaus in die Halle, um mir ein Bier aus dem Automaten zu ziehen.

Eine Überraschung erwartet mich: Im Kassenhäuschen steht der Österreicher, nackt und – wie ich erfreut bemerke – hübsch durchtrainiert. Vor ihm kniet der Kassierer. Mit rotem Kopf lutscht er am alpenländischen Penis. Hoffentlich tut das nicht weh mit diesen Hasenzähnen. Naja, sieht nicht so aus.

„Entschuldigung", sage ich, „bin ich versehentlich in die Peep-Show geraten und muß jetzt nachzahlen?"

Der Kassierer erklärt verlegen: „Das mache ich sonst nicht, aber der Franz muß heute abend noch den Zug nach Wien kriegen. Wir haben uns gerade hier kennengelernt, und wenn wir's jetzt nicht tun, gibt es keine Gelegenheit mehr; meine Schicht geht bis eins."

„Heißt das, du treibst es mit den Kunden? Ist das nicht geschäftsschädigend?"

„Glaub ich nicht", meint der Kassierer. „Willst du mitmachen?" Auffordernd reißt er sein Jeanshemd auf. Alle Knöpfe springen ab. „Oh Scheiße, ich dachte, ich hätte heute das mit den Druckknöpfen an!" schimpft er.

Franz rollt mit den Augen und murmelt: „Gott der Gerechte." Ich ziehe mein Bier und gehe wieder ins Kino.

Die Situation erscheint mir immer unwirklicher. Die Leute benehmen sich so enthemmt, daß es ans Absurde grenzt. In einer dunklen Ecke steht ein Rothaariger in einer Windjacke, der seinen großen, gekrümmten Schwanz reibt und mir auffordernde Blicke zuwirft. Dann saugt er suggestiv an seiner Zigarette und leckt sich die Lippen. Der Bärtige aus der Kabine streicht an mir vorbei und flüstert: „Jetzt wird's wieder warm!" Auf der Enterprise feiern die bestrumpfhosten Besatzungsmitglieder inzwischen eine Verbrüderungsparty mit den Klingonen. Die Klingonen sind Schwarze mit blau gefärbten Haaren. (So stellt sich also ein Pornoproduzent mit Null-Budget Außerirdische vor.) Der Film erinnert mich an „Schweine im Weltall" von der *Muppet Show.*

Im Publikum findet sich mittlerweile kaum ein Schwanz, der sich nicht aus der Hose geschmuggelt hätte. Aber Kontakte gibt es kaum. Die Leute wichsen einsam vor sich hin, schielen mal den Nachbarn an, finden aber nicht zueinander. In der verrauchten Luft liegt verzweifelte Hoffnung, aber die wenigsten wagen, die Grenzen zu überschreiten. Jeder ist auf seinem eigenen Planeten. Was geschähe, wenn all die Träume und Sehnsüchte dieser Männer sich materialisieren würden? Stiegen die Pornodarsteller von der Leinwand und küßten die Zuschauer aus ihrer einsamen Trance wach? Aber so was passiert nur in Woody-Allen-Filmen und nimmt selbst da ein schlechtes Ende.

Meine sentimentalen Gedanken treiben mich aus dem Kino. Im Kassenhäuschen, im gleißenden Licht, hinter Glas, küßt der Kassierer seinen Franz.

„Willst du nicht doch mitmachen?" fragt er luftschnappend.

Ich zögere, nicke und gehe in das Licht.

Gewalt gegen mich

Gewalt gegen Schwule ist wie Haarausfall. Man hört davon und liest darüber, aber man glaubt einfach nicht, daß es einen selbst treffen könnte. Gut, wir sind alle schon angepöbelt worden, das gehört zum schwulen Leben wie Lucia di Lammermoor, Tea-Dance und Barbra Streisand. Leider.

„Ich finde das toll, wenn mich einer blöd anlabert in der Öffentlichkeit", erzählt mir Karl. „Ich mache dann immer ein Riesendrama – wie Zsa Zsa Gabor bei ihrer Verhaftung wegen Trunkenheit am Steuer. Das schlägt den abgebrühtesten Homo-Anpöbler in die Flucht. Nach solchen Szenen fühle ich mich in meiner schwulen Identität bestätigt. Und der Adrenalinstoß kommt fast so gut wie Poppers, Baby."

„Aber was tust du, wenn dich jemand tätlich angreift?" frage ich.

Karl nimmt einen Schluck Sherry und rollt die Augen: „Ich schreie ‚Vergewaltigung!'"

Wir unterhalten uns in einer netten, kleinen schwulen Bar in der Innenstadt und warten auf Lola, die – nach monatelanger, unfreiwilliger Enthaltsamkeit – einen Liebhaber gefunden hat, den sie uns heute präsentieren will. Das Thema „Gewalt gegen Schwule" kam auf, als der kombinierte Barkeeper und Disc-Jockey eine Platte von Peter Maffay auflegte, was Karl als sinnlose Grausamkeit und persönlichen Angriff auffaßte.

Die Türe fliegt auf und Lola rauscht herein: eine Versuchung in beige, von den Pumps über den Trench bis zum Turban.

„Wie sieht die denn aus!“ zischt Karl in mein Ohr. „Als ob sie eine Bleyle-Boutique ausgeraubt hätte!“

„Darlings, es ist unfaßbar!“ stöhnt Lola statt einer Begrüßung, plumpst sehr undamenhaft in einen Stuhl und wedelt die Bedienung herbei: „Einen dreifachen Minzlikör, aber schnell!“

„Minzlikör? Bist du schwanger?“ fragt Karl.

„Halt die Klappe, Karl!“ befehle ich, greife nach Lolas Hand und frage sie, was geschehen sei und vor allem: „Wo ist dein Freund?“

„Zusammengeschlagen! Liegt seit heute abend im Krankenhaus. Gebrochene Nase, blaue Augen, Gehirnerschütterung, Rippenbrüche. Gewalt gegen Schwule! Seine Mutter hat mich gerade angerufen. Ich bin verzweifelt. Extra für ihn habe ich mich neu eingekleidet. Wollte ihn heute abend mit etwas Damenhaftem überraschen. Helmut mag seine Frauen elegant, sagt er immer.“

„Halt mal an“, unterbricht Karl. „Hast du gerade gesagt, Gewalt gegen Schwule? Dein Freund heißt Helmut und ist schwul?“

„Ja, er heißt Helmut (sieht aber nicht so aus) und nein, er ist natürlich nicht schwul!“ Genervt zündet sich Lola eine filterlose Gauloise an. „Er hat seinen Bruder zum Zug gebracht, ihn auf dem Bahnsteig umarmt und ihm zum Abschied einen Kuß gegeben. Das haben irgendwelche Schläger beobachtet, sind Helmut ins Parkhaus gefolgt und haben ihn aufgemöbelt, als er gerade ins Auto steigen wollte. Danach haben sie ‚schwule Sau‘ auf die Windschutzscheibe gesprüht – in rosa! – und die Scheinwerfer eingetreten.“

Karl und ich sind sprachlos. Lola kippt ihren Minzlikör und schweigt, was bei ihr sehr selten vorkommt.

„Wir haben gerade über Gewalt gegen Schwule gesprochen“, sage ich. „Aber daß jetzt schon Heteros vom Schwulenklatschen betroffen sind, ist wirklich absurd.“

„Demnächst werden sie noch Omis niederschlagen, die ihre Enkelinnen küssen – als Pädo-Lesben“, murmelt Karl.

„Mir ist nicht zum Witzeln zumute“, sagt Lola leise und steht auf. „Ich gehe nach Hause und lese Foucault. Das beruhigt.“

„Hast du's mal mit einer Folge *Derrick* auf Video versucht? Besser als Valium“, rät Karl.

Lola lächelt müde und küßt uns beide zum Abschied. „Wenn ihr mich morgen erreichen wollt, ich bin bei Helmut im Krankenhaus.“ Im Hinausgehen zieht sie sich den beigen Turban vom Kopf und kratzt geistesabwesend an ihren blondgefärbten Stoppeln.

„Viel besser!“ ruft ihr Karl nach. „Der Ayatollah-Look ist nichts für dich!“

Eine Stunde und zwei Bier später brechen wir auch auf. Die Bar schließt, wir waren die letzten Gäste. Karl steigt in ein Taxi („Meine Omi hat mir nämlich mal wieder einen Scheck geschickt, Baby“), und ich gehe zu meinem Fahrrad, das ich hundert Meter weiter in einer dunklen Hofeinfahrt geparkt habe.

Als ich mich bücke, um das Schloß zu öffnen, spüre ich, wie mir jemand auf die Schulter klopft. Ich drehe mich um. Im gleichen Moment kracht etwas Metallenes gegen meinen Kiefer. Ich fühle, wie meine Schneidezähne brechen und die Splitter sich im ganzen Mund verteilen.

„Schwule Sau!“ zischt es aus dem Dunkel.

Wie in Zeitlupe sehe ich einen Stiefel auf mich zufliegen, in Schulterhöhe. Ich weiche aus. Zwei Paar Arme greifen mich von hinten, während von vorne Tritte und Schläge hageln. Ich suche mit der Zunge meine Schneidezähne und kann einfach nicht fassen, daß sie nicht da sind. Eine Faust mit Schlagring trifft mein Schlüsselbein. Der Schmerz macht mich wach, ich begreife, was eigentlich los ist.

Schemenhaft erkenne ich zwei Gestalten, jung, in Baseballjacken. Der eine drischt auf mich ein wie Rocky, der andere trainiert Van-Damme-Tritte gegen meinen Oberkörper – er versucht, mein Gesicht zu treffen. Sind das große Kinder, die Brutalo-Videos nachspielen, wie ich früher *Bezaubernde Jeannie* und *Enterprise* gespielt habe? Was habe ich denen getan? Was wollen sie?

Nichts. Sie hassen mich, weil ich aus einem Schwulenlokal gekommen bin. Ich denke kurz an Lolas Freund im Krankenhaus. Mir dämmert, daß ich mich wehren muß, sonst wird mich morgen meine eigene Mutter nicht wiedererkennen. Angst und Wut mischen sich zu ungeahnter Kraft. Ich reiße mich los, stoße die beiden hinter mir gegen mein Fahrrad und werfe mich mit meinem ganzen Körpergewicht gegen die beiden Schläger vor mir. Der Kickboxer verliert die Balance, der andere packt mich am Jackenkragen. Ich winde mich aus der Jacke, stoße blind mit den Ellenbogen nach hinten und renne. Endlich gelingt mir ein Schrei, unartikuliert, viel zu leise. Ich hechte um die Ecke, höre Flüche und Laufschritte hinter mir. Vor mir eine Gruppe Touristen auf der ansonsten menschenleeren Straße – Rettung! Ich laufe auf sie zu. Meine Verfolger drehen ab. Eine Touristin fängt an zu kreischen. Kein Wunder, ich muß fürchterlich aussehen.

„Jo wos isn mit eana gschen?“ fragt ein fetter Mann.

Aha, Bayern. Hoffentlich keine REP-Wähler, sonst kriege ich vielleicht gleich noch eins auf die Fresse. Ich erkläre lispelnd und zischend – reden ohne Schneidezähne will gelernt sein – was passiert ist.

„Mir hom nix gsen“, sagt der Dicke bedauernd und bietet an, die Polizei zu rufen. Ich stelle mir vor, wie in ihrer Nachtruhe gestörte Ordnungshüter mich ungeduldig fragen, *weshalb* ich überhaupt zusammengeschlagen wurde. Im Geiste sehe ich einen Uniformierten mit dem Zeigefinger wackeln und sagen: „Warum gehen Sie auch in solche Lokale? Ts, ts.“

Nein, ich will keine Polizei. Ich will nur nach Hause, Abba auflegen und alles vergessen. Bei *I Have a Dream* einschlafen, morgen früh aufwachen und feststellen, daß die Schlägerei nur ein böser Traum war.

Die Bayern bringen mich zu meinem Fahrrad. Die Reifen sind aufgeschlitzt. Ich denke: „Gut, daß sie das Messer nicht an mir ausprobiert haben“. Meine Jacke ist weg. Ich denke: „Gut, daß ich nicht den teuren Lederblouson anhatte.“ Positives Denken um jeden Preis.

Der fette Mann ruft mir ein Taxi.

Zu Hause vor dem Spiegel: Mein Gesicht ist weiß von Stirn bis Nase, darunter bläulich. Ich versuche ein Lächeln mit geschwollenen Lippen. Oh Gott, wie Ingrid Steeger als Tochter der „Klimbim"-Familie. Zahnlücken sind in dieser Saison definitiv nicht *en vogue*, fürchte ich. Mein Adrenalinspiegel liegt immer noch weit über dem gesetzlich vorgeschriebenen Grenzwert. Ich tigere stundenlang in der Wohnung auf und ab, bis ich endlich aufs Bett falle und einschlafe.

Im Traum erlebe ich alles noch einmal, aber etwas anders: Wie Popeye strecke ich meine vier Angreifer nieder, bündele sie mit einem Strick und schleife sie zur Polizei. Olivia Oil applaudiert. Ein Richter, der aussieht wie Kater Karlo, haut den Schlägern mit seinem Hammer auf den Nasen herum und verdonnert sie zu zwanzig Jahren Zwangsarbeit – in einem türkischen Zuchthaus. Schreiend werden sie von Tick, Trick und Track in einen vergitterten Polizeiwagen geschleppt. Die Türen knallen zu. Jemand hat Blechbüchsen an die Stoßstange gebunden und ein blumenumkränztes Schild: „Just verurteilt!"

Grinsend wache ich auf. Meine Zunge tastet vergebens nach den Schneidezähnen, und sofort ist meine gute Laune verflogen. Wenigstens kann ich klar denken und zittere fast nicht. Ich rufe das schwule Überfalltelefon an und melde, was mir passiert ist.

„Wenn du die Typen nicht beschreiben kannst, können wir nichts machen", sagt eine geduldige, beruhigende Stimme.

Wenn ich ihnen morgen im Supermarkt begegnete, würde ich sie nicht wiedererkennen. Es ging alles viel zu schnell. Man rät mir trotzdem zu einer Anzeige, „damit die Dunkelziffer der Gewaltdelikte gegen Schwule nicht noch mehr steigt." Vielleicht gehe ich zur Polizei – irgendwann einmal. Aber das bringt mir meine Zähne auch nicht wieder. Der Zahnarzt sagt, sie sind nicht ausgeschlagen, sondern nur abgebrochen. Man kann Kunststoffplomben oder Kronen auf die Stümpfe setzen. Ich muß also nicht lebenslang als Gaby Klimbim herumlaufen. Glück gehabt.

Als nächstes zum Hausarzt, nachsehen, ob etwas gebrochen ist.

„Nur Prellungen“, sagt er. „Letzte Woche hatte ich einen Patienten, der wurde mit Eisenstangen verprügelt. Dagegen sind sie das blühende Leben.“ Glück gehabt.

Glück? Ich muß mit dieser verkrampft optimistischen Haltung aufhören. Pech habe ich gehabt, und was für welches!

Karl kommt vorbei, tröstet mich und macht mir ein spätes Frühstück. Grießbrei, wegen meines geschwollenen Mundes.

„Steht dir gut, dieser extreme Bardot-Look, Baby. Du hattest schon immer zu schmale Lippen. Vielleicht solltest du ein Lippenimplantat aus Silikon in Erwägung ziehen.“

Zum ersten Mal, seit ich ihn kenne, kann Karl über einen seiner Witze nicht lachen.

TURNEN MIT TARZAN

Bobby Brown war der Auslöser. Was für ein knackiges, schlankes Kerlchen war Whitney Houstons Gatte doch noch vor zwei Jahren. Und jetzt das: Schwammig und aufgedunsen hopst Bobby durch seinen neuesten Video-Clip. So schnell kann es gehen!

Karl ist entsetzt. „Baby, der sieht ja aus wie Mahalia Jackson!"

„Vielleicht kocht Whitney so gut", rätsele ich und angele die letzte Gelee-Banane aus der Packung, die zwischen mir und Karl auf dem Sofa steht. Es ist einer dieser verregneten Samstage, an denen wir uns sinn- und ziellos durch die TV-Kanäle zappen, bis wir schließlich bei MTV hängenbleiben und auf Clips von Jason Donovan oder Marky Mark warten.

Auf dem Bildschirm steht Bobby Brown mit einer gertenschlanken, schwarzen Schönen unter einem tropischen Wasserfall. Ihre Hände streicheln über seinen fleischigen Rücken. Karl springt schreiend auf und rennt ins Badezimmer. Ich laufe ihm nach und finde ihn vor dem Spiegel. Er hat seinen Pullover hochgezogen und fixiert seinen flachen Bauch wie die sprichwörtliche Schlange das Kaninchen.

„Bin ich fett?" Karl stellt sich ins Profil. „Oh Gott, mein Bauch steht regelrecht vor! Ich sehe noch schlimmer aus als Herr Brown!"

Karl steigt aus seinen Jeans und zupft an seinen schlanken Schenkeln. „Orangenhaut! Fettpolster!" Er zieht seine Donald-Duck-Boxershorts aus und schlägt sich mit der flachen Hand auf den Hintern. „Siehst du das, Baby? Es wabbelt! Wie Götterspeise!" Karl knöpft mein Hemd auf und kneift mir in die linke Brustwarze. „Ha! Weich! Keinerlei Muskelstruktur! Dein Körper ist mindestens genauso mies wie meiner. Wir müssen was tun."

„Bloß wegen Bobby Brown?"

„Du solltest ihm dankbar sein. Er hat mir die Augen geöffnet. Morgen kaufe ich alle seine Platten. Und melde uns in einem Fitness-Studio an."

„Aber wir brauchen das nicht, Karl! Du bist schlanker als Karen Carpenter. Ich jogge einmal pro Woche und mache jeden Morgen 15 Minuten Aerobic mit meinem Jane-Fonda-Video!"

„Das ist nicht genug. Wir haben keine Muskeln. Und Muskeln sind für die Neunziger, was Schlaghosen für die Siebziger waren: unverzichtbar!"

Ich habe Sport schon in der Schule gehaßt. Glühend beneidete ich meine Mitschülerinnen, die jederzeit ihre Periode vorschieben konnten. Sie machten es sich mit einem Enid-Blyton-Buch am Rande des Sportplatzes gemütlich, während ich jahrein, jahraus von sadistischen Sportlehrern gequält wurde. Und jetzt will Karl mich zum Turnen zwingen. Dabei bin ich eigentlich ganz zufrieden mit meinem Körper. Naja, vielleicht könnten die Hüften ein wenig geschmeidiger sein. Und die Arme etwas kräftiger. Der Bauch definierter, die Schenkel schlanker, der Brustkasten muskulöser. Schon gut, schon gut – also auf ins Fitness-Studio!

Karl hat ein Etablissement ausgesucht, das nur zwei Straßen von meiner Wohnung entfernt liegt. Es ist nicht gerade elegant, aber auch nicht so absurd teuer wie die in pink und türkis eingerichteten Studios im Stadtzentrum.

Ich bin vor dem Eingang mit Karl verabredet. Wie immer läßt er auf sich warten. Ich gehe schon mal vor in den Umkleideraum, in dem es nach alten Turnschuhen und verschwitzter Sportkleidung riecht. Ich bin ziemlich verkrampft. Der Geruch erinnert mich an den Schulsport, an Klassenraudis, die mit feuchten Handtüchern nach mir schlugen, meine Turnhose runterzogen oder meine Strümpfe ins Klo stopften.

Eine ganze Seite des rechteckigen Raumes ist verspiegelt, gegenüber führt eine Tür zur Dusche, aus der gedämpftes Singen erklingt. An den Wänden entlang stehen orange gestrichene Metallspinde. Außer mir gibt es hier nur einen älteren Herrn in rosa Radlershorts und engem, blauen Trägerhemdchen, der gerade unter Schnaufen und Stöhnen seine neongrünen Turnschuhe zuknotet. Er hat einen monströsen Bierbauch, einen Stiernacken und Arme, die die Dicke meiner Schenkel aufweisen. Ich seufze und hänge meine Jacke in einen Spind. Der Bierbauch schiebt sich wortlos hinaus.

Ich ziehe mich um: graue Shorts und ein altes T-Shirt mit einem Bild von Christine Kaufmann und der Aufschrift „Schönheit kommt von innen". Plötzlich schwingt die Tür zur Dusche auf, Dampfschwaden füllen den Raum und aus dem Nebel tritt eine Vision mit nichts als einem winzigen Handtuch um die schmalen Hüften: Tarzan! Der aus dem Film mit Bo Derek. Wallendes Blondhaar fällt auf seine breiten Schultern, Wassertropfen perlen über seine Heldenbrust, glitzern im Bauchnabel. Er lächelt strahlend in den Spiegel, spannt den einen oder anderen Muskel an, dreht und wendet sich, schüttelt seine Mähne, streicht sich über die Flanken und zuckt mit den Brustmuskeln. Zufrieden mit sich flirtet er sein Spiegelbild an. Mich nimmt er nicht wahr. Ich starre und fühle mich wie einer der sieben Zwerge. Der häßlichste und kleinste von ihnen.

Als ich gerade angesichts dieses Wunders von Männlichkeit und Schönheit den Beschluß fasse, nur noch verschleiert und im Kaftan herumzulaufen, tritt Karl ein, sieht Tarzan, läßt mit lautem Knall seine Sporttasche auf die Bodenkacheln fallen und ruft: „Hier sind wir richtig!"

Wenig später macht der etwa fünfzigjährige, unattraktive Besitzer des Studios mit uns einen Rundgang. Er heißt Willi, aber: „Meine Freunde nennen mich Rambo", erklärt er und boxt Karl freundschaftlich in die Seite.

„Autsch!“ quietscht Karl.

Rambo hat offensichtlich irgend etwas falsch gemacht beim Bodybuilding, denn er wirkt wie verwachsen. Auf seinen Schultern häufen sich die Muskeln fast zum Buckel, seine gigantischen Arme enden in bratpfannengroßen Händen, der Bauch hängt ihm über die blaue Turnhose. Er balanciert seinen massigen Oberkörper auf streichholzdünnen, weißen Beinchen. Jeden Moment erwartet man, daß er sich wie ein Gorilla mit den Händen am Boden aufstützt.

Rambo hat sein Studio schon in den siebziger Jahren eröffnet, was man unschwer am Dekor erkennt. Beige, braun und orange sind die vorherrschenden Farben. An den Wänden hängen Bodybuilderfotos in Rahmen aus Mahagoni-Imitat. In jedem der drei Trainingsräume ist eine Wand verspiegelt. Es gibt die verschiedensten Hanteln und diverse Maschinen, die uns Rambo geduldig demonstriert. Danach stellt er uns seine Frau vor, die an der Bar bedient: braungebrannt, blondgesträhnt, sehnig vom Hals zu den Fesseln. Ihr Spitzname sei Cynthia, sagt sie, nach Cynthia Rothrock, der Kickboxerin, deren Foto (mit Autogramm) über der Bar hängt.

„Eigentlich heißt sie Erna“, verrät uns Rambo/Willi, zündet sich eine HB an und läßt sich von seiner Frau ein Bier geben. „Wir nehmen das hier nicht so genau, von wegen gesund leben und so. Man muß sich auch was gönnen können. So Studios, wo es an der Bar bloß Gemüsesäfte und Eiweißdrinks gibt, das ist doch schrecklich“, meint er.

Vor der Theke sitzen junge, dauergewellte Hausfrauen in bunten Bodystockings, die Karl und mich anlächeln. Wir fliehen und beginnen mit dem Training.

Während ich Streckübungen mache und mich aufwärme, beobachte ich die Leute im Studio. Sie scheinen alle eine Vorliebe für unvorteilhaft enge Sportkleidung mit bunten Neonmustern zu haben. Auch Tatoos sind äußerst angesagt. Ein schnauzbärtiger Typ, der in einer gewagten zitronengelben Kombination neben mir hantelt, hat auf den rechten Oberschenkel Obelix samt Hinkelstein tätowiert. Karl flüstert rollenden Auges: „Der tut mir sehr leid.“

Einzig der Tarzan aus der Dusche, der inzwischen mit Bizepsübungen angefangen hat, trägt gedeckte Farben. Seine Muskeln drohen bei jeder Bewegung sein weißes T-Shirt zu sprengen. Karls Augen saugen sich an Tarzans schwarzer, sehr kurzer, sehr enger Trainingshose fest. „Baby, dieser Hintern! Damit könnte er Nüsse knacken."

Ich überlasse ihn seiner Schwärmerei und gehe in den Raum nebenan. Dort liegt ein rothaariger, sommersprossiger Teenager auf einer Bank und stemmt eine riesige Hantel, wobei er inbrünstig stöhnt. Überhaupt grunzen, schreien und stöhnen die Trainierenden hemmungsloser als Ryan Idol beim Abspritzen. Als der Rotschopf mit seinen Brustübungen fertig ist, lege ich mich auf die Bank und wuchte die Hantel in die Höhe. Nach dem zweiten Mal fangen meine Arme an zu wackeln, als seien sie aus Gummi. Ich bekomme die Hantel nicht mehr hoch genug, um sie in dem dafür vorgesehenen Gestell abzusetzen. Mir bleibt nichts übrig, als sie auf meine Brust zu legen und zu hoffen, daß meine Kräfte irgendwann wiederkehren.

Festgeklemmt und hilflos liege ich da und schäme mich, bis eine Klimakteriums-Amazone sich mit gespreizten Beinen hinter die Bank stellt, die Hantelstange packt und sie mit einem Urschrei von meinem Brustkasten wuchtet.

„He Partner, hast dich wohl übernommen", meint sie und streckt mir ihre Hand hin: violett lackierte lange Nägel, fingerlose zartlila Gewichtheberhandschuhe. Dazu trägt sie Stirnband, Leggings und Bodystocking in neonpink sowie hellblaue Schuhe. Bei ihrem Händedruck schreie ich unwillkürlich auf. Sie haut mir auf die Schulter: „Ich bin Else. Du mußt noch viel lernen."

Dann zeigt mir Else ein von ihr selbst ausgearbeitetes Brusttrainingsprogramm mit Maschinen und Hanteln. Sie ist eine strenge, aber gerechte Lehrerin und liebt es, mich im Kasernenhofton anzufeuern: „Und hoch mit dem Gewicht! Noch mal! Noch mal!"

Nach einer halben Stunde Drill muß Else gehen, sie hat noch einen Seidenmalerei-Kurs an der Volkshochschule. Ich bin beeindruckt, hier so freundliche, hilfsbereite Menschen wie sie vorzufinden. Ob die alle so gerne Neulingen den Weg weisen? Meine Augen wandern zu Tarzan, der gerade breitbeinig in der Oberschenkelmaschine sitzt. Das T-Shirt klebt ihm inzwischen feucht am Oberkörper. Ob ich den mal bitte, mir bei meinem Gesäßtraining zu helfen?

Karl, der neben mir mit zittrigen Armen eine Hantel über seinen Kopf stemmt, zischt zwischen röchelnden Atemzügen: „Laß die Finger davon! Das ist ein Sportstudio, keine schwule Disco!"

Rambo kommt vorbei und fragt: „Alles okay soweit?"

„Noch", keucht Karl, die Hantel hoch über seinem Kopf balancierend. Ich kann nicht widerstehen und kitzele ihn unter den Armen. Kreischend läßt er mir die Hantel vor die Füße krachen. „Baby, du bist in einer gefährlichen Stimmung! Das Training scheint bei dir einen Hormonüberschuß auszulösen."

Tatsächlich, seit dem Drill mit Else fühle ich mich voller Energie, stark, vital, unbesiegbar. Ich fühle Muskeln an Stellen meines Körpers, an denen ich nie welche vermutete. Mit erhobenem Kinn und gesenkten Augenlidern gehe ich auf Tarzan zu. Ich will diese steinharten Brüste anfassen, diesen Granitarsch liebkosen. Mit einem heißen, zweideutigen Blick, der Sharon Stone wie eine Nonne aussehen läßt, frage ich ihn, ob er mir beim Training meines Hinterns behilflich sein könne. Der Hüne ist keineswegs schockiert. Er bleibt sachlich und freundlich und macht mir einige Po-Übungen vor. Dabei ermutigt er mich, meine Hand auf seinen Hintern zu legen, um zu fühlen, welche Muskelgruppe von der jeweiligen Übung beansprucht wird. Zitternd und mit unregelmäßigem Herzschlag berühre ich die zwei perfekten Halbkugeln. Karl, der ein paar Schritte entfernt seine Schultern trainiert, starrt mit offenem Mund zu uns herüber und läßt zum zweitenmal seine Hantel fallen. Diesmal landet sie auf seinem linken Fuß. Gestützt von Rambo schleppt sich Karl jammernd in den Umkleideraum.

Mich läßt sein Mißgeschick angesichts von Tarzans Hintern ziemlich kalt. Ich konzentriere mich ganz auf diese fleischgewordene

Porno-Phantasie. Tarzan demonstriert mir als nächstes sein Oberschenkelprogramm. Während er keuchend in der Maschine sitzt und seine Schenkel auseinanderpreßt, darf ich fühlen, wie sich die Muskeln anspannen. Meine feuchten Hände zittern auf Tarzans Schenkeln. Sein Schweiß vermählt sich mit meinem. Ich sehe ihn an: die klassische Nase, die eleganten Wangenknochen, die blauen Augen, die Wölbung in seiner Sporthose. Das muß Liebe sein!

Karl klopft mir auf die Schulter: „Baby, ich gehe nach Hause. Ich glaube, ich habe mir diverse Zehen geprellt.“

„Ja, ja, ist gut. Stör mich jetzt nicht, ich lerne gerade, wie man solche Beine bekommt.“

Das war vor einem Monat. Seither habe ich fleißig trainiert. Tarzan, dessen richtiger Name (leider) Eugen ist, treffe ich täglich im Studio. Ich könnte den Rest meines Lebens damit verbringen, Eugens Muskeln zu befühlen – Stahl unter Samt. Ich fiebere den Stunden im Fitness-Studio entgegen und male mir aus, wie Eugen und ich Ringe tauschen und bis an unser seliges Ende gemeinsam trainieren. Die Wirklichkeit, wie Zarah Leander singen würde, sieht leider anders aus.

Letzte Woche gingen Eugen und ich vegetarisch essen. Ich mußte feststellen, daß Eugen, der zur Zeit die Polizeischule besucht, außer an Martial-Arts-Filmen, Wrestling, der Musik und den Brüsten von Cher nur an seinem Körper interessiert ist. Nicht etwa an Männerkörpern überhaupt, sondern wirklich nur und ausschließlich an seinem eigenen. Leute wie mich, deren Brustumfang eher dem von Theo Lingen als dem von Sylvester Stallone entspricht, nimmt Eugen gar nicht als Männer wahr, sondern als geschlechtsunspezifische Wesen, die nur dazu da sind, ihn zu bewundern und zu beneiden. Seit diesem Abendessen trainiere ich um so härter, um Eugens Ansprüchen zu genügen und von ihm als gleichwertig anerkannt zu werden. Ich will ihn nicht nur haben, ich will so sein wie er. Es macht mich fast wahnsinnig, daß ich noch immer keinen Muskelzuwachs an meinem Körper feststellen kann.

Karl findet, ich übertreibe. Seine Zehen sind geheilt, und er kommt wieder zum Training, allerdings nur zweimal in der Woche. Ich dagegen würde im Studio übernachten, wenn Rambo mich ließe.

Eines Abends – Karl ist gerade bei mir zu Gast – kommt es zwischen uns zum Eklat. Ich stehe in Calvin-Klein-Unterhosen direkt unter der Deckenleuchte meines Badezimmers (harte Schatten betonen die Muskeldefinition), halte die Luft an und starre in den Spiegel.

„Karlchen, habe ich schon einen Waschbrettbauch?" frage ich. „Sag schon, wie sehe ich aus?"

Karl, der nebenan in der *Vanity Fair* blättert, wirft einen prüfenden Blick ins Bad: „Wie immer. Nur verkrampfter. Und du hast einen Pickel auf der rechten Schulter."

Ich atme aus und verschränke die Arme hinter meinem Kopf. „Wie ist mein Bizeps?"

Karl bewirft mich mit der *Vanity Fair* und faucht: „Du gehst mir auf die Nerven! Seit Wochen hast du nichts anderes im Kopf als Muskeln und Training. Bist du Baby Neumann oder Schwarzenegger?"

„Karl, du bist nervös. Mach ein paar Liegestütze, das beruhigt. Und denk dran: *Du* hast mich zum Bodybuilding überredet."

„Leider! Ich will wieder mal einen netten Abend mit dir verbringen: Videos ansehen, Pizza und Pralinen fressen! Aber du bist entweder im Studio oder stehst vor dem Spiegel und bewunderst jede einzelne Muskelfaser. Warum trittst du nicht im Zirkus auf und zerreißt Telefonbücher?" Wutentbrannt fetzt Karl mein Marky-Mark-Poster aus der *Bravo* von der Wand und stürzt aus meiner Wohnung. Bevor er die Tür hinter sich zuschmettert, schreit er in der Patti-La-Belle-Tonlage, in die seine Stimme in Momenten höchster Erregung hinaufrutscht: „Ich will mehr vom Leben als Muskeln!"

Wie ich es erwartet habe, kommt Karl am nächsten Tag nicht ins Studio. Er wird sich schon wieder beruhigen, denke ich mir und beginne mit meinen Aufwärmübungen.

„He Baby!“, begrüßt mich Eugen mit einem schmerzhaften Schlag auf die Schulter.

Wir arbeiten heute an unseren Bauchmuskeln. Ich sitze auf seinen Beinen, während er schnaufend ungefähr eine Million Sit-ups macht. Dann bin ich dran. Das geht schneller, denn nach 30 Sit-ups komme ich trotz der anfeuernden Rufe Eugens nicht mehr vom Boden hoch.

Während des restlichen Trainings erzählt er mir in allen blutigen Einzelheiten die Handlung des italienischen Films *Ninja-Killer auf Jungfrauen-Jagd*, den er gestern abend aus der Videothek geliehen hat. Am besten gefiel ihm die Szene, in der die bösen gelben Mädchenhändler ihre nackte Beute – eine amerikanische Industriellentochter – auf dem Sklavenmarkt im vietnamesischen Dschungel versteigern. Der Held, der gerade aus einem Folterlager der Viet-Cong entflohen ist, macht, wie Eugen das ausdrückt, „alle Schlitzaugen platt, schnappt sich die Braut und besorgt es ihr gründlich.“ Offensichtlich ein Meilenstein der Filmgeschichte. Ich höre geduldig weg, ergötze mich am Anblick von Eugens feuchtem Muscle-Shirt, durch das sich seine Brustwarzen abzeichnen und freue mich auf die gemeinsame Dusche nach dem Training.

Noch eine letzte Runde in der Bauchmaschine (einer Erfindung des Großinquisitors Torquemada), dann schälen wir im Umkleideraum die Textilien von unseren Körpern. Ich erledige das diskret und halb verborgen hinter meiner Spindtür, während Eugen sich mitten im Raum auszieht und jeden entkleideten Muskel prüfend im Spiegel mustert. „Ist mein Trizeps nicht zu massig im Vergleich zu meinen Lateralmuskeln? Soll ich ihn runtertrainieren oder die Lateralen hoch?“

In der Dusche betrachtet er seinen Schwanz. „Schon blöd, daß der durch Training nicht größer wird.“

Es ist das erste Mal, das zwischen uns etwas Sexuelles erwähnt wird. Mit hochrotem Kopf versuche ich ein Zucken in meinem Penis zu verbergen und stammele: „Aber Eugen, der ist doch perfekt.“

„Deiner sieht größer aus.“

„Ja, … äh … weißt du, vielleicht, weil er nicht ganz … hmm … schlaff ist.“ Ich muß husten und werde noch röter. Unaufhaltsam richtet sich mein Schwanz auf. Ich denke an faulende Fische, Nonnen mit Mundgeruch, meinen ehemaligen Lateinlehrer, Linda de Mol – nichts hilft.

„Wieso kriegst du jetzt einen hoch?“ wundert sich Eugen.

Ich fasse mir ein Herz und Eugen an die Schulter: „Weil ich dich begehre!“ (Oh je, das hört sich an wie aus einem Film von David Hamilton.)

Eugen starrt mir abwechselnd ins Gesicht und in den Schritt. Er nimmt meine Hände von seinen Schultern: „Soll das heißen, du bist …“

Das böse S-Wort bringt er nicht über die Lippen. Ich nicke, mein Ding zuckt.

Eugen läßt die Seife fallen und hält sich die Hände vor die Genitalien. Wortlos verläßt er die Dusche und kommt wenige Augenblicke später zurück – in seiner Unterhose.

„Aber das ist doch unhygienisch“, sage ich.

„Besser unhygienisch als unmoralisch“, kontert Eugen und dreht mir den Rücken zu. „Und jetzt laß mich in Ruhe. Perverser.“

Mit einem letzten Blick auf seinen Hintern im nassen Slip lasse ich ihn allein. Er bleibt in der Dusche, während ich mich abtrockne, anziehe und gehe. Mein Herz blutet. Meine leere Wohnung kann ich jetzt nicht ertragen.

Ich gehe zu Karl. Er öffnet erst nach dem zwanzigsten Klingeln. Sein Haar ist wirr. Er trägt den alten, mit Szenen aus Walt Disneys *Robin Hood* bedruckten Bademantel, den ich ihm zum Geburtstag geschenkt habe, und nichts darunter. „Baby, du störst.“

„Aber ich bin verzweifelt.“

„Was ist passiert, ist dein Bizeps geschrumpft? Hat Kohl eine Hantelsteuer eingeführt?“ Karl ist wirklich wütend auf mich.

Ich setze meinen flehendsten Greta-Garbo-Blick auf: „Mein Herz ist gebrochen.“

„Schon wieder? Das muß inzwischen aussehen wie die Laokoon-Gruppe vor der Restaurierung. Also komm schon rein."

Über ein paar gut gefüllten Gläsern Wodka versöhnen wir uns. Ich schwöre, nur noch zweimal wöchentlich zu trainieren und morgen abend mit Karl die *Dame Edna Show* anzusehen, dabei eine Flasche Sherry und vier Tüten Chips zu vertilgen und eine halbe Schachtel Zigaretten zu rauchen. Dann erzähle ich Karl vom traurigen Ende meiner großen Leidenschaft für den perfekten Mann.

Als ich gerade ausführe, daß der Anblick von Eugens überirdischen Brustmuskeln mich verfolgen wird, bis man mich dereinst zur letzten Ruhe bettet, kommt ein nackter, schmalschultriger Junge aus dem Schlafzimmer.

„Oh, das ist Frank", erklärt Karl, „der Grund, warum ich es in letzter Zeit so oft nicht ins Studio geschafft habe. Komm doch mal her, Frank." Karl zieht ihn sanft am Schwanz zu uns herüber. „Sieh mal, Baby: Franks Arme – zu dünn. Der Bauch, die Brust – untrainiert." Er dreht den verdutzten Nackten herum. „Und hier am Po schon die ersten Anzeichen für den Sieg der Schwerkraft über alles Fleischliche."

Ich sehe Karl fragend an.

Er küßt den neben ihm stehenden Mann auf den Bauchnabel. „Schönheit ist, wo du sie findest", erklärt er mit erhobenem Zeigefinger.

„Karl, komm mir nicht pädagogisch. Und den Spruch hast du von Madonna geklaut. Aus *Express Yourself*."

„Nein, aus *Vogue*", sagt Frank. „Und kannst du mich jetzt wieder loslassen, Karl? Ich muß mal."

Nachts im Stadtpark

Homosexuelle lieben die Natur. Warum sonst gehen sie so gerne in öffentliche Parks? Sogar mitten in der Nacht haben sie Sehnsucht nach duftendem Gras und dem zarten Gesang der Vögelein.

Auch mein Freund Karl. Kaum läßt der Frühling sein blaues Band flattern, zieht er hinaus in die Natur und durchstreift den kleinen Park neben dem Bahnhof – zur Geisterstunde.

„Meine Hormone zwingen mich dazu, verstehst du, Baby?" erklärt er mir über Pizza Banana (Karls Rezept) und Weißwein in seiner Küche.

„Ich begreife nicht, was dieser Parksex soll", wende ich ein. „Hoffnungslos altmodisch. Wir haben doch nicht 1950. Warum soll ich im Gebüsch suchen, was ich in jeder Schwulenbar finden kann?"

Karl beißt nervös auf einer zähen Scheibe Salami herum. „Das müssen archaische Jagdinstinkte sein. Jäger und Sammler. In der freien Wildbahn lauere ich der Krone der Schöpfung auf: dem Manne."

Ich picke angebrannte Bananenscheiben aus der Tomatensauce auf meiner Pizza. „Und nach dem Abspritzen stopfst du ihn aus und stellst ihn ins Kaminzimmer."

„Baby", seufzt Karl und spuckt einen Olivenkern aus, „du willst mich einfach nicht ernst nehmen. Komm endlich mal mit. Das ist so romantisch. Gestern nacht lernte ich jemanden kennen, mit dem ich durchs Unterholz rollte, als wären wir zwei junge Wölfe beim

Spielen. Vor Leidenschaft vergaßen wir alles um uns herum – den lauen Wind, die Nachtigallen, die Kaninchen auf der Wiese und eine Gruppe Studenten, die ein nächtliches Picknick veranstalteten. Eng umschlungen kullerten wir ihnen direkt in den Kartoffelsalat. Du hättest die Gesichter sehen sollen! Ist doch auch eine bescheuerte Idee, in der Nacht zu picknicken."

„Ich glaube dir kein Wort. Und außerdem redest du wie eine Mischung aus Heinz Sielmann und Barbara Cartland. Aber wenn dir so viel daran liegt …"

„Du wirst es nicht bereuen, Baby. Der Park ist eines der letzten großen Abenteuer des ausgehenden 20. Jahrhunderts", versichert mir Karl mit triumphierendem Grinsen.

„Genau wie deine Pizza", entgegne ich.

Eine entfernte Kirchturmuhr schlägt zwölf Mal. Schatten huschen um das düstere WC-Häuschen, das malerisch mitten im Park liegt. Es ist neblig und stockfinster.

„Die Beleuchtung der Toiletten wurde schon vor Generationen zerschlagen. Die Stadtverwaltung hat das Reparieren aufgegeben. Jede neue Lampe überlebt nur bis zur Dämmerung. Die Männer der Nacht lieben den Schutz der Dunkelheit", flüstert mir Karl zu.

Er kennt den Weg genau, während ich bei fast jeder Biegung gegen einen Baum laufe. Äste scheinen nach mir zu greifen, im Gebüsch vermute ich ungeahnte Gefahren. Ich hätte mir gestern abend nicht den „Dracula"-Film von Coppola ansehen sollen. Heulte da nicht eben ein Wolf?

Karl stößt mich an. „Hast du den Orgasmus gehört? Tierisch! Schade, daß man nichts sehen kann."

Ich zünde mir eine Zigarette an und lasse das Feuerzeug besonders lange brennen. Schemenhaft erkenne ich Gestalten zwischen den Bäumen, einzeln und in Gruppen.

Karl drückt meine Hand. „Ich stürze mich jetzt ins Getümmel. Amüsier dich gut."

„Laß mich nicht allein!" flehe ich, aber er ist schon verschwunden.

Ich bin geliefert. Ein Rehkitz in einem Rudel Wölfe. Eine Hand erscheint aus dem Dunkel und greift nach meinem Oberarm. „Hast du mal Feuer?“ knurrt eine tiefe Stimme.

Mit zitternder Hand halte ich die schwache Flamme meines Feuerzeugs hoch. Zu hoch. Vor mir stehen 150 Zentimeter schwarzes Leder mit Vollbart. Der Machozwerg greift nach meiner Hand und zieht sie zu seiner Zigarette herunter. Im Lichte des Feuerzeugs blinzelt er mir zu. In dem Augenblick, in dem die Flamme erlischt, fühle ich seine Hand zwischen meinen Beinen. Ich will mich wehren, aber dieser Typ trägt den Weltmeistertitel im Hosenöffnen. Plötzlich fühle ich den Nachtwind am Hintern – und den Vollbart an meinem Schwanz. Nicht unangenehm, aber bin ich damit einverstanden? Habe ich ja gesagt?

Na ja, das ist der Park und nicht Linda de Mols *Traumhochzeit*. Das scheint auch mein Schwanz einzusehen, der sich behaglich streckt. Ich beginne mich zu entspannen, da durchbricht der Lichtstrahl einer Taschenlampe die Dunkelheit. Um uns herum ein gewaltiges Rascheln, Laufgeräusche in alle Richtungen. Die Männer der Nacht verschwinden wie Silberfische, wenn man im Bad Licht anknipst. Nur ich bleibe wie angewurzelt stehen. Die Taschenlampe gehört einem Glatzkopf im Lodenmantel, der einen riesigen Schäferhund Gassi führt.

Angewidert sieht er mich an – und die anderthalb Meter Leder, die noch immer vor mir knien. „Töte!“ faucht er seinem Hund zu, läßt ihn von der Leine und richtet einen anklagenden Zeigefinger auf mich. „Töte, Adolf!“

Der Lederkerl richtet sich auf. Adolf springt zähnefletschend auf uns zu. Der Köter wird mir den Penis abbeißen. Ich werde als schwuler Märtyrer verbluten: St. Baby vom Heiligen Gebüsch. Oder doch nicht? Der bärtige Zwerg stellt sich der Bestie in den Weg, holt mit seinem genagelten Stiefel aus und tritt ihr direkt gegen die Nase. Adolf jault auf und rennt mit eingeklemmtem Schwanz zurück zu seinem Besitzer, der ihn schnell anleint und mit hastigen Schritten weitergeht. „Gott wird euch strafen“, höre ich ihn schimpfen.

„Scheißköter", sagt mein Retter, holt eine Zigarette heraus und fragt: „Hast du noch mal Feuer?" Rauchend verschwindet er in der Dunkelheit. Ich ziehe nachdenklich meine Hose hoch. Ja, es gibt noch echte Kerle.

Ich gehe ein paar Schritte in Richtung Klappe. Es wird immer belebter. An den Bäumen lehnen rauchende Männer, deren Gesichter bei jedem Zug kurz aus dem Dunkel aufleuchten. Andere laufen unruhig auf dem Kiesweg hin und her. Ein Typ im Trenchcoat rempelt mich an. Wie zufällig berührt er dabei meinen Hintern. Seine Hand rutscht unter meine Jacke. Mit sanftem Druck schiebt er mich ins Gebüsch.

„Isch muß in 'ner Viertelstund den Zoch nach Kölle kriegen", flüstert er mir ins Ohr.

„Ach", sage ich.

Stimmt, der Bahnhof ist ja gleich um die Ecke. Und hier ist das Warten wahrscheinlich spannender als in der Schalterhalle. Der Kölner ist Weltranglistenzweiter im Hosenöffnen. Während er an mir herumlutscht, sieht er immer wieder auf seine Armbanduhr mit phosphoreszierendem Zifferblatt. Nach genau siebeneinhalb Minuten kommt er. Ich höre, wie es auf meine Schuhe spritzt.

„Isch muß misch beeilen", verabschiedet er sich.

Bevor ich meine Hose wieder hochziehen kann, nimmt jemand anders seinen Platz zwischen meinen Beinen ein. Stehen die hier Schlange? Ich bin ein wenig schockiert und auch neugierig. Mit meinem Feuerzeug leuchte ich der vor mir knienden Ablösung ins Gesicht. Es ist Karl.

„Spinnst du?" schreie ich ihn an.

„Ich wollte nur einen Witz machen", kichert Karl.

„Sehr komisch", schimpfe ich und ziehe meine Hose hoch. „Mein Schwanz gehört mir."

„Quatsch, den kann jeder haben, der will. Wie mein kleines Experiment eindeutig bewiesen hat." Karl legt mir immer noch lachend einen Arm um die Schulter. „Jetzt gehen wir mal nachsehen, was auf der Klappe los ist."

Wir werfen einen Blick in das nach Urin und Poppers riechende Herrenklo. Leer – bis auf den bärtigen Ledermann, der mich vor Adolf gerettet hat. Er kommt auf uns zu.

„Haut ab", rät er uns, „eine Razzia ist im Gange. Die Büsche wimmeln schon von Bullen. Ich mach auch gerade die Fliege." Dann verschwindet er in der Dunkelheit.

Ich will sofort nach Hause, aber Karl meint: „Diese Razziagerüchte gibt es jede Nacht. Blödsinn." Er besteht darauf, nachzusehen, ob auf der Damentoilette etwas los ist. Doch nur ein einsames Kondom schwimmt in einer Pfütze.

Als wir das Klo verlassen, stehen wir plötzlich in blendendem Licht. Wir blinzeln in die Scheinwerfer von zwei auf dem Kiesweg geparkten Polizeiautos. Langsam kommen drei Uniformierte auf uns zu.

„Na, meine Herren, was ist denn hier los?" fragt einer von ihnen, der entfernte Ähnlichkeit mit Luke Perry hat.

„Mein Gott, das ist der schönste Polizist, den ich je gesehen habe!" flüstert Karl.

„Untersteh dich, mit ihm zu flirten!" flüstere ich zurück.

„Darf ich mal ihre Papiere sehen?" fragt Luke.

Ich strecke ihm, peinlich berührt, meinen Ausweis hin; Karl reicht seinen mit einem sehnsüchtigen Seufzer hinüber und haucht: „Hoffentlich gibt es eine Leibesvisitation."

Aber der Beamte verschwindet in einem der Autos und beginnt zu telefonieren.

Einer seiner Kollegen – fett und mit ungewaschenem Haar – klärt uns auf: „Wir müssen Ihre Personalien überprüfen." Der andere – ein Schnauzbart mit zwei Pickeln auf der Nase, die aussehen, als ob sie weh tun – fragt Karl: „Was haben Sie hier eigentlich zu suchen?"

Karl antwortet: „Ich mußte mal, was denn sonst?"

„Auf dem Damenklo?" fragt der Polizist.

Karl schenkt ihm einen unschuldsvollen Audrey-Hepburn-Blick: „Auf die Herrentoilette traue ich mich nachts nicht. Ich habe gehört, daß sich da Homosexuelle herumtreiben, Herr Schutzmann."

„Genau", bestätige ich. „Selbst auf dem Damenklo fühlte er sich nicht sicher, deswegen habe ich ihn begleitet."

Luke Perry hat aufgehört zu telefonieren, steigt aus dem Wagen und gibt uns unsere Ausweise zurück. „Alles in Ordnung", sagt er. „Aber Sie sollten wissen, daß es hier nicht ungefährlich ist. Jede Woche erleben wir mehr brutale Überfälle auf Männer, die – sagen wir mal – gerne nachts spazierengehen." Jetzt grinst er.

Karl fragt: „Vielleicht könnte ich ja persönlichen Polizeischutz bekommen? Möchten Sie nicht vielleicht …?"

Ich stoße ihm meinen Ellbogen in die Rippen.

„Sie gehen jetzt besser nach Hause", rät Luke Perry.

„Und Sie?" fragt Karl.

„Halt die Klappe", zische ich, greife seinen Arm und ziehe ihn in Richtung Parkausgang.

„Aber Baby", beschwert er sich, „ich habe seit Monaten keinen besser aussehenden Mann getroffen. Und auch noch in Uniform!"

„Du hast ihn nicht getroffen; er hat dich fast verhaftet! Das war ein Polizist!"

„Na und, was meinst du, mit wie vielen Polizisten ich schon geschlafen habe?"

„Karl, du bist ein hoffnungsloser Fall von sexueller Überbesetzung."

„Ich weiß. Gehen wir morgen wieder in den Park?"

„Ich habe heute zwei Grundsatzentscheidungen getroffen, Karl. Nie wieder Park. Und nie wieder Pizza Banana."

Bei Anruf Sex

Das Telefon als Sex-Objekt? Die Idee fand ich noch nie besonders einleuchtend, man macht doch Sex nicht mit den Ohren. Natürlich, Stimmen können sehr erotisch sein, wie jeder weiß, der schon einmal zu einer Michael-Bolton-LP masturbiert hat. Und mein Freund Karl erzählt immer wieder begeistert von seiner Nummer mit einem schwarzen Football-Profi, der ihm in höchster Erregung einen Telefonhörer rektal einführte. Aber das ist es wohl nicht, was gemeinhin unter Telefonsex verstanden wird. Ich kann mir jedenfalls Angenehmeres vorstellen.

Zum Beispiel einen faulen Samstagnachmittag vor dem Fernseher. Ich liege entspannt auf dem Sofa, rauche Menthol-Zigaretten und erfreue mich an der hohen Frequenz, mit der die männlichen Darsteller in *Melrose Place* ihr Hemd ausziehen.

Telefonklingeln unterbricht meine sanften Tagträume über Grant Shows Brustwarzen. Das wird entweder meine aktivistische Mutter sein, die mich über den neuesten Stand von Bill Clintons „Schwule ins Militär"-Kampagne informieren will, oder Karl, der das beliebte Spiel „Rat mal, wer gestern nacht bei mir geschlafen hat" spielen will.

Seufzend nehme ich den Hörer ab: „Jaaah?"

Keine Antwort.

„Wer ist da? Hallo?"

Stille.

Falsch gewählt und zu feige, sich zu entschuldigen, denke ich und knalle den Hörer auf die Gabel. Zehn Sekunden später klingelt es wieder.

„Miss Elizabeth Taylors Privatsekretärin", melde ich mich.

Ein Rauschen. Nein, eher ein Schnaufen.

Ich höre genauer hin. „Haben Sie Probleme? Ist Ihnen nicht gut?"

Ein Asthmakranker, der meine Nummer mit der seines Arztes verwechselt? Am anderen Ende der Leitung ein Hecheln. Ein Cockerspaniel, der in Herrchens Abwesenheit mit dem Telefon spielt?

„Wuff-wuff", versuche ich eine Konversation zu beginnen. „Aus! Pfui! Ab ins Körbchen!"

Endlich eine Antwort: ein langgezogenes, gepreßtes „Hallo".

„Ja", rufe ich erfreut, „sind Sie doch kein Hund?"

„Ich bin eine Sau", sagt eine dunkle Stimme.

Ich bin sprachlos.

Mein Anrufer stöhnt und erklärt: „Ich wichse jetzt schon seit Stunden, und ich bitte dich um Erlaubnis, abzuspritzen, Meister."

„Sind Sie sicher, daß Sie sich nicht verwählt haben?"

Grunzen.

„Kennen wir uns? Warum rufen Sie ausgerechnet mich an?"

Keine Antwort, nur dringender werdendes Stöhnen.

Ich lege auf. Wer kann das sein? Karl behauptet immer, wenn ich angetrunken bin, stecke ich gutaussehenden, fremden Männern in Bars und Discos meine Telefonnummer zu. Oje. Das kommt davon.

Das Telefon klingelt wieder.

„Hören Sie", stammele ich, „ich war betrunken, als ich Ihnen meine Nummer gab. Und ich bin wirklich nicht Ihr Meister. Aber wenn Sie abspritzen wollen, nur zu!"

„Baby, ich habe den Eindruck, daß dein Lebensstil von Tag zu Tag bizarrer wird", antwortet meine Mutter. „Ich will gar nicht wissen, wessen Anruf du erwartet hast! Wenn du nur glücklich dabei bist, mein Kind. Weswegen ich anrufe: Ich möchte eine spontane Solidaritätsdemo für Clinton organisieren, bei der ich den gleichen

Hut tragen werde wie Hillary bei der Amtsantrittsfeier. Was hältst du davon?"

„Wunderbar, Mutti", seufze ich, „aber ich sehe gerade *Melrose Place*, kannst du später noch mal anrufen?"

„Ich weiß nicht, was du an diesem spätkapitalistischen Yuppie-Kitsch findest, Kind, aber bitte."

Klick. Keine Mutter ist so schnell beleidigt wie meine. Ich zünde mir noch eine Zigarette an und konzentriere mich wieder auf den Bildschirm. Wessen Bauchmuskeln sind das jetzt? Ich komme immer durcheinander. Vielleicht sollte ich den Schauspielern mal ins Gesicht sehen.

Das Telefon klingelt wieder. Halb genervt, halb gespannt hebe ich ab.

„Ja bitte?"

Aha, das bekannte Stöhnen. Irgendwie ganz aufregend. Wenn ich dem Anrufer meine Nummer gegeben habe, muß er ziemlich gut aussehen. Karl sagt, ich mache im Suff nur die schärfsten Typen an. (Nüchtern stehe ich eher auf die Schüchternen mit Hundeblick.)

„Was hast du an?" frage ich. Das wollen sie bei Telefonsex-Szenen im Kino immer wissen.

„Nichts", stöhnt der Fremde. Natürlich. Dann eine freiwillige Selbstauskunft: „Mein Schwanz ist 35 Zentimeter lang."

Klar, und ich kann mir meinen um die Hüfte wickeln, denke ich.

„Gib mir die Erlaubnis, Meister, ich bin schon ganz wund", stöhnt er.

Ich bin streng: „Erst will ich mehr über dich wissen. Wie siehst du aus?"

„Ich bin 21, habe einen Körper wie Andrew Shue und ein Gesicht wie Grant Show."

Aha, noch ein *Melrose Place*-Fan. Ich glaube ihm kein Wort, begreife aber langsam, was das Interessante am Telefonsex ist: Man kann sich selbst neu erfinden. „Also gut, ich erlaube dir, zu kommen", sage ich.

„Spritzt du auch ab, Meister?"

Immer, wenn er mich „Meister" nennt, erinnere ich mich unwillkürlich an *Bezaubernde Jeannie*. Mit acht Jahren war ich in Larry Hagman verknallt. Er war so sexy in seiner NASA-Uniform. Für einen Orgasmus reicht diese prickelnde Jugenderinnerung allerdings nicht aus. Trotzdem, ich mache dem Anrufer die Freude. „Ja, ich bin soweit!" stöhne ich und beginne meinen ersten vorgetäuschten Höhepunkt. Der am anderen Ende der Leitung wirkt dagegen sehr echt. Ein Geschrei wie von einer Herde Paviane. Danach keucht mein Anrufer noch „Danke, Meister" und legt auf.

Meine gute Tat für den Tag. Manchmal kann man so einfach ein wenig Glück und Sonnenschein in das Leben fremder Menschen zaubern. Leider bin ich jetzt selbst ziemlich stark erregt. Ich hätte ihn länger hinhalten sollen. Aber der Arme war ja schon wund. Ob er noch mal anruft? Wohl kaum. Aber es gibt doch diesen Telefonsex-Service. Ich habe farbige Hochglanz-Anzeigen dafür in *magnus* gesehen: Ein nackter muskulöser Typ hält sich ein Telefon vor den Schwanz und den Hörer ans Ohr: „Super Gay Erotik! 24 Std. bereit! Keine Kosten außer den Telefongebühren! Ruf an!" Ob ich das mal ausprobiere? Vielleicht ist es ja aufregender, als ich es mir vorstellen kann.

Also gut. Ich schalte den Fernseher ab, ziehe mich aus, lege mich auf mein Bett und wähle.

„Hallo, hier spricht Bill", meldet sich eine maskuline Stimme. „Schön, daß du mich anrufst, mein geiler Freund."

Ich bin wie erstarrt. Was soll ich nur sagen?

Aber Bill scheint gar keine Antwort zu erwarten. Er erklärt: „Dieser Telefonservice ist nur für Männer über achtzehn Jahre. Anrufer, deren moralische Gefühle vom sexuell eindeutigen Inhalt dieses Gesprächs verletzt werden könnten, haben jetzt noch Gelegenheit, aufzulegen."

„Kein Problem, Bill", sage ich.

„So, mein geiler Schatz, jetzt geht es richtig los. Ich bin schon wahnsinnig geil. Wir werden uns jetzt gemeinsam entsaften."

Ich muß laut lachen: „Entsaften? Wo hast du denn das her?“

Bill reagiert nicht. „Mein Schwanz ist schon ganz hart“, stöhnt er. „Ich sitze auf einem bequemen Sofa und trage nichts außer einem knappen Nylonslip.“

„Wie scheußlich!“ rufe ich. „Mit Leopardenmuster?“

Bill stöhnt nur und fordert: „Forme deine rechte Hand zu einer halbrunden Schaufel und massiere dir die Eier. Spürst du, wie herrlich das ist?“

Mir wird klar: Das ist ein Tonband. Ich lege auf und wähle noch mal: „Hallo, hier spricht Bill. Schön, daß du mich anrufst, mein geiler Freund.“

Natürlich, ein Band. Schnell noch ein Test: „Bill, deine Stimme hört sich an wie die von Caroline Reiber. Sing mir ein volkstümliches Lied, das macht mich so richtig scharf.“

Keine Reaktion, nur wieder die Warnung vor verletzten moralischen Gefühlen. Auf meinem Gebührenzähler rasseln die Ziffern nur so durch. Drei Mark pro Minute. Jede erotische Regung hat sich verflüchtigt. Trotzdem, jetzt bin ich neugierig, was Bill mir noch zu erzählen hat. Er spielt so offensichtlich alles nur vor, daß ich dauernd kichern muß.

Und wie seltsam er sich ausdrückt: „Ich habe jetzt das Bedürfnis, meinen Schwanz aus meinem Nylonslip zu holen. Nun nehme ich die Eichel zwischen Daumen und Zeigefinger und führe im oberen Bereich Wichsbewegungen durch.“

Gibt es jemanden auf der großen, weiten Welt, der diesen Blödsinn sexy findet?

Bills falsches Stöhnen wird wilder. „Umfaß deinen Kolben! Auf und ab! Auf und ab!“ befiehlt er. Ich liege prustend auf dem Bett und ringe nach Luft. „Schneller!“ keucht Bill. „Ja! Ja! Ich halt's nicht mehr aus!“

„Ich auch nicht!“ schreie ich lachend.

„Oh! Ich hab abgespritzt! Die ganze Ladung auf meinem Oberkörper!“ Er hört sich lange nicht so echt an wie Meg Ryan in *Harry und Sally*. Ich frage mich, wie er an den Job gekommen ist. „Mein

Freund“, flüstert er jetzt, „immer, wenn du geil bist, werde ich dir helfen. Egal ob Tag oder Nacht, Bill ist für dich da.“

Mein Gebührenzähler zeigt schon über 100 Einheiten an. „Du bist nicht nur schlecht, Kleiner“, gifte ich in meiner Alexis-Colby-Stimme, „sondern auch zu teuer“, und lege kichernd auf.

Kopfschüttelnd schenke ich mir einen Sherry ein und schalte den Fernseher wieder an. Es läuft *Bei Anruf Mord*, ein Film, den ich immer wieder gerne sehe. Grace Kelly sticht gerade mit einer Schere auf den heimtückischen Würger ein, als mein Telefon wieder klingelt.

„Mister Alfred Hitchcocks Privatsekretärin“, melde ich mich.

„Hallo, Meister, ich bin schon wieder scharf“, stöhnt es mir ins Ohr.

Ich stutze – und beginne zu überlegen, ob ich meine Rufnummer ändern soll oder ob ich ein neues Hobby habe.

Baby geht baden

Ich hasse Hallenbäder – den Chlorgestank, die feuchtglitschigen Bodenkacheln, die Kinder, die ins Becken pissen, und die fetten Rentnerinnen mit Badehauben wie Gummi-Blumensträuße. Seit meiner Kindheit habe ich keine öffentliche Badeanstalt mehr besucht. Bis heute.

Meine Freundin Lola hat mich überredet, sie ins Stadtbad zu begleiten. Lola macht aus Frust darüber, daß ihr Lover sie für eine überschlanke Stripperin aus den Neuen Bundesländern verlassen hat, eine Meeresfrüchte-Diät.

„Es ist unheimlich, Baby", erklärt sie, während wir an der Kasse Schlange stehen, „aber ich habe dieses dringende Bedürfnis, täglich zu schwimmen. Wahrscheinlich, weil ich so viele Fische gegessen habe. Ihre transzendentale Meeres-Energie ist auf mich übergegangen. Frau ist, was frau ißt."

„Hast du wieder einen dieser esoterischen Lebensberater gelesen? *Sei eins mit dem Universum* oder so was?"

Lola winkt ab und bezahlt ihre Eintrittskarte: „Davon verstehst du nichts. Wir Frauen sind dem Meer verbunden. Das Wasser, aus dem alles Leben entstand, ist unser Element."

„Ich muß also damit rechnen, daß du Kiemen entwickelst, in den Urschoß des Meeres zurückkehrst, mit den Walen tauchst und unter Wasser singst: *Flipper, Flipper, jeder kennt ihn, den klugen Delphin ...*"

„Du nimmst mich nicht ernst. Typisch Mann. Und hör endlich auf zu jaulen. Die Leute sehen schon her.“

„Und wie die ersten starren werden, wenn sie meine weiße Badehose sehen, die bei Wasserkontakt transparent wird!“

Kopfschüttelnd verschwindet Lola in der Damengarderobe: „Bis gleich, Baby, und tu nichts, was ich nicht tun würde – frau kennt ja die schlimmen Geschichten über homoerotische Orgien in Umkleideräumen öffentlicher Bäder!“

Ich nicht. Und woher Lola sie kennt, ist mir schleierhaft.

Ich betrete die Herrengarderobe und suche mir einen Spind aus. Es gibt hier ein paar Wechselkabinen, die aber alle leerstehen. Man scheint es vorzuziehen, sich öffentlich umzukleiden. Neben mir ölt sich ein nackter, solariumgebräunter Mann im besten Alter sehr ausgiebig ein und starrt dabei einen blonden Teenager an, der sich ein paar Spinde weiter auszieht. Sehr trockene Haut scheint mein Nachbar in seiner glattrasierten Leistengegend zu haben, denn dort ölt er besonders heftig. Der blonde Jüngling und ich bemerken gleichzeitig, wie sich das Geschlechtsteil des Ölenden ruckartig enorm vergrößert. Dem Teenager klappt der Unterkiefer herunter. Mein Nachbar gönnt uns noch einen satten Blick auf sein Prachtstück, bevor er in einer Wechselkabine verschwindet.

Ich bemerke, daß er die Tür nicht abschließt. Blondie auch. Er beißt sich ein paar Sekunden lang auf der Unterlippe herum, dann folgt er meinem Nachbarn in die Kabine.

Das meinte Lola also! Nachdenklich ziehe ich mich um und hänge meine Sachen in den Metallschrank. Zwei durchtrainierte, türkische Jugendliche in riesigen Boxershorts-Badehosen kommen herein. Sie atmen keuchend und sind noch erhitzt vom Schwimmen. Wasser rinnt ihre haarigen Beine herunter. Ich folge den Tropfen fasziniert mit den Augen.

„Ey“, ruft der größere der beiden mir zu, „was glotzt'n so?“

Ich werfe ihm eine Kußhand zu und gehe duschen.

Ein magerer Mann mit einem Schmetterling-Tatoo auf dem Hintern hat sich die Badehose um den Hals gehängt. Er seift sich ein, duscht sich ab und beginnt wieder mit dem Einseifen. Seine Haut ist schon ganz verschrumpelt. Ich wasche mich kurz und betrete dann die Schwimmhalle.

Ohrenbetäubendes Kindergeschrei echot von den Wänden. Lola wartet schon auf mich. Sie trägt einen altmodischen, rosafarbenen Betty-Grable-Einteiler und eine Art Mini-Müllsack auf dem Kopf.

„Ich Idiotin habe meine Badehaube vergessen, deshalb mußte ich an der Kasse dieses Modell kaufen", schreit sie gegen den Lärm an. „Kostet zwar nur zwei Mark, macht aber aus jeder noch so attraktiven Frau einen Schlumpf."

„Auf ins weibliche Element, Schlumpfinchen!" schreie ich zurück und springe ins Wasser. Ich lande mit ungeheurem Spritzen neben einer fetten Matrone mit einem Osternest aus Gummi auf dem Kopf.

„Sie Flegel!" schimpft sie gereizt.

Das hätte sie nicht tun sollen. Die zwei Worte bringen ihren Atemrythmus völlig durcheinander. Sie prustet, strampelt und geht unter.

Lola ruft vom Beckenrand: „Jetzt komme ich", hält sich die Nase zu und springt mit zugekniffenen Augen direkt auf die gerade wieder auftauchende Matrone. Panisch ineinander verkrallt sinken beide bis fast auf den Grund. Wie aus dem Nichts erscheint ein Bademeister und hechtet ihnen nach. Sekunden später taucht er mit Lola unter dem linken, der Matrone unter dem rechten Arm und Lolas Mini-Müllbeutel auf dem Kopf wieder auf. Schimpfend schwimmt die Matrone zum Beckenrand, während Lola sich am Bademeister festklammert – nicht etwa, weil sie des Schwimmens nicht mächtig ist, sondern weil dieser aussieht wie Matt Dillon. Lola blinzelt mir zu und läßt ihren Kopf an die breite Bademeister-Brust sinken. Er schwimmt mit ihr in den flachen Teil des Beckens herüber.

Die Matrone klettert aus dem Wasser, rückt ihr Osternest – oder ist es ein Tulpenbeet? – gerade und keift mich an: „Ich wäre fast ertrunken wegen Ihrem Gespritze, Sie Rüpel! Und was haben Sie überhaupt für eine schamlose Badehose an!"

Ich strecke ihr die Zunge heraus. Eine Gruppe Kinder am Beckenrand applaudiert. Die Alte watschelt verbittert in Richtung Duschraum.

Lola sitzt inzwischen mit dem Traum von einem Bademeister in dessen verglastem Büro. Dekorativ auf einen Plastikstuhl hingegossen und mit den Wimpern klimpernd läßt sie sich irgend etwas Belebendes einflößen. Du Tarzan, ich Jane. Lola spielt das vom starken Mann gerettete, hilflose Mädchen verblüffend perfekt für eine Frau, die sich selbst als Hardcore-Feministin der „Wenn-er-frech-wird-schneid-ihn-ab"-Fraktion bezeichnet.

Vor mich hin grinsend schwimme ich ein paar Längen, wobei ich höllisch aufpassen muß, um nicht von rasanten Kraulern mit Schwimmbrille angerempelt und versenkt zu werden. Die zischen nur so durch das Becken. Aber auch schnaufende Rentner-Riegen und pubertierende Pärchen, die sich während des Schwimmens unter Wasser anfassen (tsk, tsk), überholen mich. Ich schätze, ich bin nicht gerade ein Mark Spitz.

Ein rothaariger, etwa zehnjähriger Junge krault lässig an mir vorbei und ruft: „Du schwimmst wie meine Tante Augusta!"

Mir reicht's. Genug der Demütigung! Ich gehe.

Auf dem Weg zur Dusche passiere ich die verglaste Bademeister-Kabine. Lola und Matt Dillon sind in ein Gespräch vertieft. Ihre Hand liegt wie zufällig auf seinem Schenkel. Als Lola mich bemerkt, signalisiert sie mit einem dringlichen Blick: „Bitte nicht stören!" Ich verschwinde im Duschraum.

Inzwischen um einiges verschrumpelter seift sich der Tätowierte noch immer ein. Der rothaarige Junge, der mich vorhin überholt hat, duscht neben mir. Er bemerkt meinen Blick auf den ewigen Einseifer und sagt wissend:

„Das ist ein Exhibitionist."

„Das weißt du bestimmt von deiner Tante Augusta", zische ich.

„Nö, aus'm Fernsehen. Schreinemakers, Gottschalk, Biolek – die reden dauernd über so was. Guck mal, der da, das ist ein Voyeur", sagt der Kleine und zeigt auf den blonden Teenager, der vorhin mit dem rasierten Öl-Fetischisten in einer Kabine verschwunden war und jetzt gegenüber von uns unter der Dusche steht.

„Woher weißt du denn das?“ frage ich.

„Den hab ich schon oft hier gesehen. Wenn andere Männer ihre Badehose ausziehen, wird sein Pimmel groß“, erklärt das kluge Kind.

„Ist deine Mutter vielleicht Erika Berger?“ wundere ich mich und steige aus meiner Badehose. Der Blonde gegenüber bekommt eine Instant-Erektion.

„Siehst du!“ freut sich der Junge und macht sich auf in Richtung Umkleideraum.

Über die Schulter ruft er mir noch zu: „Natürlich sind die alle auch noch homosexuell!“

Der Teenager dreht sich schamhaft zur Wand. Der Exhibitionist seift nervös seinen Schmetterling. Ich dusche mir schnell das Chlor ab.

In einer Wechselkabine ziehe ich mich um. Nebenan links singt der rothaarige Junge sehr laut und sehr falsch Madonnas *Deeper and Deeper*. Von rechts höre ich leise schmatzende Geräusche, die mich neugierig machen. Ich klettere auf die kleine Bank und schaue vorsichtig über die Trennwand. Da sitzt der schamhaarrasierte Öler und masturbiert vor sich hin. Er sieht zu mir hoch, grinst und schließt seine Kabinentür auf. Einen Moment lang fasziniert mich der Gedanke, einfach rüberzugehen, aber dann taucht auf der anderen Seite meiner Kabine der Rotschopf über der Trennwand auf und sagt: „Hier kann man die interessantesten Dinge beobachten.“

„Wirst du wohl da runter steigen!“ schimpfe ich. „Benimm dich, oder ich erzähle alles deiner Tante Augusta!“

Als ich die Herrengarderobe verlasse, bin ich überrascht, im Foyer Lola zu finden, die auf mich wartet.

„Nanu“, frage ich, „was ist denn mit deinem Badeherrn und -meister?“

„Der kann doch nicht die ganze Zeit mit mir plaudern. Er muß sich auf seine Arbeit konzentrieren, sonst ertrinken die Leute zu Dutzenden.“

„Deinem zufriedenen Grinsen entnehme ich, daß du ihn außerhalb seiner Dienstzeit wiedersehen wirst?"

Lola strahlt: „Heut abend, bei mir. Da werde ich mit ihm baden gehen – zu zweit in meiner Wanne."

Der rothaarige Junge und die von Lola und mir versenkte Dame kommen gleichzeitig aus den Umkleideräumen. Der Rotschopf läuft auf die Matrone zu: „Gehen wir noch ein Eis essen, Tante Augusta?"

„*Das* ist Tante Augusta?" denke ich laut.

„*Wer* ist Tante Augusta?" fragt Lola.

„*Ich* bin Tante Augusta!" sagt die Matrone.

Lola ergreift ihre Hand. „Freut mich sehr. Sie dürfen mich Lola nennen. Ohne Sie hätte ich mir niemals den Bademeister geangelt. Darf ich Sie auf irgend etwas in die Schwimmbad-Cafeteria einladen?"

„Nur wenn dieses Subjekt nicht mitkommt", antwortet Tante Augusta und richtet einen anklagenden Zeigefinger auf mich.

„Der ist aber ganz okay", meint ihr rothaariger Neffe. „Obwohl er wahrscheinlich ein Exhibitionist ist. Seine Badehose wird im Wasser durchsichtig." Dann zupft er Lola am Ärmel: „Bist du auch eine Exhibitionistin? Oder vielleicht eine Nymphomanin?"

Lola grinst und seufzt: „Sollte ich je ein Kind kriegen, Baby, dann erinnere mich daran, es zur Adoption freizugeben."

Die grosse Liebe

Irgendwer sieht irgendwann
dich mit einem Lächeln an,
macht dich so unendlich froh
irgendwann und -wo.
Irgendwann und irgendwie
wirst du glücklich wie noch nie.
Irgendwie und irgendwann
fängt die große Liebe an.
(Zarah Leander)

Dies ist die größte Liebesgeschichte aller Zeiten – jedenfalls für mich. Ich selbst bin nämlich der Romeo in dieser Romanze, in der es, um das vorwegzunehmen, natürlich keine Julia gibt.

Sie beginnt an einem ganz normalen, langweiligen Abend in einer Disco namens Big Boy. Ich lehne neben Karl an der Bar und starre auf die Tanzfläche. Männer in Feinripp-Unterhemden zappeln im Tekkno-Rythmus.

„Immer die gleichen Gesichter", seufzt Karl und nippt an seinem Wodka-Martini.

„Immer die gleichen Feinripp-Unterhemden", seufze ich und ziehe an meiner Menthol-Zigarette.

„Was tun wir eigentlich hier?" fragt Karl.

„Die Hoffnung auf den Traumprinzen treibt uns immer wieder her", erinnere ich ihn. „Wir warten auf einen Mann mit Mel Gibsons Körper, Jeff Strykers Penis und Oscar Wildes Intellekt."

„Aber was hier herumspringt, hat Jeff Strykers Gehirn, Oscar Wildes Figur und Mel Gibsons Pimmel."

Ich stutze: „Was hast du gegen Mel Gibsons Ding einzuwenden?"

„Ich habe gelesen, daß er sich zusammengerollte Socken in die Hose steckt."

„Und wieder geht eine Illusion zugrunde."

„Apropos Illusion: Was da gerade hereinkommt, muß eine Fata Morgana sein."

Ich blicke in Richtung Eingang. Ein Typ mit einer roten Baseballkappe streicht die langen blonden Strähnen aus dem Gesicht. Smaragdgrüne Augen blitzen mich an. Ich bin wie hypnotisiert. Karl greift nach meinem Kiefer und klappt mir den Mund zu:

„Schon gut, Baby, hör auf zu sabbern."

„Den will ich", hauche ich atemlos.

„Ein klassischer Fall von Lust auf den ersten Blick", sagt Karl und winkt den Barkeeper, einen Muskelprotz in Bikershorts und Feinripp-Unterhemd (was sonst?), heran. Er hakt jeweils einen Zeigefinger unter jeweils einen Unterhemd-Träger des Barmanns.

„Noch einen Wodka-Martini, Schätzchen, staubtrocken und geschüttelt, nicht gerührt. Und kannst du uns etwas erzählen über diese Vision mit der roten Baseballmütze, die gerade hereingekommen ist?"

Ohne zu zögern kommt die Antwort: „Richard Schneider, genannt Rick, 22 Jahre, Student (Germanistik und Geographie), trainiert zweimal pro Woche im Adonis-Studio, hat sich vor drei Monaten von seinem Ex, einem Tänzer, getrennt und seitdem mit mindestens acht Typen gepennt, dabei aber noch nichts neues Festes gefunden. Ist im Bett eher durchschnittlich, Penislänge ..."

„Danke, das reicht", unterbricht Karl. Der Barmann grinst breit und beginnt, den Martini zu mixen.

„Ich *liebe* die schwule Szene", flüstert Karl mir zu. „Der KGB ist nichts dagegen. Ob der Gorilla hinter der Bar wohl auch meine Penislänge kennt?"

„Knapp 14 Zentimeter", sagt der Gorilla und reicht Karl seinen Drink. Karl erbleicht und kippt ihn in einem Zug runter. Hustend nimmt er mich an der Hand und zieht mich auf die Tanzfläche. Wir drängeln uns durch die Tanzenden, bis wir direkt vor Richard Schneider stehen, der ganz versunken im Hiphop-Takt auf und nieder hüpft. Die Musik ist ohrenbetäubend laut.

„Na los, Baby", schreit mir Karl ins Ohr. „Angel ihn dir! Er scheint doch reif für eine neue Liebe zu sein! Oder wenigstens für den neunten Quickie!"

Ich stehe nur da und schaue dem tanzenden Blonden in seine grünen Augen. Karl stößt mir seinen Ellenbogen in die Rippen: „Mach ihn an, Baby!"

Ich kann nicht. Dieser Mann ist etwas besonderes, das spüre ich. Dem schreit man nicht in einer verrauchten Disco bei einer Million Dezibel lauter Stampfmusik irgendwelche Banalitäten ins Ohr. Wir sollten uns an einem Strand begegnen, bei Vollmond, während die Nachtigall singt und die Wellen rauschen …

Ein Brünetter mit Feinripp-Unterhemd und Dreitagebart tanzt zielsicher auf Richard zu, Erotik im Blick.

„Oh mein Gott, Baby, der kommt dir zuvor!" schreit Karl. Ich werfe mich zwischen den Dreitagebart und den Mann meiner feuchten Träume. Unter seiner roten Baseballkappe schaut mich Richard erschrocken an.

„Ha … ha … hallo, Rotkäppchen", stottere ich, „darf ich dein böser Wolf sein?"

Richard grinst und antwortet: „Wenn du große Zähne hast."

Der Dreitagebart dreht ab, Karl strahlt und macht mit beiden Händen das Daumen-hoch-Zeichen. Ich gehe mit Richard an die Bar. Mein Verstand ist ausgeschaltet, ich werde von Gefühlen im Aufruhr regiert. Wie unter Hypnose nehme ich Richards Hände in die meinen, ziehe ihn zu mir heran und küsse ihn auf den Mund. Er schmeckt nach Kaugummi. Und er küßt zurück. Meine Knie zittern, ich verliere die Balance und klammere mich mit beiden Armen an Richard fest.

„Meine Güte, bist du stürmisch!“ staunt er. Ich lächle dämlich.

„Vielleicht sollten wir uns an einen etwas privateren Ort zurückziehen?“ schlägt Richard vor. Mein dämliches Lächeln wird breiter. „Ist das ein Ja? Gehen wir zu mir?“ will Richard wissen. Ich erwache aus meiner liebestrunkenen Trance.

„Mein ganzes Leben habe ich darauf gewartet, daß du mich das fragst.“

In Richards Wohnung steuern wir direkt ins Schlafzimmer. Über dem Bett hängt ein Poster von Humphrey Bogart als Rick in *Casablanca*.

„Meine Freunde nennen mich Rick“, sagt Richard.

„Aber Gottseidank hast du mit Bogey keinerlei Ähnlichkeit“, freue ich mich.

Rick murmelt: „Ich seh dir in die Augen, Kleines“ und küßt mich. Ich spiele mit, schlage die Augen nieder wie Ingrid Bergman und hauche:

„War das Kanonenfeuer oder nur das Schlagen meines Herzens?“ Lachend fallen wir auf das Bett. Rick knöpft mein Hemd auf. Ich werde plötzlich panisch. Ich habe doch diesen riesigen Pickel auf der Schulter! Wenn Rick den sieht, wird er mich gleich wieder rauswerfen. Er ist so perfekt. Auf einmal finde ich mich erbärmlich häßlich. Rick krault meine spärliche Brustbehaarung. Ob er sie wohl scheußlich findet? Welche Unterhose habe ich eigentlich an? Calvin Klein? Oder Kaufhof? Und war da nicht ein Loch in meiner linken Socke? Hoffentlich hat mein Deodorant nicht versagt. Mir wird schlecht. Ich löse mich aus Ricks Umarmung:

„Kann ich mal duschen?“

„Klar“, sagt Rick, „ich komme mit.“

Beim Ausziehen drehe ich ihm den Rücken zu und lasse die Socke mit dem Loch schnell in meinem Schuh verschwinden. Die

Kaufhof-Unterhose hat er aber sicherlich bemerkt. Und den Pickel auch. Unter der Dusche seifen wir uns gegenseitig ein. Ich fühle mich neben Ricks sehnigem, festen Körper fett und schwammig. Sein Schwanz steht in Hab-Acht-Stellung und zuckt bei jeder Berührung dynamisch auf. Meiner schrumpelt vor sich hin und tut so, als würde er mich nicht kennen. In den entscheidenden Situationen des Lebens ist man immer impotent. In meinem Magen rumort es, ich zittere und muß aufstoßen.

„Was ist denn los?" fragt Rick.

„Ich weiß auch nicht", stammele ich, „ich bin so aufgeregt. Ich will dir unbedingt gefallen, aber das schaffe ich einfach nicht."

„Unsinn, du gefällst mir schon seit Wochen. Ich habe dich beim Tanzen, in Cafés, sogar in der Sauna beobachtet. Ich fand dich wundervoll, aber ich dachte, du seiest mit Karl zusammen, und deshalb habe ich dich nie angesprochen."

„Wie hast du erfahren, daß ich nicht Karls Freund bin?"

„Vom Barkeeper aus dem Big Boy."

„Natürlich."

Rick trocknet mich ab: „Komm jetzt ins Bett, Baby, und mach mich glücklich."

„Ich würde ja gerne, aber erstens bin ich heute impotent und zweitens ist mir schlecht vor Aufregung ... Ich glaube, ich liebe dich", gestehe ich. Dann übergebe ich mich in die Kloschüssel.

Ich liege zitternd auf Ricks Bett. Er hält meine Hand und sieht mich fragend an. „Die Aufregung", versuche ich zu erklären. „Du bist alles, wovon ich immer geträumt habe."

„Du kennst mich doch gar nicht."

„Eine Frau hat das im Gefühl. Mein Herz ist auf immer dein."

„Du hast zu viele Hollywoodfilme gesehen, Baby."

„Mir wird wieder schlecht. Ich möchte nach Hause."

Rick ruft ein Taxi und läßt sich nicht davon abbringen, mit zu mir zu fahren. In meiner Wohnung steckt er mich ins Bett, legt eine meiner Streisand-Platten auf und kocht Kamillentee.

„Trink, Baby, das beruhigt."

„Danke, Mutter Teresa."

Rick zieht sich aus, löscht das Licht, steigt zu mir ins Bett und legt seinen Arm um mich. Innerhalb von Sekunden bin ich eingeschlafen – lächelnd.

Mitten in der Nacht wache ich auf. Es war kein Traum – Rick, dieser wundervolle Mann, liegt tatsächlich neben mir. Die Decke ist ihm vom Körper gerutscht. Im fernen, sanften Licht der Straßenlaternen, das durch die Jalousien schimmert, betrachte ich den Schwung seiner Lippen, die Linie seines Halses, die kleinen, rosafarbenen Brustwarzen, die feinen blonden Haare um seinen Bauchnabel. Er schläft wie ein Baby, bewegt sich kaum und schmatzt manchmal leise im Traum. Erst als die Sonne aufgeht, fallen mir die Augen zu.

Morgens möchte ich vor Scham sterben. Ich habe völlig versagt, mich aufgeführt wie ein hysterischer Teenager. Schweigend koche ich Rick einen Tee. Er muß sich beeilen, um pünktlich in die Uni zu kommen. Wir tauschen Telefonnummern aus. Zwar küßt er mich zum Abschied und sagt, er rufe bald an, aber ich weiß, daß ich ihn nie wiedersehen werde. Warum sollte er seine Zeit an einen impotenten Neurotiker verschwenden? So wie er aussieht, kann er doch jeden haben.

Das Telefon klingelt. Ich springe quer durchs Zimmer und reiße den Hörer von der Gabel:

„Rick? Rick? Ichliebedichbittegibmirnocheinechance!"

„Ich liebe dich auch, Baby, aber ich heiße nicht Rick", antwortet Karl am anderen Ende der Leitung. „Ich erwarte einen haargenauen Bericht über die letzte Nacht, Minute für Minute, und laß kein einziges, saftiges Detail aus!"

„Oh Karl, es ist alles so schrecklich, ich habe mich fürchterlich blamiert", schluchze ich.

„Hast du ihm etwa deine Schlümpfe-Sammlung gezeigt? Das macht man frühestens bei der zweiten Verabredung!"

Ich schildere Karl den hysterischen Verlauf der Nacht.

„So etwas ist mir noch nie passiert. Ich bin verrückt nach dem Mann, aber die Angst, daß er mich nicht genau so toll findet wie ich ihn, macht mich so krank, daß ich kotzen muß."

„Bitte nicht auf den Telefonhörer, ich warte gerne, während du ins Bad gehst."

„Karl, du nimmst mich nicht ernst", heule ich. „Ich habe die große Liebe meines Lebens getroffen – und sie verspielt!"

„*In Monte Caharlo*", singt Karl. Ich knalle den Hörer auf.

Den ganzen Tag verlasse ich die Wohnung nicht. Vielleicht ruft Rick ja doch an. Am späten Nachmittag liege ich in einem Schaumbad, weine ein wenig, trinke das dritte Glas Sherry und höre eine alte Alexandra-Platte:

„*Das Glück kam zu mir wie ein Traum, Musik aus dem endlosen Raum …*"

Das Telefon steht in Reichweite auf dem Klodeckel. Schweigend. Ich beschließe, meinem Leiden ein Ende zu machen und mich mit dem Telefon zu elektrokutieren. Als ich es gerade in die Wanne werfen will, klingelt es.

„JA? HALLO?"

„Schrei nicht so, Kind", schimpft meine Mutter. „Karl hat mich angerufen, um mir zu sagen, daß du dich verliebt hast. Ich hoffe nur, du willst jetzt nicht heiraten. So eine große Homohochzeit mit irgendeinem nicht ganz koscheren Pater in einer überfüllten Discothek – das ist wirklich das letzte, was ich mir für mein Kind wünsche. Gleichgültig, was die Damen Scheel und von Sinnen dazu sagen, ich finde es schlimm genug, daß eine patriarchalisch-faschistoide Institution wie die Ehe in diesem Jahrhundert überhaupt noch existiert. Ich weiß nicht, wieso jetzt auch noch die … äh … Homosexuellen (wie ich dieses Wort hasse) solchen reaktionären Mist unterstützen müssen."

„Aber Mutti, du bist doch selbst seit 25 Jahren verheiratet."

„Das ist etwas anderes, ich bin ja auch nicht … äh … schwul (das Wort ist auch nicht besser). Außerdem wußte ich damals gar nicht, was ich tat. Ich war eine blutjunge dumme Gans und hatte noch keine Seite Millet, Foucault oder Ranke-Heinemann gelesen. Nur Lore-Romane und ein bißchen Sartre. Pah – ich war bürgerlich infiltriert!"

„Mutti, können wir das zu einem anderen Zeitpunkt diskutieren? Ich erwarte einen wichtigen Anruf."

„Vielleicht sollte ich mich wirklich scheiden lassen, nur um ein politisches Statement abzugeben ... Was wohl dein Vater dazu sagen würde?"

„Ich bin frisch verliebt und nicht in der Stimmung, mich über eine Polit-Scheidung zu unterhalten."

„Schon gut, Baby, aber versprich mir, ihn nicht zu heiraten!"

„Ja, ja."

„Auch nicht in Dänemark?"

„Auch nicht in Dänemark, Mutti! Tschüß."

Stöhnend hänge ich auf. Meine Hand liegt noch auf dem Hörer, als es wieder klingelt. Rick!

„Bei dir kommt man aber schwer durch, Baby. Dauernd besetzt. Mit wem sprichst du denn so lange?" fragt er.

„Mit meiner Mutter." Huch, das hört sich wieder so neurotisch an! Reiß dich zusammen, Baby, zeig ihm, daß du ein ganz normaler, erwachsener, völlig ruhiger Mann bist.

„Rick, willst du mich heiraten? Laß uns morgen nach Dänemark fahren! Bittebittebitte!"

„Dafür ist es vielleicht noch etwas zu früh, Baby, aber was hältst du davon, heute abend mit mir *Casablanca* auf Video anzusehen?"

„Willst du mich wirklich wiedersehen nach letzter Nacht?"

„Baby, ich fand dich ganz bezaubernd letzte Nacht. Ich liebe schüchterne Männer."

„Ich liebe dich auch."

„Also sagen wir neun Uhr."

Um zehn nach acht stehe ich mit einem Strauß roter Rosen vor Ricks Tür. Um viertel nach acht klingele ich. Rick öffnet mit einem

Handtuch um den Hüften und Rasierschaum im Gesicht. Wenn ich einen Fetisch habe, dann ist es Rasierschaum. Der Anblick eines Mannes beim Rasieren macht mich rasend. Meine Hormone geraten vollkommen außer Kontrolle. Ich knurre, werfe die Rosen auf den Boden und reiße Rick das Handtuch herunter. Wild küssend und eng umschlungen torkeln wir in Richtung Schlafzimmer. Unterwegs verliere ich meine sämtlichen Kleidungsstücke. Nackt und rasierschaumbeschmiert rollen wir über Ricks Bett. Humphrey Bogart sieht diskret in die andere Richtung.

„Ich freue mich, daß dir nicht mehr übel wird bei meinem Anblick", sagt Rick zwischen zwei Küssen.

„Das hatte nichts mit dir zu tun, glaub mir. Um es etwas zu vereinfachen: ich mußte gestern kotzen vor Glück."

„Dann bist du jetzt hoffentlich nicht glücklich!"

„Doch, sehr, aber mein Körper hatte inzwischen Zeit, sich daran zu gewöhnen."

Sieben Stunden später liegen wir völlig erschöpft und verschwitzt übereinander, mit vom Küssen geschwollenen Lippen und von Bartstoppeln zerkratzter Haut. Zuerst haben wir das Schlafzimmer und den Flur geschändet, es unter der Dusche getrieben, und uns dann – mit Zwischenstation auf dem Küchentisch – wieder ins Bett vorgearbeitet. Ein halbes Dutzend Kondome ist über Ricks Wohnung verstreut, jedes Zimmer durfte mindestens einen Orgasmus miterleben. Zärtlich greift Rick nach meinem wunden Schwanz.

„Wenn ich noch einmal komme, fällt er mir ab", stöhne ich. Rick küßt meinen Bauchnabel.

„Glaub ich nicht", sagt er grinsend, und mein Schwanz wird größer. Er scheint es auch nicht zu glauben. Bett frei zur nächsten Runde! Danach sehen wir uns *Casablanca* an, mit zwei Tüten Kartoffelchips, einem Sechserpack Bier und ununterbrochenen Streicheleinheiten. „Ich glaube, dies ist der Beginn einer wundervollen Freundschaft", sagt Claude Rains zu Humphrey Bogart.

In der nächsten Zeit treffen wir uns täglich. Wir besuchen die Tierbabies im Zoo und halten Händchen vorm Löwenkäfig. Im Kino sehen wir *Sommersby* und weinen mit Jody Foster um ihre verlorene Liebe. Bei Burger King küssen wir uns über einer großen Portion Pommes Frites, bei Karstadt auf der Rolltreppe. Wir joggen gemeinsam durch den Stadtpark und schaukeln auf Kinderspielplätzen. Wir leihen uns *Love Story*, *Pretty Woman* und *So wie wir waren* auf Video aus. In der U-Bahn singen wir zweistimmig Liebeslieder von Zarah Leander und Jimmy Somerville, bis der Schaffner uns rauswirft. Jede Nacht ist schöner und wilder als die letzte. Wir kochen gemeinsam, erzählen uns in allen Einzelheiten unsere Biographien und treffen uns mit meiner Mutter in einem Café. Sie ist von Rick völlig begeistert.

„Heirate ihn!" zischt sie mir zu, bevor sie geht. „Vergiß, was ich am Telefon gesagt habe!"

Karl ruft mehrmals täglich an und läßt sich mein Glück schildern.

„Ewig kann das nicht dauern, Baby", orakelt er. „Du lebst in einem billigen Klischee, merkst du das nicht?"

„Ach Karl, du Kassandra, du bist doch nur neidisch!"

„Ich und neidisch? Unsinn, wozu brauche ich einen Liebhaber? Ich habe gestern abend mit dem Bar-Gorilla aus dem Big Boy, einem Air France-Steward, zwei Dildos und einem guten Joint den Himmel auf Erden erlebt."

„Das ist nicht dasselbe, Karlchen", sage ich sanft.

„Ich weiß, ich weiß", seufzt mein alter Freund. „Aber eines Tages kommt auch mein Prinz auf seinem Schimmel angaloppiert – und bis dahin tröste ich mich eben mit Gorillas."

Rick und ich kennen uns jetzt schon eine ganze Woche. Es kommt mir vor wie ein Leben. Jeder Song im Radio erzählt unsere Liebesgeschichte; jedes Buch, jedes Gedicht, jeder Film echot unsere Gefühle. Scarlett und Rhett, Jean Marais und Jean Cocteau, Bacall und Bogart, Alice B. Toklas und Gertrude Stein, Hadrian und Antinous,

Laurel und Hardy – das ist alles nichts gegen Baby und Rick! Nie schlugen zwei Herzen so im Takt, nie waren zwei Menschen so füreinander geschaffen.

Wir sitzen in der Wanne und massieren uns gegenseitig die Füße. Der Sherry steht in Reichweite (Baden ohne Sherry ist einfach nicht das Wahre). Rick wirkt nachdenklich.

„Worüber grübelst du?" frage ich.

„Ich muß am Wochenende verreisen. Zu meinen Eltern. Mein Vater hat Geburtstag."

Mein Herz steht still. Zwei lange Tage ohne Rick? Wie soll ich das aushalten?

„Du siehst mich an, als führe ich ein halbes Jahr in den Himalaja. Ich bin am Sonntagabend wieder da, Baby", sagt Rick und beginnt an meinem großen Zeh zu lutschen.

Ich weiß genau: Das ist das Ende. Er kommt nie zurück. Wenn er mich wirklich liebt, würde er seinem Vater einfach ein Telegramm schicken. Wahrscheinlich fährt er gar nicht zu seinen Eltern, sondern zu einem Liebhaber. Einem ohne Pickel auf der Schulter und mit steinhartem Waschbrettbauch. Ich stehe auf und hülle mich schluchzend in ein Badetuch. Rick umarmt mich und flüstert:„Nur zwei kurze Tage, Baby!"

Ich bringe ihn zum Bahnhof. Zum Abschied schenkt er mir eine Packung Kaugummi – die Marke, nach der er bei unserem ersten Kuß schmeckte. Als der Zug sich in Bewegung setzt, fühle ich mich wie Anna Karenina. Ich wanke durch strömenden Regen nach Hause, trage den Fernseher ins Bad, lege mich in die Wanne, trinke Sherry aus der Flasche und sehe mir *Liebe ist nur ein Wort* an. (Mein Leben spielt sich in letzter Zeit immer mehr in der Wanne ab …)

Das Wochenende dauert Jahre. Ich sitze katatonisch in meiner Wohnung und kaue mit Tränen in den Augen Kaugummi. Rick ruft kein einziges Mal an. Abends schleppe ich mich einsam und allein in mein leeres Bett. Auf dem Kopfkissen finde ich ein paar von Ricks goldenen Haaren. Die Entdeckung löst einen Weinkrampf aus.

Am Sonntag beschließe ich, Rick zu überraschen und ihn vom Bahnhof abzuholen. Eine gute halbe Stunde zu früh stehe ich frisch rasiert, in meiner besten Jeans und meinem Lieblingshemd auf dem Bahnsteig. Ich kaue das letzte Gummi aus der Packung, die Rick mir geschenkt hat, schon seit sechs Stunden. Endlich: Der Zug fährt ein! Angst, Hoffnung, Selbstzweifel – findet er es wohl aufdringlich, daß ich hier auf ihn warte, oder freut er sich so auf mich, wie ich mich auf ihn? Rick öffnet die Waggontür. Er hilft einer jungen, blonden Frau im eleganten Baumwollkostüm beim Aussteigen, nimmt ihren Koffer und legt ihr den Arm um die Schulter. Rick bemerkt mich nicht. Ins Gespräch vertieft gehen die beiden an mir vorbei. Ich stehe wie angewurzelt da und sehe ihnen hinterher. Ein schönes Paar. Ich spucke den Kaugummi auf die Gleise.

Zu Hause rufe ich sofort Karl an.

„Alle meine Befürchtungen waren richtig! Ich war nur ein Spielzeug für ihn! Er ist heterosexuell und wollte mal ausprobieren, wie es mit einem Mann ist! Deshalb hat er mich nicht angerufen. Nachdem er mich benutzt und beschmutzt hat, wirft er mich einfach weg und kehrt zurück zu dieser blonden Schlampe!"

„Immer mit der Ruhe, Baby, sieh nicht alles so schwarz. Wer sagt denn, daß er mit der Blonden was hat? In *Bravo*-Fotoromanen stellt sich in solchen Situationen grundsätzlich heraus, daß die vermeintliche Konkurrentin die Schwester des Boys ist. Wenn das Girl die Wahrheit herausfindet – und das dauert nie lange – fällt es dem Boy glückselig in die Arme. Der Himmel hängt voller Geigen. Ende."

„Die Schwester! Pah! Was weiß denn die *Bravo* schon!"

„Ruf ihn doch einfach an, Baby, anstatt dich verrückt zu machen. Ich muß jetzt auflegen", kichert Karl, „im Schlafzimmer wartet ein Gorilla auf mich."

Langsam hänge ich ein. Als ich – ein Glas Sherry in der Hand – gerade in die Wanne steigen will, klingelt es an der Wohnungstür. Verwirrt öffne ich. Draußen steht Rick – seine rote Baseballmütze auf dem Kopf – mit der Blonden aus dem Zug, die sich kichernd abwendet.

„Baby, du … du hast nichts an“, bemerkt Rick. Ich schnappe ihm die Baseballkappe vom Kopf und halte sie mir vor.

„Willst du nicht reinkommen?“ lade ich mit zitternder Stimme ein. Kaum ist Rick drinnen, schlage ich vor der Blondine die Tür zu.

„Wer ist diese … Perrson?“ schreie ich und verfalle unwillkürlich in einen Zarah-Leander-Akzent (der macht sich so gut in dramatischen Konfrontations-Szenen). „Ich dachte, du liebst mich, aberr ich warr nurr ein Zeitverrtrreib fürr dich! Und jetzt wagst du es, hierr aufzutauchen … mit dieserr Kokotte!“

„Halt die Luft an, Zarah“, sagt Rick und hält mich fest. „Die ‚Person‘ ist meine kleine Schwester Cosima!“

„NEIN!“ rufe ich und lasse Ricks Mütze fallen. „Also ist das Leben ein *Bravo*-Fotoroman!“

Rick macht seiner Schwester die Tür auf. Sie lächelt mich sehr gefaßt von oben bis unten an und meint:

„Nicht übel. Mein Bruderherz hat tatsächlich nicht übertrieben. Was für ein Wochenende! Ununterbrochen mußte ich mir Ricks Schwärmereien über dich anhören und sein Gejammer, weil das Telefon kaputt war und er dir nicht im Stundentakt fernmündlich ewige Liebe schwören konnte. Na, dachte ich mir, Cosima, den Jungen mußt du dir ansehen, der deinen Bruder so aus dem Gleichgewicht bringt, und fuhr kurzentschlossen mit hierher. Trotz allem finde ich, du solltest dir endlich etwas anziehen. Ich für meinen Teil brauche jetzt einen Kaffee. Wo ist die Küche?“

Cosima rauscht an mir vorbei in die Wohnung. Ich falle Rick um den Hals und küsse ihn mit Erleichterung und Hingabe. Er tätschelt meinen nackten Hintern.

Cosima steht kopfschüttelnd in der Kochnische und sagt zu meiner Kaffeemaschine: „Versteh einer die Schwulen.“

Nachspiel

Interview mit Baby Neumann

Journalist: Aus gut unterrichteten Kreisen haben wir erfahren, daß du mit der Serie *Das erste Mal* aufhörst. Wieso?

Baby: (kokett) Ich werde zu alt.

Karl: Au weia! Hör auf nach Komplimenten zu fischen und beantworte die Frage.

Baby: Kommandiere mich nicht herum, Karl, sonst schmeiß ich dich raus. Schließlich ist das ein Interview mit *mir*.

Karl: Entschuldigung, Herr Günter Grass. Ich wollte nicht das Ego eines der großen Autoren unserer Zeit verletzen.

Baby: Wie war noch mal die Frage?

Journalist: (seufzt) Warum hörst du mit der Serie *Das erste Mal* auf?

Baby: Ach so, ja. Ich bin einfach zu alt geworden …

Karl: (unterbricht) Jetzt geht das *wieder* los!

Baby: … um weiterhin Dinge aus der schwulen Subkultur schildern zu können, die ich zum ersten Mal erlebe. Nach fast dreißig Folgen habe ich eigentlich alles erforscht, was mich (hüstelt) interessiert.

Karl: Einfach gesagt – die Schlampe hat inzwischen alles mal mitgemacht.

Baby: (zuckersüß) Ich war dabei ja meistens nicht alleine …

Karl: Halt die Klappe, Baby!

Journalist: Karl, ich spüre eine gewisse Spannung zwischen euch beiden. Wackelt eure Freundschaft?

Karl: Wir sind nach wie vor ein Herz und eine Seele, auch wenn Baby jetzt befreundet ist. Eifersucht oder Neid war nie ein Thema zwischen uns. Es macht mir nichts aus, daß er mit seinen blöden Geschichten im Scheinwerferlicht steht und sich dann auch noch einen der geilsten Männer, die ich kenne, angelt, während ich immer noch solo bin.

Journalist: Baby, willst du der Presse nicht von deiner großen Liebe erzählen?

Baby: Mein Freund heißt Richard, und das ist alles, was ich darüber verrate. Außer, daß ich unsere Liebesgeschichte, die sich im übrigen mit der von Rhett Butler und Scarlett O'Hara messen kann, niedergeschrieben habe, und zwar in einem Buch mit dem Titel *Das erste Mal – Schöne neue schwule Welt*, das Anfang September im *magnus*-Buchverlag erschienen und im gut sortierten Buchhandel für nur 25 Mark käuflich zu erwerben ist.

Karl: Schleichwerber.

Baby: Das war keine Schleichwerbung, das war ganz direkt!

Journalist: Erzähl noch etwas mehr über das Buch.

Baby: Na ja, es handelt von meinen Erlebnissen in der schwulen Welt und wird wahrscheinlich zum Herzinfarkt-Tod meines sehr konservativen und katholischen Großvaters führen.

Karl: Ich komme auch drin vor.

Baby: Aber *mein* Foto ist auf dem Umschlag.

Journalist: Wie bist du überhaupt zum Schreiben gekommen?

Baby: Das ist etwas kompliziert, ich hatte es eigentlich nicht geplant.

Karl: Er verdankt das alles mir. Vor zweieinhalb Jahren war ich mit ihm auf einer J.-O.-Party. Es war für uns beide das erste Mal, und Baby, das Mimöschen, noch frisch aus der Provinz, war zutiefst verstört und setzte sich in einem selbsttherapeutischen Akt an die Schreibmaschine, um seine Erlebnisse zu verarbeiten.

Baby: In Form einer kurzen Geschichte. Weil auf der betreffenden Party lauter hysterische Sachen passiert waren, wurde auch die Geschichte ziemlich schrill.

Karl: Als ich sie las, stieg mir die Schamesröte ins Gesicht, aber ich muß zugeben, ich amüsierte mich auch. Ich machte heimlich eine Kopie von der Geschichte und schickte sie an einen Freund von mir, der damals als Aushilfs-Layouter bei *magnus* arbeitete. Den überredete ich, das Manuskript auf den Schreibtisch von Andreas Maydorn, dem Kulturredakteur, zu schmuggeln.

Baby: Ein paar Wochen später rief mich Andreas – von dem ich damals noch nie gehört hatte – an und wollte wissen, ob er meine Geschichte abdrucken dürfe. Ich war natürlich völlig entsetzt, daß irgendein hinterhältiger Ränkeschmied die Früchte meiner seelischen Qualen, ohne mich zu fragen, an wildfremde Dritte weiterge…

Karl: (unterbricht) Aber jetzt bist du mir doch ganz dankbar.

Baby: Na ja. Ich fuhr also nach Berlin und besuchte die *magnus*-Redaktion. Es war schrecklich: Hinterhofbüros in so einer Art verlassener Fabrik oder so was. Und Andreas Maydorn züchtete Meerschweinchen in seinem Zimmer. Außerdem trug er schwarze Lederhosen und Stiefel zur Arbeit. Ich muß schon sagen, ich war sehr skeptisch. Tja, Andreas schlug mir vor, regelmäßig in *magnus* über meine Erlebnisse zu schreiben. Und das habe ich dann gemacht.

Karl: Ich habe ihm bei der Rechtschreibung geholfen.

Baby: Hast du nicht!

Karl: Hab ich doch!

Baby: Hast du nicht!

Journalist: (leise) Oh Gott, warum haben sie nicht jemand anderen zu diesem Interview geschickt? (unterbricht die Streitenden) Baby, wann kam dir die Idee, ein Buch zur Serie zu machen?

Baby: Hast du nicht! Wie bitte? Verzeihung, ich habe nicht zugehört.

Journalist: Wann dir die Idee zu dem Buch gekommen ist, verdammt noch mal. (zu Karl) Und du hältst jetzt die Klappe!

Karl: (zwischen den Zähnen) Oh bitte, Herr Großer Journalist.

Baby: Zu allen guten Serien gibt es doch Bücher: *Das Haus am Eaton Place*, *Der Denver Clan*, *Beverly Hills 90210* ... Die Idee lag auf der Hand. Als *Das erste Mal* von den *magnus*-Lesern zur Lieblingsserie gewählt wurde, haben wir uns endgültig dazu entschlossen, ein Buch zu machen.

Karl: Und weil kein vernünftiger Verlag daran interessiert war, kommt es im *magnus*-Verlag raus.

Baby: (stößt Karl den Ellenbogen in die Rippen)

Karl: Autsch!

Baby: Es kamen immer mal wieder Leserbriefe mit der Anfrage, wann *Das erste Mal* gesammelt in Buchform erscheint. Aber das Buch ist mehr als nur eine Kollektion der bisher erschienenen Geschichten. Es gibt auch neues Material.

Karl: Zum Beispiel deine Liebesgeschichte mit Richard, diese Katastrophenchronik. Als ob das jemanden interessiert!

Journalist: Hast du literarische Vorbilder, Baby?

Karl: (leise) Blödsinnige Frage.

Baby: Nö. Ich hab auch kaum künstlerische Ansprüche. Ich will die Leser einfach gut unterhalten.

Journalist: Wirst du weiter schreiben, obwohl *Das erste Mal* aus ist?

Karl: Die Serie ist ja nur aus, weil Baby so ein Langweiler und Feigling ist. Ich wüßte noch Hunderte von Themen: mein erster Faustfick, mein erstes Ledertreffen, meine erste Vagina …

Baby: Halt die Klappe, Karl! Vielleicht schreibe ich, wenn das Buch ein Erfolg wird, einen Roman.

Karl: Auch das noch.

Journalist: Baby, möchtest du dich abschließend noch zum Zustand der deutschen Schwulenliteratur äußern?

Baby: Allerdings! Da habe ich *einiges* zu sagen, und das ist nicht gerade schmeichelha…

Karl: (hält Baby den Mund zu) Ich glaube, das reicht jetzt.

Journalist: (erleichtert) Na dann, ich danke für dieses Gespräch. Kann ich eine Menthol-Zigarette schnorren?

(Das Gespräch mit Baby Neumann und Karl führte Bert Büllmann.)